ソフィアの災難

クラリッセ・リスペクトル

Os desastres de Sofia
Clarice Lispector

福嶋伸洋／武田千香◎編訳

河出書房新社

目次

ソフィアの災難

脱走

暗くなりはじめ、彼女は怖くなった。雨が休みなく降りしきり、歩道は街灯の明かりでしっとりと光っていた。傘をさすレインコート姿の人たちが、疲れた顔をして、すたすたと足早に通り過ぎる。濡れたアスファルトの上を車がスリップし、クラクションが一つか二つ、柔らかに鳴った。

公園のベンチに座りたかった。なぜなら実際のところ雨は感じていなかったし、寒さも気にならなかったから。ただほんとうに少し怖かった。なぜなら進むべき道を決めていなかったから。ベンチに座れば一息つける。でも歩行者が怪訝そうに見ていたから、彼女は歩みを続けた。疲れていた。いつもの考えがよぎった。「でも、この後、どうなるのだろう？」もしこのまま歩き続けたら。なんの解決にもならない。家に帰るか？　だめ。なんらかの力が彼女を出発地点まで押し戻してしまうことを怖れていた。あまりに頭がくらくらして目を閉じ、大きなつむじ風が〝エルヴィーラの我が家〟から出てくるのを想像した。風は彼女を乱暴に吸い込み、ふたたび彼女を窓のそばに置き、手に本を持たせ、日常の情景を再構成する。愕然とした。人通りがなくなる瞬間を待って、あらん限りの力を込めて言った。「あなたは帰らないわ」心が落ち着いた。

決心をして出てきた今、すべてが生まれ変わりつつあった。こんなに混乱していなければ、二時間かけた末に考えついたことを際限なく気に入ったはずだ。「よし、まだ事物は存在している」そう、その発見は単純にとびきり素晴らしかった。結婚して十二年、この三時間の自由が、ほぼ完全に彼女を再生させていた——まずやるべきことは、事物がまだ存在しているかを確かめること。もしこれと同じ悲劇を舞台で演じるのなら、身体を触り、つねって目が覚めているかを確かめただろう。だが、一番やりたくないのが演じることだった。

　とはいえ、心のうちにあったのは歓びと安堵だけではなかった。少々の恐怖と十二年の歳月も。

　公園を突き抜け、塀に寄りかかり海を眺めた。雨は降り続いていた。彼女はチジュカでバスに乗り、グローリアで降りた。そのまま歩き、ヴィウーヴァの丘を越えてきていた。

　海は激しく荒れ、波が岩に当たって砕けると、塩辛いしぶきが彼女の全身に降りかかった。一瞬、この一帯は深いのだろうかと考えた。なぜなら推測することが不可能になっていたから。黒々とした暗い水、それは砂浜から数センチ離れたところにあるようにも、無限を隠しているようにも思えた。ふたたびあの遊びをやってみることにした。せっかく自由になったのだから。ただじっと水の中をみつめ、あの世界には終わりがないと考える。まるで溺れて、永遠に海底に足がつかないかのようだった。重い苦悩。なのになぜそれを求めるのか？

　海底に足がつかない話は古く、小さいころからのものだった。小学校で重力の章を習ったとき、面白い病気にかかった男をでっちあげた。その人には重力がきかない……。だから彼は地球の外まで落ちていき、いつまでも落ち続ける。彼女が男に運命を与えることを知らなかったから。どこに落ちたのか？　決めるのは後でいい——落ちて落ち続け、しまいにはそれに慣れて、落ちながら食べて、落ちながら寝て、落ちながら生きて、最後は死ぬ。その後も落ち続けたのか？　だが今はもう男の思い出に悩まされることはなくなり、むしろ十二年間感じたことのなかった自由を味わわせてくれた。なぜなら彼女の夫には変わった特質があったから。夫がそこにいるだけで、彼女の思考はどんな些細な動きも阻まれてしまうのだ。最初のうちはある程度の安心感をもたらした、なぜならくだらないことを考えると、たとえ楽しくても、疲れてしまうようになっていたから。

　今、雨は止んだ。ただ寒いだけで、なかなかいい。家には帰らない。ああ、そう、そう考えたら限りなく癒される。彼は驚くだろうか。そう、十二年が何キロもの鉛のように重たい。日々が熔け、融合し、ひとつの塊と化す、大きな錨。そして人は途方に暮れる。彼女の視線が深い井戸の様相を帯びる。黒々とした静かな水。彼女の動作が白くなり、いまや人生で怖いものはただ一つ、なにかが襲ってきて、自分を変えてしまうこと。今は窓の背後で暮らし、雨季が太陽を覆うのを見るのも、それから夏になり、ふたたび雨が来るのを見るのもガラス越し。願望とは、良識のランプが灯るなり消え失せる亡霊だ。いったいなぜ夫たちが良識なのか？彼女の夫はとりわけ強固で、よろしくて絶対に誤らない。鉛筆はただ一つの銘柄しか使わず、靴底に書いてあることをそらで言えるタイプ。電車の時刻や、発行部数が最大の新聞、さらには地球のどこで猿が一番早く繁殖するかを心置きなく訊ける。

　彼女は笑う。今は笑える……。私は落ちながら食べて、落ちながら寝て、落ちながら生きている。足がつける場所を探そう……。

その考えがむしょうに可笑しくなり、壁にもたれ、笑いだした。太った男が、一定の距離をとって立ち止まり、彼女を見ていた。どうしよう？　そばに行って、こう言おうか。「お兄さん、雨が降ってるわね」いや、違う。「お兄さん、私、既婚女性だったんだけど、今は一介の女なの」歩きだし、太った男のことは忘れた。

口を開け、すると新鮮な空気が流れ込むのを感じる。この心機一転のために、なぜこんなに長い時間、待ったのだろう。やっと今日、十二世紀も経ってから。冷たい雨の中を出てきた。軽装で、一冊の本を手に取って。それにしても今日は、これまでのすべての年月のすべての午後と違っていた。暑く、息苦しかった。すべての窓とドアを開け放った。でもだめだった。そこにあった空気は動かず、深刻で重かった。風はまったくなく、空は低く、黒い雲が立ち込めていた。

いったいどうしてあんなことになったのか。最初はただ不快で暑かっただけ。その後、彼女の中のなにかがむくむくと膨れあがった。と突然、重く細かく動いて、彼女の服を引き剝がし、紐状に引き裂いた。周囲から空気が押し寄せ、彼女を締めつけた。すると凄まじい轟音が家を揺るがした。ほぼ同時に、大粒の生ぬるい水滴が、ぽたぽたと落ちてきた。

部屋の真ん中で、喘いで動けなくなった。雨が激しくなった。ボタンボタンと裏庭のトタン屋根に落ちる音と、服を取り込む家政婦の叫び声が聞こえた。もう洪水のようだった。新鮮な風が家の中を吹き抜け、彼女の熱い顔を和ませた。そこで落ち着いた。服を着て、家中にある金をかき集め、家を出た。

今はお腹が空いている。この十二年、空腹を感じたことがない。この後レストランに入るのだろう。パンは焼きたて、スープは熱々。コーヒーを頼む。香りのよい濃いコーヒー。ああ、なにもかも、なんて美しいの、素敵なの。ホテルの部屋は異国情緒。枕は柔らかで、寝具もきれいでいい香り。そして暗闇が部屋を支配すると、巨大な月が現われ、あの雨の後だけに、清々しく静謐な月。そうして彼女は眠るのだろう、月明かりに包まれて……。

　そして夜が明ける。自由な朝を迎え、旅に必要な物を買うのだろう。船の出航は午後二時だから。海は静かで、ほとんど波がない。空は暴力的にけたたましい青さだ。船は疾《はや》く遠ざかる。そして間もなく訪れる静寂。水が船上で歌う、やさしく、リズムよく……。周囲で鷗《かもめ》が羽ばたき、海から逃げる白い泡。そう、それらすべて！

* * *

　でも彼女には旅に出るだけの金がない。切符はあまりに高額だ。そしてあれだけの雨に降られ、芯から強烈に冷えていた。ホテルに行くこともできるはず。たしかにそう。でもリオのホテルは、同伴のいない女には不向きで、例外は一流ホテルだけ。でもそういうところは、だれかしら夫の知り合いに会いかねず、そしたらきっと夫の仕事に差し障る。

　おお、これらはすべて嘘。じゃあ、真実はどれ？　十二年が何キロもの鉛のように重くのしかかり、日々が我々の身体の周りに押し寄せ、どんどん締めつける。私は家に帰る。自分に怒りを覚えてはいけない。なぜなら私は疲れているから。それにすべてはそれ自体が起こっているのであって、私はなにもしかけてはいない。十二年なのだ。

家に入る。夜遅く、夫はベッドで読み物をしている。ホジーニャが病気だったと伝える。帰宅は夜になるって伝言受け取らなかった？　いや、彼が言う。

熱いミルクを飲む、お腹が空いていないから。青いフランネルのパジャマを着る。白い水玉模様で、ほんとうにものすごく柔らかい。夫に、電気を消してと頼む。彼は彼女の顔にキスをし、七時ちょうどに起こして、と言う。彼女は約束し、夫がスイッチをひねる。

木々のあいだから、澄んだ大きな月が昇る。

少しのあいだ目を開けたままでいる。それからハンカチで涙を拭い、目を閉じて、ベッドに身を収める。月の明かりがゆっくりと彼女を包むのを感じる。

夜の静寂の中で、船はどんどん遠ざかる。

異国の軍隊

オフェーリアと彼女の家族のことを訊かれたら、敬意を表するために、こう正直に答えただろう。ほとんど知らない、と。同じ陪審員たちを前にして、こうも言う。私は自分のこともほとんど知らない——そして、澄んだままの、催眠術で従順になったようなまなざしを彼らひとりひとりの顔に向けて言う。あなたがたのこともほとんど知らない。でも時おり長い眠りから目覚めて、意識の混濁という繊細な深淵におとなしく向き合う。

私はいま、何年も前に、私の内に何の痕跡も残さずに消えたあの一家、遠ざかって色褪せたイメージしか残っていない一家について語ろうとしている。今日、彼らへの好奇心を思いがけず再燃させたのは、家にヒヨコがやってきたためだった。私に、生まれたばかりのものを贈ることを望んだ人の手で、ヒヨコは連れてこられた。籠から出すと、私たちは即座にその愛らしさに心奪われた。私が一年じゅう待ち続けている静寂の瞬間は、クリスマスを翌日に控えた、キリストの誕生日の一日前に訪れた。エサ箱のそばでただぴよぴよ鳴いているものが呼び起こしたごくささやかな関心、それは熱愛の感情だった。おやおや、と夫が言った。見てごらん、と。私は自分が大きすぎると感じていた。汚れたままの男の子たちが、口を開けて近づいた。私は、少し勇気を出して、幸福を感じることを自分に許した。ヒヨコはというと、鳴いていた。

でもクリスマスは明日だよ、と長男が控えめに言った。好奇心いっぱいの私たちは、無防備に笑った。

　だが、感情とは、瞬間ごとに変わる水である。すぐに――同じ水が陽差しによって軽くなったり、石にぶつかるときに無力になったり、そこに浸る足にとってはまた別なものになったりするように――すぐに、私たちの顔にはオーラと明るさ以外のものも浮かんだ。苦しげなヒヨコの周りに、善良な、期待で胸を膨らませた私たちがいた。善良になった夫は無愛想で厳粛だった。彼には自分で自分を追い詰めるようなところがあった。もっと真面目な子どもたちにとっては、善良さは熱意だった。私はというと、善良さによって臆病になる。それからすぐに水は別の水になり、私たちは意に反して見守り続けた。不慣れな善良さに搦《から》め捕られて。そしてさらに別の水になり、しだいに私たちの顔には、憧れに伴う責任感が浮かんできて、自由を失った愛で心は重たくなっていった。ヒヨコが私たちを怖がっていることもまた、私たちをぎこちなくしていた。そこにいた私たちの誰もヒヨコといっしょにいるのに値しなかった。ヒヨコのひと鳴きごとに、私たちは自分を失っていった。ひと鳴きごとに私たちはびくびくし、何もできずにいた。ヒヨコがずっと怖がっているので、私たちは軽薄に喜んでしまったことを責められているように感じた。このときの私たちはもう喜んではおらず、厄介に思っていたけれど。ヒヨコの瞬間はすでに終わり、ヒヨコはますます慌てふためき、私たちを、手放さないまま遠ざけようとしていた。大人たちは、もう心を閉ざしてしまっていた。子どもたちは静かに憤っていた。ヒヨコにも人間にも何もしていないのにと訴えるように。私たち父母は、ますます止まらなくなった鳴き声に怖じ気づき、もう諦めていた。物事はこんなふうなのだと。ただ、子どもたちにそう話したことはなかった。恥ずかしかったのだ。だから子どもたちを呼んで、物事はこんなふうなのだときちんと教える瞬間を、際限なく先送りしていた。話すのはますます難しくなり、沈黙が膨らんでいった。私たちが必死になって代わりに愛を与えようとしても、子どもたちは少し疎ましそうにしていた。そのような物事について話し合ったことはいちどもなかっただけにいっそう、そのときには、あのくちばしが発する絶望の鳴き声を聞いて大人たちが浮かべる微笑みを、子どもたちの目から隠さなければならなかった。物事がこんなふうだという事実を受け入れることは私たちの義務であるかのような微笑み。それを私たちは最近になって受け入れた。

　ヒヨコはというと、あいかわらず鳴いていた。ニス塗りのテーブルの上で、一歩たりとも踏み出さず微動だにせず、自分の内側に向かって鳴いていた。羽だけのような存在のどこにそれほどの恐怖が収まっているのか、私にはわからなかった。羽に覆われているものは何？　半ダースの骨が弱々しく集まっているのは何のため？　恐怖で鳴くため。口を噤んだまま、私たちは自分自身を理解できないから、子どもたちが怒っているから、私たちは口を噤んだまま、そわそわしながら見守っていた。怖がらせないための言葉をかけても、自分が生まれたことに怯えているものを慰めることはできなかった。慣れると約束することがどうしてできよう？　ヒヨコの命がどれだけ短いか、父母である私たちは知っていた。ヒヨコもまた、生き物すべてが知っているような形で、つまり奥深くに潜む恐怖を通じて、それを知っていた。

　それでもヒヨコ、短命で黄色いものは、愛らしさに溢れている。私は、ヒヨコにも自分の命の愛らしさを感じてほしいと思った。私たちもそう求められたことがあるように。ヒヨコであることは周りの人びとにとっては喜びだが、自分自身にとっての喜びではない。自分が、必要だから存在しているのではなく、無償で存在していることを感じてほしかった——ヒヨコたちのなかで一羽は無用の存在にならなければならない——ただ神の栄光のためだけに生まれ、その結果として人間たちを喜ばせてほしかった。でもそれは、ただ私たちが愛しているからという理由で、ヒヨコに幸せになってほしいと望む私たちの愛そのものを、愛することでしかなかった。私はまた、誕生を解決することができるのは母親だけだということ、私たちの愛は愛するのを楽しむ者の愛でしかないということを知っていた。愛する機会が与えられるという恩寵のなかで、私は揺れ動いていた。私には熱愛することができるために、鐘が、鐘が繰りかえし鳴っていた。でもヒヨコは震えていて、恐怖を体現していた。愛らしさではなく。

　いちばん下の子が堪えきれずに言った。

「この子のお母さんになる？」

　私はうろたえながら、そうだと答えた。私は、私が使えるただひとつの言語を理解しないヒヨコのために送られた使者だった。愛されないまま、愛していた。四人の子どもたちの目は、希望から来る頑なさをもって、私がうまく愛を示し始めるのを期待していたけれど、使命は失敗しそうだった。私は少し身構えて、孤独に微笑み、家族の方を見て、彼らも微笑んでほしいと思った。ひとりの男性と四人の男の子たちが、疑いと信頼の入り混じった目で私を見つめていた。私は主婦、一家の穀物倉だった。五人がどうしてそれほど冷静なのかわからなかった。私は何度、怖じ気づいては失敗して、彼らに見つめられたことだろう。私も、五人の男たちの挑発から身を離して、自分に期待し、愛がどんなものだったのかを思い出そうとしていた。ロを開き、真実を言おうとした。どうしたらいいのかわからない、と。

　でも、もし夜中にひとりの女性がやってきたら？　息子を抱き抱えていたら？　そして「息子を治して」と言われたら？　私は「どうやって？」と問うだろう。彼女は答える。「息子を治して」私は言う。「私にもできません」彼女は言う。「息子を治して」それで――それで、私には何もできず、何も身に覚えはなく、夜なので――それで私は、手を伸ばして、その子を助ける。夜なので、私は、その人の夜のなかでたったひとりの存在なので。この静寂は私には大きすぎるので。私には二つの手があり、その望ましい方を犠牲に捧げることができるので。選択の余地はないので。

　だから私は手を伸ばして、ヒヨコを摑んだ。

　その瞬間、私はオフェーリアの姿をふたたび見た。そしてその瞬間、私が、ある少女の目撃者となったことを思い出した。

　あとになって、近所に住んでいたオフェーリアの母親が、インド人のような小麦色の肌をしていたことを思い出した。目の下の紫色のくまは気怠く美しく、男たちは彼女を二度見した。ある日、広場のベンチにいて、子どもたちが遊んでいるあいだ、彼女は私に、誰もいない場所を見つめながら頑なな顔で言った。「ケーキの飾り付けを習いたいとずっと思ってたの」彼女の夫――やはり小麦色で、その乾いた色でたがいを選んだかのような――が、ビジネスで成功して人生を高めようとしていることも思い出した。彼はホテルの支配人かオーナーだったと思うが、正確には知らなかった。彼には堅い礼儀正しさがあった。エレベーターでやや長く乗り合わせたとき、彼は日頃の大きな戦いで鍛えられた傲岸さで、会話に応じていた。その冷淡な態度は、慎み深くなった私と接しながら十階に着くまでには、少し柔らかくなっていた。家に着いたらもっと気ままに振る舞うのだろう。オフェーリアの母親はというと、私たちが同じ階の住人であるために親しくなってしまうことを怖れていた。そして、私も引きこもりがちだとは知らずに、私を避けていた。唯一親しく話したのは公園のベンチで、目の下にくまがあって唇の薄い彼女は、ケーキの飾り付けの話をした。私は何と応えたらいいのかわからず、彼女への好感を伝えるために、ケーキ教室は楽しそうだと言ってしまった。その唯一のやりとりの時間が、私たちをさらに遠ざけた。なまじたがいを知ってしまったために。オフェーリアの母親はエレベーターでも無礼になった。翌日私は、子どものひとりと手をつないでいた。エレベーターはゆっくりと降り、私はどんどん重くなる沈黙に耐えかねて——自分でも不快になるくらいはしゃいだ声で言った。

「これからおばあちゃんの家に行くんです」

　彼女の言葉に私は驚いた。

「訊いてませんよ。私は近所の人の生活には干渉しませんので」

「あら」と私は小さな声で言った。

　そのエレベーターでのことは、公園のベンチで少しでも彼女の打ち明け話を聞いてしまったことの報いだった。つまり、彼女はおそらく、実際に話したより多くのことを打ち明けてしまったと考えていたのだろう。本当のところ彼女は、私たちふたりが理解した以上のことを言ってはいないのに。エレベーターが降りて止まるまでのあいだに私は、公園のベンチでの頑固で夢見がちな彼女の姿をふたたび思い浮かべた——そして、オフェーリアの母親の高慢な美しさを新たな目で見つめた。「あなたがケーキの飾り付けをしたいと思っていることは誰にも言いません」と考えて、私はすぐに目を逸らした。

　威圧感のある父親と、心を閉ざしがちな母親。尊大な一家。彼らはまるで、私が住んでいるのがいつか彼らのホテルとなる建物で、家賃の支払いですでに問題を起こしているかのように、私を扱った。何より、彼らの身分を私が信じていなくて、彼ら自身にも証明することができないかのように、私を扱った。彼らは誰だったのか？　私はときどき自問した。どうして、彼らの顔にはあのような侮辱の意が刻印されていたのか？　どうして亡命中の王家のようだったのか？　そして彼らが私を赦さなかったように、私も赦されない者として振る舞った。もし、私が普段歩く通りで彼らに出会ったら、犯罪の現場でも見られたように驚いただろう。後ずさりして、彼らに道を空けたことだろう――小麦色の肌の、着飾った三人は、ミサにでも行くような様子で歩いていっただろう。誇りの星か知られざる殉教の星の下に生きていたあの一家。紫色の受難の花々。太古から続く一家だった。

　でも、娘を通じて、接触はあったのだ。オフェーリアは、長く硬い巻き毛の、本当にかわいい少女で、母親と同じようなくま、同じような紫色っぽい歯茎、同じような細長い薄い唇を持っていた。その口はよくしゃべった。うちに現れたことがあった。呼び鈴が鳴ったので私は覗き窓を開けたが、何も見えなかった。決然とした声が聞こえた。

「私。オフェーリア・マリア・ドス・サントス・アギアール」

　私は気が進まないままドアを開けた。オフェーリアは入ってきた。私を訪ねてきたのだった。当時、私のふたりの子どもたちは幼すぎて、彼女の落ち着いた知性の相手にはならなかった。

大人で、忙しい私に、彼女は会いに来た。意識には自分のことしかなく、たっぷりと時間をかけて、フリルのついたスカートを丁寧に持ち上げて座り、フリルを整えた――それからようやく私を見た。その時、事務所の文書の写しを作っていた私は、仕事をしながら耳を向けていた。オフェーリアは、私に助言をした。どんなことについてもしっかりした意見を持っていた。彼女の意見によれば、私がすることはすべて少しずつ間違っていた。「私の考えでは」と、不快そうな調子で彼女は言った。私が彼女に助言を求めなければならないかのように。そして、求めはしなかったけれど、彼女は助言を述べた。気高く、充実した八年の人生経験によると、彼女の考えでは、私はうまく子育てをしていないということだった。だってあの子たち、手を差し出すと頭に上ってきちゃうから。バナナをミルクと混ぜちゃだめ。体によくない。でもおばさんは好きなようにやっていいの。誰だって自分のことはよく知ってるんだから。もうローブを着てる時間じゃない。私のお母さんはベッドから出るとすぐに着替えるの。でも誰だって自分が好きなように生活していいんだよ。私がローブを着ているのはまだシャワーを浴びていないからなの、と私が説明すると、オフェーリアは静かになり、私をじっと見つめた。いくらか落ち着いて、こらえるように、この時間にまだシャワーを浴びていないなんておかしい、と言い足した。最後の言葉を言うのはいつも私ではなかった。「野菜のエンパナーダ［小さな円形のパイ生地にさまざまな具材を包んで焼く軽食］には蓋はつけないよ」と言われて、他にどんな言葉を付け加えられるだろう。ある午後、ベーカリーに行くと、私は思いがけず無益な真実に直面した。蓋で覆われていない野菜のエンパナーダが一列並んでいた。「だから言ったでしょ」という声が聞こえた。彼女がそこにいるかのように。巻き毛とフリルと、確かな優しさを持った彼女は、片付いていない部屋にやってくる。ばかげたこともたくさん言うので、落ち込んだ気持ちのなか、私は絶望しながらも笑った。

いちばんつらいのは沈黙だった。私がタイプライターから目を上げると、オフェーリアが黙って私を見ていた。どれくらいそうしていたのかわからなかった。私の何が、この女の子の気を引いているのだろうか？　私は苛立ちながらそう考えた。あるとき、長い沈黙のあとで彼女は静かにこう言った。おばさんって変わってる。私は、まだ覆いのない顔に――私たちの裏側の素顔はあまりにも繊細なので――その不意打ちをまともに食らって、怒りに駆られて思った。でもその変わっているものにあなたは会いに来てる、と。彼女は全身に覆いがあったし、彼女の母親も覆いがあったし、父親もそうだった。

助言や批判はまだいいほうだった。より耐えがたかったのは、「それだから」という言葉で延々と話し続ける彼女の癖だった。市場で野菜をたくさん買いすぎだと彼女は言った――それだから――この小さな冷蔵庫には入らない――それだから、次の市場の日までにしおれちゃう。数日後、野菜はしおれていた。それだから、そう。今度はキッチンのテーブルの上の野菜が前より少なくなっているのを彼女は見た。私はこっそり彼女に従ったのだ。オフェーリアはまじまじとそれを見た。何も言わなかった。私は立ったまま、身構えて、黙って待った。オフェーリアは抑揚なく言った。

「これだけじゃ次の市場の日までもたない」

週の半ばに野菜はなくなった。どうして彼女にはわかるのだろう？　不思議だった。「それだから」に答えがあるのだろう。どうして私にはいつもわからないのか？　どうして彼女は何でも知っているのか？　どうして地球は彼女には親しく、私には覆いがないのか？　それだから？　それだから。

　いちどオフェーリアも間違えた。「地理っていうのは」と彼女は私の前に座って、膝の上で指を絡ませて言った。「勉強のやり方なの」間違いとは言いきれず、少しずれた考えのようなものだったけれど、私にとってその失敗は快く、その瞬間、心の中で彼女に言った。ああ、それでいいの！　ゆっくり進みなさい、簡単なときも難しいときもあるけど、でもそんなふうに間違えながらゆっくり進めばいいの。

　ある朝、話の途中で彼女は横柄に言った。「ちょっと帰って確かめることがあるけど、すぐ戻ってくる」私は危険を冒してみた。「忙しいなら、戻ってこなくてもいいのよ」オフェーリアは黙って問いかけるように私を見た。「すごく感じの悪い女の子もいる」と私ははっきりと考えた。顔にその考えが表れ出るように。彼女は私を見つめていた。驚きと、悲しみのこもったそのまなざしに、私は、忠実さを、私に対する忍耐強い信頼を、いちどたりとも言葉を話したことのない人の沈黙を見て取った。私はいつ彼女に骨を投げて、残りの人生ずっと黙って私のあとを追うように仕向けたのだろう？　私は視線を逸らした。彼女は静かに息をついた。そして、前より断固とした調子で言った。「すぐ戻ってくる」彼女は何を望んでいるのか？　私は不安だった。どうして私は、私のことを好きでもない人たちを惹きつけてしまうのか？

　オフェーリアが座っていたあるとき、呼び鈴が鳴った。ドアを開けるとオフェーリアの母親がいた。保護者然として、居丈高に言った。

「もしかしてオフェーリア・マリアが来てますか？」

「来てます」と私は、彼女を誘拐したかのように、言い訳っぽく言った。

「もうこんなことをしちゃだめ」と彼女はオフェーリアに言ったが、その声は私に向けられていた。それから私のほうを向いて、急に気分を害したように言った。「ご迷惑をおかけしてすみません」

「そんな。とても賢いお子さんですね」

母親は軽く驚いて私を見た――だがその目には疑念が浮かんでいた。そこに私は読み取った。「この子から何を望んでるの?」という言葉を。

「おじゃましないようオフェーリア・マリアに言い聞かせました」と、今度は不信感をあからさまに示しながら言った。そして女の子の手を固く握って連れていった。私から彼女を守るように。疲れ果てた思いで、覗き窓を半分、静かに開けて、外を見た。ふたりは、マンションの廊下を自宅へと歩いていった。愛情を込めた小声で娘を庇護する母親と、平然として巻き毛とフリルを揺らす娘。覗き窓を閉めるとき、まだ着替えていなかったことに気づいた。それだから、ベッドから出たらすぐに着替えるというあの母親に、こんな姿を見られたのだ。いくらか快活な気分で私は思った。まあ、これであの母親は私を軽蔑する。それだから、もうあの子が来ることはない。

でも彼女はまたやってきた。あの子は私に強く惹きつけられていた。彼女から助言をもらうべき欠点がたくさんある私は、彼女の手厳しさを育む肥沃な土地だった。私はすでに、あの私の奴隷の所有地になっていた。彼女はまたやってきて、フリルを持ち上げて座った。

復活祭が近づいていたこの頃、市場ではたくさんのヒヨコが売られていて、私は子どもたちのために一羽買って帰った。いっしょに遊んだあと、ヒヨコはキッチンに留まり、子どもたちは外に遊びに行った。しばらくしてオフェーリアが訪ねてきた。私はタイプライターを打っていて、時おり適当な相槌を打っていた。女の子の変わらない声、心のままに話す声が、私を少しぼうっとさせ、打っている言葉に割り込んでくる。彼女はずっと話し続けていた。

そのとき、すべてが突然止まったように思えた。拷問がなくなったのを不思議に思い、ぼんやりと彼女を見た。オフェーリア・マリアは顔を垂直に保ち、巻き毛は完全に不動だった。

「何あれ」と彼女は言った。

「あれって何？」

「あれ！」彼女はしつこく言った。

「あれ？」

私たちは際限なく「あれ？」と「あれ！」の円環に陥りそうだった。その子が持つ特異な力がなければ。言葉ではなく、力強いまなざしで、彼女が聞いているものに耳を傾けるよう、私に強いた。強いられた長い沈黙の中、キッチンからヒヨコの弱々しい鳴き声が聞こえた。

「ヒヨコなの」

「ヒヨコ？」彼女はまったく信じていない様子で言った。

「ヒヨコを買ったの」私はついに諦めて言った。

「ヒヨコ！」彼女は、私からばかにされているかのように繰りかえした。

「ヒヨコ」

そのやりとりも続きそうだった。私が見たもの、それまで見たことがなかったものがなければ。

それは何か？　でも、何であったとしても、もはやそこにはなかった。一羽のヒヨコが、彼女の目のなかで閃き、沈んで、いちども存在したことがなかったようになった。そして闇に覆われた。地球を覆う深い闇。彼女の震える唇が意に反して「私もほしい」と考えそうになった瞬間から、暗闇は目の奥で深まった。触れればきつく閉じてしまうオジギソウの葉のようないつでも引っこめられる欲望を感じながら。それは不可能なものを前にして後ずさりしていた。近づいてきて誘惑する、彼女のものになりかけていた不可能なもの。目の奥の闇が黄金のように揺らめいた。悪巧みがそのとき彼女の顔を掠めた――私がそこにいなければ、悪賢く、彼女は何だって盗んでいただろう。賢そうにしばたたく目が強奪へと大きく傾いていた。さっと投げかけてきた目には嫉妬があった。あなたは何でも持ってるのに。非難があった。私たちは別の人間で、私はヒヨコを持っている。そして貪欲さがあった。彼女は私を手に入れたいと思っていた。ゆっくりと、私が椅子の背もたれに寄りかかると、彼女の嫉妬は私が貧しいことをあらわにし、私はそのことについて考え込んだ。私がそこにいなければ、彼女は私の貧しさも盗んだだろう。彼女はすべてをほしがっていた。貪欲な震えが治まると、目の奥の闇はすっかり変わっていた。私は彼女に、覆いのない顔に加えて、世界で最良のものを晒していた。つまり、ヒヨコを。彼女の熱い目は、私を見ることなく、私の内面と密に触れ合い始めた強烈な抽象のなか、私を見つめていた。肉眼では理解できない何かが起こっていた。そしてふたたび欲望が戻ってきた。今度は、切り離されてゆく体の他の部分に対して何もできないかのように、その目が苦しんでいた。そしてさらに見開き、内側で体を切り崩そうと働いている力の大きさに驚いていた。繊細な口元は少し子どもっぽくなり、傷を負ったように紫色がかっていた。彼女は天井を見た――くまのせいで、崇高な殉教者のようだった。私は身じろぎせずに彼女を見ていた。乳児死亡率の高さを、私は知っていた。彼女の内にある巨大な問いが、私を取り囲んでいた。「これはそれだけの価値があるもの？」という。わからない。しだいに膨らむ私の静けさが彼女に答えた。でもそんなものなの。私の沈黙を前にして、彼女は経過に身を委ねていた。その巨大な問いに、答えはないはずだった。彼女は身を投じる必要があった――見返りなしに。そうするべきだった。しかも見返りなしに。彼女は自分にしがみつき、抵抗していた。でも私は待っていた。私たちが、起こるべくして起こったものであると、私は知っていた。私は沈黙をもって応えることしかできなかった。そして理解できないために目が眩んで、私の内で、自分のものではない心臓の鼓動を聞いていた。私の期待に満ちた目の前で、私の前で、エクトプラズマのように、彼女は子どもに変身しつつあった。

　痛みがないわけではなかった。彼女の複雑な喜びに混じった苦痛を、私は黙って見ていた。カタツムリのように緩慢な痛み。彼女は薄い唇を舌でゆっくりと舐めた（助けて、と痛ましく分断された彼女の体が言った）。緩慢な苦しみ。彼女は体を膨らませ、ゆっくりと歪んでいった。時おり目が、卵のように何かを渇望しつつ、睫毛だけになった。口には震えるような飢え。あたかも手術台の上に寝そべって、そんなに痛くはないと言うように、微笑みかけていた。彼女は私を見つめ続けていた。彼女が見逃していた誰かの足跡があって、歩き回ったのは私だと彼女は見当をつけていた。さらに歪みに歪んで、ついに自分自身の姿になった。「やってみる？感じてもいい？」彼女の中にそういう問いがあった。うん、と私の代わりに答える声がある。

その最初の肯定に、私は酔う。うん、と私の沈黙が彼女の沈黙にふたたび言う。息子が生まれたとき彼に言ったように。うん。私は無謀にもオフェーリアにそう告げた。子どものときに、誰にも気づかれずに死んでしまうものがあると知っていた私に。うん、と酔って繰りかえした。これほど危険なことはないのに。「行くときにはあなたもいっしょに行くの。あなたはずっと自分のまま。それ、それをあなたは、何になろうとも持ち続けるの」

彼女の誕生の苦痛。そのときまで、私は勇気を見たことがなかった。別の存在になる勇気、自分自身から生まれ出て、古い体を捨てる勇気。その価値があるかどうかはわからないままに。「私」と水に濡れた彼女の体が言いかけていた。みずからとの結婚。

オフェーリアは、自分に起こりつつあることに用心しながら、ゆっくりと尋ねた。

「ヒヨコなの？」

私は彼女の方を見なかった。

「そう、ヒヨコ」

キッチンから弱々しい鳴き声が届く。私たちはキリストの生誕に居合わせたかのように黙っていた。オフェーリアは呼吸を繰りかえしていた。

「ヒヨコちゃん？」と彼女は疑わしげに言った。

「そう、ヒヨコちゃん」私は答えた。彼女を人生へと導くように慎重に。

「ああ、ヒヨコちゃん」彼女は想いにふけるように言った。

「ヒヨコちゃん」私は彼女を傷つけないように言った。

数分前から、私はひとりの子どもの前にいた。変身は完了していた。

「キッチンにいるの」

「キッチンに？」彼女はわかっていない素振りで繰りかえした。

「ああ、キッチンに」私は初めて威圧するように繰りかえした。

「キッチンに」オフェーリアはごまかすように言って、天井を見上げた。

彼女は苦しんでいた。私はいくらか恥ずかしさも感じつつ、ついに仕返ししていることに気づいた。相手は、苦しみ、ごまかし、天井を見上げている。その口、目の下のそのくま。

「キッチンに行ってヒヨコちゃんと遊んでもいいのよ」

「私が？」彼女は尋ねた。

「そうしたいならね」

私が彼女に命令すべきだったということはわかっている。ほしがりすぎるという屈辱を彼女に味わわせないように。彼女に選択させるべきではなかったことはわかっている。彼女に、言われたことに従っただけという言い訳の余地を残してあげるために。でもあのとき、彼女に自由という責め苦を与えたのは、復讐のためではなかった。それはあの一歩、彼女が自分で踏み出さなければならない一歩だったから。ひとりで、この瞬間に。山に向かわなければならないのは彼女だ。なぜ——私は混乱していた——なぜ私は自分の命を、彼女の紫色の口の中へ吹き込もうとしているのか？　なぜ私は彼女に呼吸を与えようとしているのか？　どうして私なんかが彼女の中で呼吸しようとしているんだろうか……——ただ彼女が歩き出せるようにと？　こんなにも痛々しい歩みを与えて？　私が彼女に自分の命を吹き込むのは、いつの日か、彼女が疲れきったとき、山が自分のところまでやってきたと、一瞬でも感じることができるようにするためだろうか？

私にはその権利があるだろう。でも他の選択肢はなかった。まるでその少女の唇がしだいに濃い紫色になっていくかのような緊急事態だった。

「もしそうしたいなら、ヒヨコちゃんを見に行ってね」私は、救け出すための厳しい口調で繰りかえした。

似ているところのない私たちは、二つの体として、向かい合っていた。ただ敵意だけが私たちを結びつけていた。椅子に座った私は固く身構えていた。他者である私の内に形作られた少女が、私と戦おうとするのに備えて。オフェーリアが私を憎み、そして彼女のその苦しみに私が耐えることを、彼女が必要とすればするほど、私はいっそう強くなっていった。あなたの代わりに私がそれを経験することはできない――私の冷淡さがそう言った。戦いを挑もうとする彼女はしだいに近づいてきて、私のなかでは、異常なほど力に恵まれて生まれたあの人物が、私の弱さで喉を潤しているかのようだった。私のなかで、彼女の力が私を傷つけていた。私というつるつるの壁に摑まろうとして、彼女は私を引っ搔いていた。ついに小さな怒声がゆっくりと響いた。

「じゃあ私、キッチンにヒヨコを見に行く」

「行ってらっしゃい」私はゆっくりと言った。

彼女は、背中で威厳を保とうとしながら、そろりそろりとリビングを出た。

キッチンから即座に戻ってきた。驚いて、恥じらいもなく、手に乗せたヒヨコを見せた。うろたえた目つきで私の全身を問い詰めるように。

「ヒヨコちゃんだよ！」と彼女は言った。

伸ばした手の上のヒヨコを見て、私を見て、ふたたび手を見た――そして突然、緊張と不安で一杯になり、それがそのまま伝わった私も緊張と不安に包まれた。

「ねえ、ヒヨコちゃんだよ！」と彼女は言い、その目にはすぐ非難の念が表れた。鳴き声の主が何なのか、私が教えなかったかのように。

私は笑った。オフェーリアは悔しそうに私を見た。そして不意に――不意に笑った。それから私たちは二人で笑った。その声は少し甲高く響いた。

笑ったあと、オフェーリアはヒヨコを床に置いて歩かせた。ヒヨコが走ればあとを追い、ヒヨコを恋しいと感じるだけのために手を離しているようだった。ヒヨコが身を縮めれば、彼女は慌てて守ってやり、「かわいそうに、この子は私のもの」と、自分の支配下にヒヨコがいることを憐れんでいた。ヒヨコを持つ手は、繊細さでねじれていた――それは愛、そう、ねじ曲がった愛だった。「この子はすごく小さいの、それだから気をつけて扱ってあげないといけない、危ないからなでたりしちゃだめ。むやみにつかんじゃだめ、おばさんは好きなようにしていいけど、とうもろこしはこの子のくちばしには大きすぎる。この子はすごく柔らかいから、おばさんの子どもたちに触らせちゃだめ。この子が好きななで方ができるのは私だけ。この子はすぐに滑って転んじゃう、それだからキッチンの床はヒヨコちゃんにはよくない」

しばらく前から無駄にした時間を取り返そうとタイプライターに向かっていた。私を惑わせていたオフェーリアはしだいにヒヨコだけに話しかけるようになり、ひたすら可愛がっていた。初めて、私を手放した。彼女はもう私ではなくなっていた。彼女を見ると、全身が黄金になっていて、ヒヨコも全身が黄金になっていて、ひとりと一羽は糸巻棒と紡錘《ぼうすい》のようにさえずっていた。そしてついに私は自由。じゃまはなくなった。さようなら、と私は、それまでのことを恋しく思いつつ微笑んだ。

　長い時間が経ってから、オフェーリアが私に話しかけていることに気づいた。

「えっと……私、この子をキッチンに置いてくる」

「どうぞ」

　いつ行ったのか、いつ戻ってきたのか、私は見ていなかった。偶然、しばらく物音がしていないのに気づく瞬間があった。彼女に一瞬、目を向けた。膝の上で指を絡めて座っていた。なぜかわからないけれど、彼女を二度見した。

「どうしたの？」

「私のこと……？」

「どうかしたの？」

「私のこと……？」

「トイレに行きたいの？」

「私……？」

　諦めてタイプライターに戻った。しばらくしてから彼女の声が聞こえた。

「おうちに帰らなきゃ」

「そうね」

「おばさんがそうさせてくれるなら」

驚いて彼女を見た。

「そうね、あなたがそうしたいなら……」

「じゃあ、帰るね」と彼女は言った。

ゆっくり歩いていって、音を立てずにドアを閉めた。閉まったドアを私は見ていた。あなたは変わった子、と私は考えた。仕事に戻った。

でも、ある一文から先に進めなくなった。「そう」と時計を見てそわそわしながら考えた。「今度は何？」意味のない自問を続け、妨げになっているものを自分の内に探した。諦めかけたとき、あまりにも静かだった顔を思い浮かべた。オフェーリア。考え以前の考えがそのとき頭をよぎり、ふいに、自分が感じているものにしっかり耳を傾けようとした。ゆっくりとタイプライターを押しやった。途中にある椅子を数脚、ためらいつつゆっくりと退けた。キッチンのドアのところで歩みを緩めて立ち止まるまで。床には、死んだヒヨコがいた。オフェーリア！　咄嗟に、逃げた少女を呼んでいた。

床は、無限に遠かった。オフェーリア、黙ったままの少女の心に近づこうと、私は虚しく試みた。ああ、そんなにびっくりしないで！　私たちは時に愛するあまり殺してしまうこともあるけど、いつの日か必ず忘れるから！　私たちはうまく愛することはできないの、と私は繰りかえした。彼女が真実に仕えることを諦めてひとりよがりに無へ仕えるようになる前に、その言葉を届けられるかのように。世界は恐怖がなくても存在すると、彼女に教えてあげるのを忘れてしまった。でもそれこそが生きて呼吸することなのだと誓って言う。私はひどく疲れていて、キッチンのスツールに座った。

今、私は明日のケーキの材料を混ぜている。長年のあいだ、ずっとこのキッチンで待ち続けていたかのように、座っている。テーブルの下では、今日のヒヨコが身を捩《よじ》らせている。同じ黄色、同じくちばし。復活祭の約束どおり、十二月に戻ってくる。戻らなかったのはオフェーリアだった。彼女は大人になった。砂漠で部族が待ち望むヒンドゥーの姫になったのだ。

一日少なく

死がやってくるとは信じられない。死？

これほど長く続く日々がいつか終わる？

そんなふうに私は穏やかに静かに夢想する。死は偽りではないのか？　人生に仕掛けられたトリックではないのか？　迫害なのか？

そうなのだろう。

その日は午前四時に始まっていた。彼女はいつも早起きする。すぐに小さな食器台の上のコーヒーがいっぱいに入った保温ポットを見つける。温《ぬる》めの一杯を飲んで、アウグスタに洗ってもらうようカップを持っていく。そのとき、アウグスタさんが息子に会いに行くため一ヶ月の休暇を取ったことを思い出した。

長い一日を過ごすのが億劫だった。約束もなく、やることもなく、楽しいことも悲しいこともない。それで、いちばん古い部屋着のローブを着て座った。訪ねてくる人もいなかったから。でもこんなふうに適当な恰好をしていると――そのローブは母の形見だった――居心地が悪かった。立ち上がって、青と白の水玉模様のシルクのパジャマを着た。アウグスタがこの前の誕生日にくれたものだった。それでかなり気分が上がった。紫色（アウグスタの趣味で）に張り替えたばかりの肘掛け椅子に腰かけ、その日最初のタバコに火をつけると、さらに気分はよくなった。煙が金色の、細長い高級なタバコだった。彼女のような人にはふさわしくないタバコ。というか、彼女は大した人間ではなかった。偶然に生まれたというだけ。

それから？

それから。

それから。

それなら。

このとおり。

違う？

それから、突然わかった。それなら、このとおりなのだ。そのうちいいことがあると、アウグスタは言った。以前からこのとおりだった。

新聞が玄関に届いているはずだと思った。わずかな期待に胸を膨らませて取りに行った。何が書いてあるのだろうか。インドシナの大臣が自殺するのか。婚約者の父親に脅されていた男が結婚を決意するのか。

だが新聞はなかった。仲の悪い近隣の家のいたずらっ子が持っていったに違いない。誰が先に新聞を取るのかという絶え間ない戦いだった。新聞の宛て先には、はっきりと彼女の名前が記されているのに。マルガリーダ・フローリスと。何も考えずに名前を見るといつも、小学校のときのあだ名を思い出す。マルガリーダ・フローリス・ヂ・エンテーホ《埋葬の花々》という。どうして誰も、マルガリーダ・フローリス・ヂ・ジャルヂン《庭の花々》というあだ名を思いつかなかったのか？ ただ物事は彼女に対して斜に構えていた。ばかなことを考えた。彼女の小さな顔もまた斜めだ。輪郭が。自分がかわいいのか不細工なのか、考えもしなかった。彼女はただありのままの彼女だった。

それから。

それからお金には困っていなかった。

それから電話を持っていた。誰に電話しよう？　だが電話をかけるときにはいつもタイミングが悪いという感覚をはっきりと抱いた。例えば、愛を込めて抱きしめ合っているところをじゃましてしまうとか。あるいは、話すこともないのにかけてしまったとか。

もし誰かがかけてきたら？　やっと電話が来たのがうれしくて震える声を抑えなければならないだろう。こんなふうに空想した。

リンリンリン。

「はい、もしもし？」

「マルガリーダ・フローリス・ヂ・ジャルヂン？」

男の優しい声に、こう答えるだろう。

「マルガリーダ・フローリス・ヂ・ボスキス《森の花々》・フロリードです！」

その人の歌うような声は彼女を誘うだろう。〈コンフェイタリーア・コロンボ〉での午後のお茶に。今どきの男性は女性をお茶になんて誘ったりはせず、お酒に誘うのだということをちょうど思い出した。それなら話は少し複雑になる。お酒を飲みに行くのに着ていくならもっと大胆で、もっと謎めいた感じで、もっと自分らしくて、もっと……。彼女には自分らしさというものがあまりなかった。でもそれは大して気にならなかった。

何より、電話は鳴らなかった。

それから。鏡に映った自分の姿。鏡を覗くことはほとんどない。自分のことは十分によく知っていたから。彼女はたくさん食べる。彼女は太っていて、肉はひどく青白くたるんでいた。

それから、ショーツとブラジャーの入った抽斗《ひきだし》を整理することにする。彼女はまさしくショーツやブラジャーを整理するタイプの人間で、そういう細かい仕事をしていると気が休まるのだった。もし結婚していたら、夫のネクタイは、色合いのグラデーションに従って完璧に並べていたことだろう。あるいは別の基準で……とにかく何でも。どんなものであれ。整理整頓の依り所は必ずある。彼女自身が依り所としていたのは、自分が未婚であること、生まれて以来同じ家政婦を雇っていること、三十歳の女性で、口紅はあまりつけず、色の薄い服を好むこと……他には？「他には？」という問いかけをすぐに退けること。なぜならこの問いかけは、自分本位で恩知らずだから。孤独を感じてしまうから。孤独は罪だ。神とともにあれば決して孤独ではないから。彼女には神がいた。彼女といっしょにいるのは神だけではなかったか？アウグスタを除けば。

そしてシャワーを浴びに行くとすごく気持ちよくて、体の他の快楽はどんな感じだろうと考えずにはいられなかった。三十歳の処女なんてどうしようもない。悪い奴に乱暴されるよりはましというだけ。シャワーが終わり、考え事も終わると、タルカムパウダーを厚塗りする。デオドラントをたっぷり吹きかける。リオデジャネイロで自分ほど無臭の人はいないだろうと思う。もっとも匂いの弱い生物かもしれない。軽やかにメヌエットを踊るみたいにバスルームから出る。

　それから。

　それからキッチンの時計を見て大いに満足する。もう午前十一時……。朝四時からあっという間だった。時間が経つというのはすばらしい贈り物だ。夕食の残りの、白くなった皮の多いチキンをフライパンで温めながらラジオをつけると、男が何かを考察している。「フルートとヴィオラ」……その言葉で、彼女は急に耐えられなくなってラジオを切る。「フルートとヴィオラ」が本当は、彼女の秘密、切望しているけれど叶わない生き方であるかのように。勇気を出して囁いてみる。「フルートとヴィオラ」と。

　ラジオを切り、それ以上に考え事も切ってしまうと、部屋は静寂に沈み込む。たった今どこかで誰かが死んでしまったかのように……。でも幸い、チキンの残りを温める音がしている。おいしく焼き色がついているかもしれない。食べ始める。すぐに間違いに気づく。冷蔵庫から出したチキンをほとんど温めていないので、脂肪が硬くてところどころ冷たいし、焦げてぱさぱさになっているところもある。

　そう。

　それで食後には？　朝のコーヒーを少し温め直して、太らないように、苦いサッカリンで味をつける。やせこけた体型が彼女の自慢だった。

　それから。

　唐突に、何百万もの人が、ブラジルや他の場所で、空腹に苦しんでいることを思い出した。食べるたびに居心地が悪くなるだろう。

それから。

それから！　どうしてテレビを忘れていたんだろう？　アウグスタがいないと何もかも忘れてしまう。わくわくしながらテレビをつけた。でもこの時間には古い西部劇しかやっていない。何度も挟まるコマーシャルに出てくるのは、玉ねぎ、〈モデス〉の生理用ナプキン、おいしそうだけど太りそうなスグリ。観続けた。タバコを吸うことにした。それですっかりよくなるだろう。展覧会の絵みたいな見た目になるから。《テレビの前でタバコを吸う女》。長い時間が経ってようやく、テレビをまったく観ていないことに気づいた。電気を無駄遣いしているだけだった。ほっとして消した。

それから。

それから？

それから古い雑誌を読むことにした。しばらく読んでいなかった。母の部屋に何冊も積み重なっている。母が死んでからずっと。でもちょっと古すぎた。母が独身時代に買ったものもある。流行は変わっているし、男たちはみんな口髭を生やしているし、ウェストを細くするためのコルセットの広告もある。何より、すべての男たちが口髭を生やしているのが気になった。閉じると、母のものだった雑誌を捨てる勇気がないことにあらためて気づく。

それから。

そう、それから？

それから、お茶を飲むためにお湯を沸かしに立つ。電話が鳴らないことをまだ考えている。せめて職場の同僚でもいればよかったけれど、彼女は働いていない。父と母が残した年金で足りる生活しかしていなかった。字がきれいでなく、字がきれいでなければ採用されないだろうと思っていた。

熱いお茶を飲み、乾いたミニトーストをかじると歯茎に食い込んだ。バターを塗れば少しはおいしいかもしれない。でもバターは太るに決まっているし、コレステロールも高い。コレステロールという流行りの言葉の意味は知らないけれど。

三つ目のトーストをかじろうとしたとき——彼女は数を数える癖があった。そうした秩序へのこだわりは、無害で、楽しくさえあった——三つ目のトーストをかじろうとしたとき……。

＊

やっとだ！　間違いないと彼女は自分に言った。確かに電話が鳴るのが聞こえた。三つ目のトーストのかけらを口から出してテーブルクロスに置き、待ち焦がれていたと思われないようにベルが鳴るのを四回待ったが、鳴るたびに、留守だと思って切られないかと胸が締めつけられた！　その思いつきに突然怖くなって四回目のベルが鳴っているあいだに慌てて受話器を取ると、そっけない声を作って言った。

「もしもし……」

「失礼いたします」引きずるような嗄《しゃが》れ方からして、八十歳以上と思われる女性の声が言った。

「電話機のところに（もう誰も〝電話機〟なんて言い方はしない）フラヴィアを呼んでくださるかしら？　コンスタンサです」

「コンスタンサさん、申し訳ありませんがここにはフラヴィアという名前の方はいらっしゃいません。フラヴィアってとっても素敵な名前ですけど、いらっしゃらないんです。どうしたらよろしいでしょう？」コンスタンサさんの命令口調に少しうんざりしながら言った。

「でもそちらはジェネラル・イジドロ通りでしょう？」

　問題はさらにややこしくなった。

「そうですが、どちらの番号におかけになったんですか？　何ですか？　私の番号ですね。でもぴったり三十年、私はずっとここに住んでいるんです。私が生まれてから一度もこの家にフラヴィアという名前の若い女性がいたことはありません！」

「若くなんてありません、フラヴィアはわたくしより一つ年上です。あの人ったら歳をごまかすんですよ！」

「もしかしたら歳をごまかしているんじゃないかもしれません、コンスタンサさん」

「そんなことはどうだってよいんです、とにかくあの人に電話機のところにすぐ来るように言ってちょうだい！」

「あの、私は……この家には私たちの家族しか住んだことがないんだって言おうとしたんです。神様に誓って本当です。フラヴィアさんという女性が住んだことはありません。フラヴィアさんという方がいないという話ではないんです。でもここには、ここには、い、ま、せ、ん……」

「失礼な言い草はおやめなさい！　あなたのお名前は？」

「マルガリーダ・フローリス・ヂ・ジャルヂンです」

「どういうこと？　庭に花があるのですか？」

「ああ、ユーモアのセンスがおありなんですね！　庭に花があるのではなくて、私の名前が花みたいなんです」

「それでどうなると言うのですか？」

沈黙。

「それでどうにかなるのですか？」

「わかりません。考えたことがないものですから。考えたことがあればお答えできるんですけれど」

「では一生懸命フラヴィアの名前を思い浮かべて、答えを考えてちょうだい」

「思い浮かべています、思い浮かべています……。ああ、わかりました！　うちの家政婦はアウグスタという名前です！」

「もういい加減にしてちょうだい、家政婦なんかどうだっていいのです。フラヴィアを呼んでくださいな！」

「失礼なことは言いたくないんですが、すみません、私の母はいつも言っていました、しつこい人は育ちが悪いって！」

「育ちが悪い？　わたくしが？　パリとロンドンで育ったわたくしが？　あなたはフランス語や英語が少しはおできになるんですか？」

「ブラジルの言葉しか話せません。ですが、そろそろお切りになった方がよいのではないでしょうか。もう私のお茶が冷めてしまいました」

「午後三時にお茶？　洗練のかけらもないということがよくわかるわね。あなたがイギリスでお勉強したことがあり得ると思うなんてね。せめてお茶の時間くらい知っていると思ったわ！」

「することがなかったのでお茶を飲んでいたんです……コンスタンサさん。もう本当にお願いですから勘弁してください。どうか電話をお切りになって、私にブラジルのお茶を飲ませてください」

「ええ、ですが泣く必要はありません、フローリスさん。わたくしはただフラヴィアを日曜日のブリッジに誘いたかったのです。ああ！　いいこと思いついたわ！　フラヴィアが出かけてしまったのなら、あなたが私の家にいらっしゃってトランプをやればいいんだわ。安いレートなのよ。ね？　いかがかしら？　おもしろいと思いませんか？　高齢の女性を楽しませるというのはいかが？」

「あの、私、何のゲームもできないんです」

「まあ、どうして？」

「とにかく、できないんです」

「どうしてそんなに教養がないの？」

「父が厳しかったんです。トランプみたいな悪い癖は覚えちゃだめだって」

「あなたのお父さまもお母さまもアウグスタもずいぶん古臭いのね。言わせてもらえれば……」

「いいえ、おっしゃらないでください！　私から電話を切らせていただきます。失礼いたします」

　涙をぬぐうと一瞬気持ちが軽くなり、自分のものとは思えない新しい考えが思い浮かんだ。あのご婦人のように悪魔めいた考えが……。コンスタンサさんがその名前の通りしつこい《コンスタンチ》として、また哀れなフラヴィアに電話をかけてきても受けなくて済むように、受話器を外しておこう。洟《はな》をかむ。ああ、私が礼儀正しくさえなかったらあんなコンスタンサとかという人には何でも言ってやったのに！　礼儀を身につけているせいであの人に言ってやらなかったことを悔やみ始めていた。

そう。お茶は冷めていた。

サッカリンの苦味が強くなっていた。テーブルクロスの上には、彼女が口から出した三枚目のミニトーストのかけら。惨めな午後。というか惨めな一日？　というか惨めな一生？　自分が幸せかどうかなんて改めて考えたこともなかった。それでお茶を飲む代わりに少し酸っぱいバナナを食べた。

それから。

それから。それから四時になった。

それから五時。

六時。

七時。夕食の時間！

昨日の残りのチキン以外のものを食べたかったけれど、食べものを無駄にしないたちだった。干からびたもも肉とトーストを食べた。本当のことを言うと、まだお腹は空いていなかった。アウグスタといると元気が出ることもたまにはあった。話してばかり、食べてばかり、ダイエットも忘れて、それでも太らなかったから！　でもアウグスタは一ヶ月いない。一ヶ月というのは一生と同じくらい長い。

八時。もう横になってもいい。考え事に耽りながら時間をかけて歯を磨いた。擦り切れた綿のキャミソールを着た。母が作ってくれたもの。そしてベッドに入った。

目を開けている。

目を開けている。

目を開けている。

そのとき、母の、不眠症の薬瓶があったことを思い出した。父親のことを思い出した。レオンチーナ、量に気をつけるんだぞ、飲みすぎたら命に関わる。レオンチーナは答える。こんな素敵な人生、まだ終わりにしたくない。二錠飲めばゆっくり眠って、薔薇色になってあなたの隣で目覚められるわ。

そう。マルガリーダ・フローリス・ノ・ジャルデン《庭に咲く花々》は思った。ぐっすり眠って薔薇色で目覚める。母の寝室に行き、ダブルベッドの左側の抽斗を開ける——丸薬が詰まったガラス瓶が確かに三本ある。薔薇色で目覚めるために二錠飲むつもりだった。他意はなかった。水差しとグラスを取りに行った。瓶を開ける。小さな丸薬を二錠取り出す。黴と砂糖の味がする。自分のなかに他意があると気づきもしなかった。でも世界の誰にもわからない。今となっては、不安定だったのか、逆に完全に落ち着いていたのか、知る術はない。何杯もの水で、三本の大きな瓶の丸薬をすべて飲んだ。二つ目の瓶に差しかかったとき、人生で初めて考えた。「私」と。単なる練習ではない。実際それはデビューだった。彼女はついにデビューした。そして終わり際に、両脚に何かを感じた。かつてないほど心地よい何か。その日が日曜日だということさえ彼女は知らなかった。自分の部屋に戻る力は残っていなかった。自分が生まれたベッドへ、斜めに倒れ込んだ。一日少なくなる。ぼんやりと考えた。アウグスタが、せめてイチゴのタルトを作り置きしてくれればよかったのに。

家族の絆

女とその母親は、ようやく駅に向かうタクシーの中に落ち着いた。母親は、スーツケースが両方とも車にあることを自分に納得させようと、数えてはまた数えなおしていた。娘は、斜視気味の黒い瞳に絶えず嘲笑と冷徹の輝きを添え——じっと見守っていた。

「私、なにも忘れてないかしら？」母親が訊いたのは三度目だった。

「ええ、なにも忘れてないわよ」娘は可笑しそうに、辛抱強く答えた。

母親と夫が別れるときの、半ば滑稽な光景の印象が残っていた。老女が滞在した二週間、二人はほとんど我慢の限界だった。「おはよう」と「こんにちは」の響きには毎回、慎重な気遣いが伴い、娘は笑いそうになった。それがタクシーに乗る前のいざ別れるときになると、母親は模範的な姑に、夫は良き婿になっていた。「なにか心無い言葉を言っていたらゆるしてね」老婦人がそう言い、カタリーナは、夫のアントニオが口ごもりながら、手に持った鞄をどうしていいかわからずにいるのを見て、幾分嬉しくなった——夫は良き婿でいることに当惑していたのだ。「ここで私が笑ったら、頭がおかしいと思うわよね」カタリーナはそう考え、眉間にしわを寄せた。「息子を結婚させると息子を失い、娘を結婚させると息子をもう一人もらう、そういうものよ」母親がそう言い添えると、アントニオは風邪にかこつけて咳をした。カタリーナが立ったまま、意地悪く夫を観察すると、夫からは自信が消えて、ただのちっぽけな褐色膚の男になっていた。無理やりあの白髪交じりの小柄な女の息子にさせられていたのだ……。笑いたい気持ちがいっそう強くなったのはそのときだった。幸い笑いたいとき本当に笑う必要に迫られたことは一度もなかった。彼女の目が抑え気味のずる賢い表情を帯び、いっそう斜視になり——笑いが目からこぼれるからだった。笑えることにはいつも心が少し痛んだ。でもそれに逆らうことはできなかった。小さいころから目で笑い、生まれてこの方ずっと斜視だったのだから。

「何度も言うけど、あの子、痩せてるわよ」と母親は、車の揺れに耐えながら言った。アントニオはいないのに、母親はいつもアントニオの前で用いていたのと同じ挑発と非難の口調で言った。そんなだからある夜、とうとうアントニオが切れたことがあった。セヴェリーナさん、私のせいじゃないですよ！　彼は義母をセヴェリーナさんと呼んでいたが、それは結婚前、近代的な姑と婿になることをめざしたからだった。母親が初めて夫婦を訪問した時点でもう、夫がセヴェリーナという言葉を口にするのは難しくなっていたし、いまさら名前で呼んだところで……——カタリーナは二人を見て、笑った。

「ママ、あの子はずっと痩せてたの」と答えた。

タクシーは、単調に進んでいた。

「痩せてるし癇《かん》が強い」婦人がきっぱりとつけ加えた。

「痩せてるし癇が強い」カタリーナは我慢して同意した。

癇が強いくせにぼおっとした子だった。おばあちゃんの滞在中はもっと放心したようになり、寝つきも悪く、老女からの猫かわいがりと愛情が高じて指でつまれて困惑していた。息子の繊細さをまったく気にかけていなかったアントニオも、遠まわしに義母に言うようになった。

「子どもをかわいがるにもほどが……」

「私、なにも忘れてないわよね」また母親が始めたそのとき、車の急ブレーキが二人を投げ出し、互いにぶつかり合い、スーツケースが飛びはねた。「あっ、あっ」と、母親は、まるで取り返しのつかない災禍に遭ったかのように叫んだ。ああ！と、びっくりして頭を振りながら、突然老いて哀れな姿で言った。カタリーナのほうは？

カタリーナは母親を見、母親も娘を見たが、果たして災禍はカタリーナにも降りかかったのか？　彼女は驚いて目をしばたたかせ、慌ててスーツケースやハンドバッグを整え、できるだけ迅速に大惨事から立ち直ろうとしていた。なぜなら事実なにかが起こっていたからで、それは隠しても無駄だった。カタリーナは投げだされてセヴェリーナにぶつかり、長いあいだ忘れていた身体の親密さに放りこまれていた。まだ父親と母親がそろっていた時代以来のことだ。とはいえ、本当に抱擁したりキスを交わしたりしたことは一度もなかったが。いや、父親とはあった。カタリーナは常にお父さん子だった。母親が皿いっぱいに盛り、無理やり過剰に食べさせようとすると、二人は共犯のウィンクを交わしたが、母親はそれに気づきもしなかった。それにしてもタクシーの中でぶつかり、そして身を立て直した後は、話すことがなくなった――なんで早く駅に着かないのかしら？

「私、なにも忘れてないわよね」母親が、あきらめた声で訊いた。

カタリーナはもう母親をみつめる気にもなれなかった。

「手袋を持って」床から手袋を拾い上げながら言った。

「あっ！　あっ！　私の手袋ね！」母親がおろおろと叫んだ。

ちゃんとみつめ合ったのは、スーツケースが汽車に収まり、キスが交わされてからだった。

母親の頭が窓から現われた。

　カタリーナはそのとき、母親が老けこんでいて、目が光っているのを見た。

　汽車は出発せず、二人は言うこともなく待っていた。母親がハンドバッグから鏡を取り出し、新しい帽子をかぶった自分の姿を確かめた。娘と同じ帽子屋で買ったものだ。やたら厳粛な雰囲気で自分を見ていたが、そこにはどこか自賛の念がないわけではなかった。娘は可笑しそうに観察していた。私以外にだれもあなたを愛せる人はいないわ、女は目で笑いながら考えた。責任の重さから口に血の味が滲んだ。まるで「母と娘」が命であり嫌悪でもあるかのように。そう、母親を愛しているとは言えなかった。母親が痛かった、そう、痛み。老女は鏡をハンドバッグにしまい、微笑みながら娘をみつめていた。使い古しだが、まだ十分にずる賢いその顔は、他の人になんらかの印象を与えようと努めているようで、帽子もその一つだった。突然、駅のベルが鳴り、周囲がざわつき、大勢の人が、もう汽車が出ると思って走りだした。お母さん！　女が言った。カタリーナ！　老女が言った。二人が驚いてみつめ合っているところへ、駅手の頭に載った鞄が視界を遮り、走ってきた青年がすれ違いざまにカタリーナの腕を掴み、そのはずみでドレスの襟元がはだけた。ふたたび互いの姿を見たときには、今度はカタリーナのほうが思わず訊きそうになった。なにも忘れてはいないわよね……。

「……私、なにも忘れてないわよね」母親が聞いた。

カタリーナのほうも、なにかを忘れているような気がして、二人で困惑して、目を合わせた――なぜならたとえなにかを忘れていたとしても、もう遅過ぎたから。ある女性が子どもを引きずり、子どもが泣いているところへ、ふたたび駅のベルが響いた……。お母さん、女が言った。互いに何を言い忘れたというのか？　だがいまさら遅過ぎた。きっといつか言っておくべきだったのだ。カタリーナ、私があなたのお母さんよ。そして彼女もこう答えるべきだったのだ。そう、そして私がお母さんの娘ね。

「風に当たらないようにね！」カタリーナが叫んだ。

「あら、何を言ってるの、私は子どもじゃないわよ」と母親は、自身の外見を気にするのをやめることなく言った。しみだらけの手が、少し震えながら、帽子のつばをやさしく整え、カタリーナはふと、父親とは幸せだったのかと訊ねてみたくなった。

「おばちゃんによろしくね！」と叫んだ。

「うん、うん！」

「お母さん」と、長い汽笛が鳴り、煙の間で車輪が動きはじめたため、カタリーナは言った。

「カタリーナ！」と、老女は口を開け、目を大きく見開いて言い、最初に大きく揺れたときに、娘は母親が両手を帽子に持っていくのが見えた。帽子が鼻のところまで落ち、新しい入れ歯しか見えなくなっていたからだ。すでに汽車は動き出し、カタリーナは手を振っていた。母親の顔が一瞬消え、次に現われたときに帽子はなく、シニョンが崩れて白い髪の束となり、若い娘のように肩の上に垂れていた――顔は微笑みなく傾けられ、おそらくもう遠く離れた娘は見えていなかった。

煙の中、カタリーナは帰り道を歩きはじめた。眉はひそめられ、目には斜視の意地悪さが浮かんでいた。連れの母親がいなくなり、しっかりとした足取りをとり戻していた。一人のほうが楽だった。男たちが見ていた。彼女は愛くるしく、ぽっちゃりとしていた。晴れやかに歩き、流行りの服を着て、短い髪を栗色に染めていた。そんな状況に事が展開していたため、痛みを伴う愛が幸せに思えた――周りのすべてがあまりに生き生きとしてやさしかった。汚い道も、古い路面電車も、オレンジの皮も――彼女の心の中で、力がずしりと豊かに流れては流れ、また流れていた。その瞬間の彼女はとても美しく、実に優雅だった。まるで自分で選んだかのように自分の時代と生まれた街と一体になっていた。その斜視の目を見ればだれだって、その女が世界の事物に抱く好意が想像できた。執拗に人を覗き込み、その移ろいやすい人々に、母親のために流した涙でいまも濡れる歓びをしっかりと据えようとしていた。車をすり抜け、皮肉気に覗き込みながら列に割り込み、バスの近くまでなんとかたどり着いた。この小柄な女が腰を振りながら歩いて、自分の人生の神秘の階段をもう一段上るとき、それを妨げるものはなにもないはずだ。

エレベーターが、海辺の暑さの中で唸り声を上げていた。マンションの扉を開けながら、もう片方の手で小さな帽子をとって身を解き放った。この世界全体の広大さを満喫しようと張り切っているようだった。それは彼女の胸の中で熱く燃える母親が拓いてくれた道だった。アントニオはろくに本から目を上げなかった。土曜日の午後はいつも「彼のもの」で、セヴェリーナが出立すると、さっそく嬉々として机に向かい、午後をとり戻していた。

「彼女、帰った?」

「帰ったわ」カタリーナが、息子の部屋のドアを押しながら答えた。ああ、そうだ、この子がいたんだ、そう考えて、急にほっとした。私の子。痩せて癇が強い。立ちはじめたときから、しっかりと歩いていた。だが、四歳近くになるのに、まるで動詞を知らないかのような話し方をする。事物の捉え方も冷ややかで、物同士を結びつけて考えない。今、彼はそこで、濡れたタオルをいじっていた。まさにそのまま、放心して。女は心地よい温もりを覚え、その子を永遠にその瞬間に留めておきたいと思った。叱りながら、タオルを子どもの手から引っ張った。この子ったら！　しかし子どもは無関心に宙を見て、自分自身と対話していた。いつもぼおっとしていた。だれもまだ彼の注意を本当に引けた人はいなかった。母親は宙でタオルを振って、自分のやり方で子どもの視界を遮り、部屋が見えないようにした。ママ、と子どもが言った。カタリーナは素早く振り向いた。なにも求めずそんなふうに「ママ」と言ったのは初めてだった。ママ！　それは確認以上のものだった。女は激しくタオルを振り続け、この出来事をだれに話せるだろうかと自問してみたが、自分でも説明できないこのことを理解してくれそうな人はみつからなかった。タオルを力いっぱい広げ、かけて干した。言い方を変えれば、話せるかもしれない。子どもが、ママ、神様ってだれ？と口にしたと言おうか。いや、たぶん、ママ、ぼく、神様がほしい、か。たぶんそう。真実は象徴だけに宿り、象徴でしかそれを受け取らないのだから。必要な嘘に目で笑いかけ、とくに自分の愚かさに微笑みかけた。セヴェリーナから逃れ、女は期せずして子どもに本当に笑いかけた、目だけではなく。全身が壊れるほど笑い、すると殻が破れ、品のなさが喉鳴りのように顔を出した。変なの、とそのとき子どもが彼女をまじまじとみつめながら言った。

「散歩に行こう！」顔を赤らめて答え、子どもの手をとった。

居間を突っ切り、立ち止まることなく夫に言った。「出かけてくる！」そしてマンションのドアをバタンと閉めた。

アントニオはほとんど本から目を離す暇もなく――呆気にとられ、すでに空っぽになった部屋を覗いた。カタリーナ！　呼んだが、もうエレベーターの降りていく音が聞こえていた。どこへ行ったんだ？　不安に駆られ自問し、咳をして、洟をかんだ。なぜなら土曜日は彼のものだったから。それでいて自分の土曜日を過ごすあいだも、妻と息子にも家にいてほしがった。カタリーナ！　彼女にはもう聞こえないとわかっていたが、苛立って名前を呼んだ。立ち上がって窓辺に行くと、一秒後には歩道にいる妻と息子が見えた。

二人は立ち止まっていた。きっと妻はどの道を行くか決めようと考えているのだ。と突然、行進しはじめた。

なぜあんなに颯爽と、子どもの手を引いて歩いているんだ？　窓からは、子どもの手をしっかりと握り、前方を見据え、急ぎ足で歩く妻が見えた。そしてたとえ見えなくても、男は、妻の固く結ばれた口を想像した。子どもも、ほとんど理解できないはずなのに、なぜかわからないが、やはり前方をしっかり見据えていた。あどけなく驚いて。上から見ると、二人の姿は家族の風景ではなく、地べたに貼りつき、海の光を浴びて黒っぽく見えた。子どもの髪がなびいていた。

夫は再び自問した。それは日常的な文言の無邪気さを被っていたが、彼を不安にさせた。どこへ行くんだ？　妻が子どもを導くのを見て心配になり、怖くなった。二人が自分の手の届かないところに行ってしまったこの瞬間に、妻は息子に伝えているのではないか……。だが、何を？ 「カタリーナ」と考えた。「カタリーナ、その子はまだ無邪気なんだからな！」いったいいつの時点で母親は、子どもをしっかりと抱きしめ、将来の男の上に永遠に影を落とすこの愛という監獄を与えるのか。いずれ彼の息子も、大人になって独り立ちしたときには、これと同じ窓の前に立ち、このガラスをこつこつと叩くのだ、囚われの身で。死者への応答を余儀なくされて。母親がいつの時点で息子に遺産を残すのかなど、いったいだれにわかるだろうか。そしてそのときどんな陰鬱な歓びを覚えるかも。今、母親と息子は、秘密を共有することで理解し合っている。その後、どんな暗黒の根によって男の自由が育まれることになるのか、それもだれにもわからないだろう。「カタリーナ！」と考え、怒りを覚えた。「その子は無邪気なんだ！」だが二人はもう海岸の向こうへと消えていた。秘密を共有して。

「でも俺は？ 俺は？」愕然として問うた。二人は、二人きりで行ってしまった。そして彼は残された。「彼の土曜日」とともに。そして風邪とともに。マンションは片づけられ、「すべてが順調」だった。もしかしたら妻は子どもを連れて、光がきちんと調節されたこの居間から逃げたのではないか。選りすぐられた家具や、カーテンや絵画から。これらこそ彼が妻に与えたものだった。エンジニアのマンション。妻が、若くて将来有望な夫の境遇を利用しているのはわかっていた――だが、自分も彼女を軽蔑していた、あの抜かりない目つきで、癇の強い痩せた子どもと逃げた彼女を。男は不安になった。なぜなら、これからも男はひたすら彼女に与え続けるしかないからだ。より大きな成功を。そしてそれを手に入れるために彼女は助けてくれるが、手に入れたものを憎むこともわかっていた。あの三十二歳の静かな女はそういう女なのだ。絶対に自分の言葉では物を言わなかった、まるで永遠の昔から生きてきたように。二人の関係は、実に穏やかだった。ときに彼は彼女を辱しめるために、着替えの最中に部屋に入ることがあったが、それは彼女が裸を見られるのをひどく嫌うことを知っていたからだった。なぜ辱める必要があったのか。その一方で彼は、彼女がプライドを持てるうちしか、男のものにはならないこともよくわかっていた。それだけにその方法を使って、彼女を女にすることに慣れていたのだ。やさしく辱めると、彼女はすぐに微笑んだ――恨んだりせずに？　おそらくはこうしたすべてから彼らの平和な関係は生まれ、穏やかな声による会話も生まれ、それが子どもにとっての家庭的な雰囲気を作っていたのだ。それとも子どもはときどき苛立つこともあったのだろうか？　ときどき子どもは苛立ち、足をばたつかせ、悪夢にうなされ叫んでいた。この活力あふれる小さな生き物がどこから生まれたかといえば、妻と彼が日常生活から切り取ったもの以外ありえないではないか。二人の暮らしはあまりに穏やかで、ちょっとでも歓びの瞬間が近づくと、素早く目を交わし、皮肉っぽく、互いの目がこう言い合った。それを使ってしまうのはやめよう。ばかばかしい使い方をするのはやめよう。まるで二人が永遠の昔から生きてきたかのように。

　なのに窓から見える彼女は、息子の手をとって急いで歩いていく。彼は独りつぶやいた。あいつは歓びの瞬間を過ごしている――独りで。裏切られた気分だった。なぜならかなり前から彼女なしでは生きられなくなっていたから。なのに彼女は自分の瞬間を物にできている――独りで。ひょっとして、汽車からマンションまでのあいだになにかあったのだろうか？　疑っているわけではないが、不安になった。

夕刻の最後の光が重く、事物の上に荘重に降り注いでいた。砂は乾いた音をたてていた。一日全体が、射光の脅威にさらされていた。とその瞬間、破裂はしなかったが、耳がどんどん、どんどん聞こえなくなって、間断なく動く建物のエレベーターで羽音がわんわん鳴り響いていた。カタリーナが戻ったら、彼らは蛾を振り払いながら夕食をとるのだろう。子どもが寝入り端に喚き、カタリーナが夕食を中断して……それでもエレベーターは一瞬たりとも止まらない?!　そう、エレベーターは一瞬も止まらない。

――「夕食のあと、いっしょに映画に行こう」男は決めた。なぜなら映画が終わってようやく夜が訪れ、その日は、アルポアドール［リオデジャネイロの南地区にある海岸。サーフィンの適地として知られ、岩場から眺める夕日が美しい］の岩に寄せる波とともに砕け散ることになるのだから。

秘密の幸福

彼女は太っていて、背が低くて、そばかすがあって、赤みがかった髪はちりちりに縮れていた。私たちはまだぺたんこだったのに、彼女の胸は大きかった。それでもまだ足りないかのように、ブラウスの両胸のポケットにキャンディを詰め込んでいた。そして何より、物語が好きな子なら誰でもほしいと思うものを持っていた——父親が本屋さんだったのだ。

彼女はそんな立場をほとんど活用していなかった。私たちはなおさらだった。誕生日プレゼントにくれるのは安い薄い本でさえなく、父親の店にあるポストカードだった。しかもそこに印刷されていたのは、私たちが住むレシーフェの風景だった。裏側には仰々しい飾り文字で「お誕生日」とか「愛を込めて」とかという言葉が書かれていた。

まったく、彼女には残酷さという才能があった。まるごと復讐みたいな子で、ひけらかすような音を立てながらキャンディを舐めた。彼女はどれだけ私たちを憎んでいたことだろう。かわいくて、すらりと背が高くて、髪がまっすぐな私たちが許せなくて。私に対しては、残忍であることを隠してサディズムを発揮した。私は本が読みたいあまり、屈辱を味わわされていることに気づきもしなかった。私が貸してほしいと彼女にお願いし続けていた本を、彼女は読んでいなかった。

あるとき彼女に、私を酷い拷問にかける大いなる日が訪れた。偶然を装って、モンテイロ・ロバートの『ナリジーニョのいたずら』［一九三一年刊行の、ブラジルの児童文学の古典］を持っている、と告げたのだ。本当に分厚い本で、ずっといっしょに暮らして、それを食べたり、いっしょに寝たりできそうな代物だった。そして、私には到底、手の届かない本だった。明日うちに来たら貸してあげる、と彼女は言った。

次の日までに、私は朗らかな希望そのものになっていた。生きている以上に、穏やかな海をゆっくりと泳ぎ、波に揺蕩《たゆた》うみたいだった。

次の日、彼女の家へ、文字どおり走って行った。私の家のような隣家と密接した二階建て屋ではなく、立派な戸建てだった。中に入るようには言われなかった。私の目をじっと見て、あの本は他の子に貸しちゃったからまた明日取りに来て、と言った。私は口をぽかんと開けて、足取り重く立ち去ったけれど、すぐにまた希望に包まれてスキップを始めた。私はレシーフェの通りでいつもそんな変な歩き方をしていた。そのときは転ばなかった。本を貸してくれるという約束に導かれていた。明日はやってくる。日々はその後もずっと続き、私の人生が、世界への愛が私を待っていたから、いつもみたいにスキップしながら歩き、いちども転ばなかった。

でも、そう簡単には行かなかった。書店の娘の秘密の計画は、密やかで、悪魔めいていた。次の日、私は彼女の家の戸口にいた。微笑みを浮かべて、胸を高鳴らせて。彼女は穏やかにこう言った。まだ本は返ってきてないからまた明日来て、と。彼女の「明日」という悲劇が、その先の人生でもくり返し私の胸を高鳴らせることを、そのときの私はまだ知らなかった。

そんなことが続いた。どれくらい？　わからない。終わりがないことを、彼女は知っていた。

そのずんぐりした体から悪意が抜けきるまでは。彼女がいじめ相手に私を選んだことには薄々勘づいていた。私には勘が働くこともある。それでも受け入れることがある。まるで、私をいじめることがその人の呪いであるかのように。

どれくらい？　私は一日も欠かさず彼女の家に行った。彼女はこう言うこともあった。本は昨日の午後返してもらったけど、あなたが来たのは今日の午前だから、他の子に貸しちゃった。私は驚きのあまり、目の下に、普段はないくまができていくように感じた。

ある日、彼女の家の戸口でおとなしく黙って、貸せないという彼女の言葉を聞いていると、彼女の母親がやってきた。同じ女の子が毎日家に来て戸口で黙っているのを、変に思っていたようだった。私たちふたりに、どういうことか尋ねた。動揺して黙り込んだあとの、彼女の途切れ途切れの言葉はすじの通った説明にはならなかった。彼女の母は理解できずにますます変だと思ったようだ。そしてついにこの良き母は理解した。娘に向かって、驚くべきことに、こう叫んだ。あの本ならずっとうちにあるのに、あんたは読みもしないじゃないの！

この女性にとって最悪だったのは、何が起きているかを知ったことではなかった。おそらく、自分の娘がそんな人間だという恐ろしい事実を突きつけられたことだった。彼女は私たちを黙って見つめた。これほど意地悪とは知らなかった自分の娘と、レシーフェの通りを吹く風を浴びて戸口に立つ、疲れ切った金髪の女の子。やがて母親は我に返って、きっぱりと穏やかに娘に言った。本をいますぐ貸してあげなさい。そして私にはこう言った。「好きなだけその本を借りていていいからね」わかってもらえるだろうか？　それは、もらうよりも価値があることだった。「好きなだけ」以上のものを、大人であれ子どもであれ、人は望み得ない。

その後のことをどう話したらいいだろう？　私は呆然としながら本を受け取った。何も言わなかったと思う。本を受け取った。いつもみたいにスキップしたりはしなかった。そろりそろりと歩いて帰った。両手で分厚い本を抱えて、胸に強く押し当てていたことは覚えている。家に着くまでどれくらいかかったかは覚えていない。胸は熱く、心は物思いに耽っていた。

家に着いても読み始めなかった。まるで本を持っていないかのように、持っていることにあとで驚くことができるように。そして数時間後、本を開いて数行を読んで感動し、また閉じて、家のなかを歩き回り、また先延ばしするためにバターを塗ったパンを食べ、本をどこに置いたか忘れた振りをして、また見つけて、数秒のあいだ開いてみる。幸福というあの秘密裏の、非合法のものを妨げる、わざとらしい偽の障壁を作った。幸福は、その後もずっと、私にとっては秘密裏のものであり続ける。そのことをすでに予感していたようだった。どれだけ時間がかかったか！　宙に浮かぶ心地だった……。内には誇りと慎みがあった。私は繊細な女王だった。

ときどきハンモックに腰掛けて、本を開いて膝に乗せ、手を触れず、うっとりしながら揺れた。

すでに、本を持った少女ではなかった。恋人といる女だった。

勝利

時計が九時を告げる。高らかに響きわたる、柔らかい鐘の音、反響が続く。そのあと、静寂。陽光が徐々に庭の芝生に染みわたる。家の赤い壁にも上り、蔦についた無数の露を輝かせる。開口部、窓を見つけて、入り込む。軽いカーテンの見張りをすり抜けて、一気に寝室を占領する。

ルイーザは、捩れたシーツの上に寝転がったまま、動かずにいた。髪は枕に広がっていた。腕の一本はこちら、もう一方はあちらにあって、気怠げに磔《はりつけ》の恰好になっている。太陽の熱と光が部屋を満たす。ルイーザは瞬きする。眉をひそめる。口を歪めてしかめ面をする。ようやく目を開けて、天井を見つめる。一日が徐々に体に入ってくる。乾いた葉を踏む音が聞こえる。小さな歩幅で、急いで歩く遠くの足音。道路で子どもが走っているんだと思う。ふたたび、静寂。一瞬、それに耳を傾けるのを楽しむ。死のように完璧な静寂。この家は孤立していて、他の家からは遠いから当然のこと。でも……毎朝聞こえるあの慣れ親しんだ音は？　彼女の家で一日の始まりを告げる、足音、笑い声、食器の音は？　静寂の理由がゆっくりと思い浮かんでくる。だが、頑なにそれを遠ざける。

突然、目を見ひらく。ベッドに座っているルイーザの体に震えが走る。目で、頭で、全神経で、寝室のもう一つのベッドを見る。誰もいない。

枕を垂直に立てて寄りかかる。頭をもたせかけ、目を閉じて。

じゃあ、本当なんだ。前日の午後と、そのあとの夜のことを思い出す。長く苦しい、朝方までもつれ込んだ夜。彼は昨日の午後にいなくなった。二週間前にパリやミラノの札を下げて到着したばかりだったスーツケースを持って。それといっしょに来た下男も彼は連れていった。静寂の理由もそれで説明が付く。彼女は独りだった。彼らがいなくなってからずっと。けんかもした。彼の前では黙っていた。洗練されたすばらしい知識人である彼は、声を張り上げ、責め立て、指を彼女に向かって突き立ててきた。けんかするたびに感じるあの感覚。彼がいなくなったら私は死んじゃう。私は死んじゃう。まだ彼の言葉が聞こえる。

「――束縛ばかりでうんざりだ！　おまえの愛なんてほしい奴にくれてやれ、することのない暇人にな！　いいか？　そうだよ！　おまえと知り合ってからまともな仕事ができてない！　鎖で繋がれてるみたいだ。気遣いとか、優しさとか、お節介の度が過ぎて、おまえに縛られてる！　憎たらしい！　いいか、憎たらしいんだよ！　おれは……」

　そんな爆発がしょっちゅうあった。いつも、出ていくぞと脅す。するとルイーザは一変する。いつもは威厳があり、皮肉っぽく、自信たっぷりの彼女が、行かないでと懇願する。青ざめた顔に狂気が浮かぶのを見て、彼も折れてくれる。すると強く明るい幸福感に満たされ、気づかないうちに受けていた侮辱を忘れる。彼女が耳を傾けない皮肉からにじみ出ていた侮辱を。今回も彼は、これまでと同じく、ほとんど理由なく怒った。新しくすばらしいアイデアが生まれそうになるとルイーザがじゃまをする、と彼は言った。インスピレーションが生まれそうなところで切断される。天気とかのどうでもいい話で。それから最後にはあの嫌らしい「そうでしょ、あなた？」長篇小説を書き続けるには創作にふさわしい状況が必要なのに、最初から全然集中できない、と彼は言った。その「環境」を求めてどこかに行ってしまった。

　それで家は静かになった。彼女は体から魂を抜き取られたように、寝室で動かない。彼が戻ってきて、ドア枠に男らしい影を見せるのを待っている。彼女が好きな大きな肩を捩らせて、彼はこう言って笑うだろう、全部冗談だよ、本に書こうと思ってやってみただけだよ。

　だが静寂は果てしなく続く。それを破るのは蟬の単調な声だけ。月のない夜が寝室に忍び込む。六月の涼しい風に彼女は身を捩る。

「あの人は行ってしまった」彼女は考えた。「あの人は行ってしまった」恋愛小説で何度も読んだその文章が、これほど意味に満ちて感じられたことはかつてなかった。「あの人は行ってしまった」というのは、それほど単純なことではない。頭と胸に広大な空虚があった。叩けば金属音がするだろうと想像した。これからどうやって生きよう？　ふと疑問に思った。やけに落ち着いて、他人事のように。何度も何度も繰りかえし思った。これからどうしよう？　暗くなった寝室を見回した。明かりを点けて、服や枕元の本などという彼の痕跡を探した。何もない。彼女は驚く。「あの人は行ってしまった」

　何時間もベッドの上を転がっていたけれど、眠くはならなかった。明け方、寝不足と苦しみとで弱り果て、目は赤く、重い頭は半ば無意識に陥っていた。それでも頭は働くのを止めず、狂おしい映像がぼんやりと浮かんでは消えてゆく。

　十一時を告げる音が長くゆっくりと鳴った。鳥が鋭い鳴き声を上げる。昨日からすべてが止まっているとルイーザは考える。何をすればいいのかわからず、まだばかみたいにベッドに座っている。爽やかな色彩の海の絵が目に留まる。これほどいきいきと動くような水を見たことがない。その絵の存在に初めて気づいた。突然、ダーツの矢が刺さったように鋭く深く傷つく。「あの人は行ってしまった」嘘だ！　立ち上がる。彼は怒って隣の寝室で寝ているに違いない。走ってドアを開ける。空っぽ。

　彼の仕事机に散らばった新聞を夢中でかき回す。書き置きがあるかもしれない。例えば、「やっぱり君を愛している。明日戻る」いえ、今日じゅうに帰ってきて！　メモ帳を一枚だけ見つける。ひっくり返す。「二時間ずっと座っているが、気持ちを集中させることができない。周りの何かに気が向くわけでもない。翼はあるが、どこにも止まれないかのようだ。書けない。書けない。この言葉に私は傷つく。私はこれほど凡庸で……」ルイーザは読むのを中断する。ぼんやりとだがいつも感じていたもの。凡庸さ。考え込む。じゃあ彼は知っていたの？　たった一枚の紙切れから、弱さと無力を感じて……ジョルジ……小さくつぶやく。こんな告白は読まないほうがよかった。壁に寄りかかる。静かに泣く。疲れ果てるまで泣く。

　洗面台に行って顔を濡らす。冷たくて気が紛れる。目覚めてゆく。力が湧く。髪を結って上で留める。石鹼で、肌がつっぱり、輝くまで顔を洗う。鏡の中の自分は学生みたいだ。リップを探すが、すぐにもう必要ないことを思い出す。

　ダイニングルームは暗く、じめじめして息苦しかった。窓をすべて開ける。一気に明るくなる。すぐに新鮮な空気が入り込み、すべてのものに触れ、薄いカーテンをはためかせる。時計まで元気に時を刻むようだ。ルイーザは軽い驚きを覚える。この陽気な部屋はなんて素敵なんだろう。物が急に明るく生き返ったみたい。彼女は窓から身を乗り出す。遠い赤土の道路へと続く並木の影だって……。本当のところ、こんなふうに思ったことはなかった。いつもここで彼と暮らしてきた。彼がすべてだった。存在するのは彼だけだった。彼は行ってしまった。それでもこの場所の魅力がすっかり破壊されたわけではない。それぞれが命を持っていたのだ。ルイーザは手で額を擦って、考え事を追い払おうとした。考えを小さな部屋に押し込めて、彼の言葉を借りれば「苦役させる」という方法を、彼から教わっていたから。

　コーヒーを淹れ、飲んだ。何もすることがなく、何を考えるのも怖れていないかのように、洗濯するつもりで置いてあった服を摑み、大きな水槽がある裏庭に行った。パジャマの腕と裾をまくって、服を石鹼で擦り始めた。前かがみで、腕に力を込めて、下唇を嚙み、体内の血をたぎらせて。そんな自分に驚いた。動きを止め、額の力を抜いて、前を見た。私に、あの男の精神が寄り添っている……。考えに考えたショーペンハウアーやプラトンを引用する、彼の皮肉っぽい笑いが聞こえるみたい……。優しい風がうなじに鳥肌を立て、指についた泡を乾かす。

　ルイーザは仕事を終えた。素朴で単純な石鹼の香りをまとっていた。ひと仕事して熱くなっていた。澄んだ水を出す、大きな蛇口を見た。暑い……。突然思いつく。服を脱ぎ、蛇口を限界まで開く。冷たい水が全身を駆け巡り、思わず叫び声が出る。思いつきのシャワーで楽しくなって笑う。バスタブから、熱くなり始めた太陽の下の、すばらしい景色が見える。一瞬、我に返り、動きを止める。未完の小説、不意に見つけた告白。物思いにふける。額と口の端に皺を寄せて。あの告白。でも凍るように冷たい水が体の上で音を立てて彼女の意識を引いていた。血管を心地よい熱が巡っていた。突然、思いついて微笑む。あの人は戻ってくる。あの人は戻ってくる。完璧な朝に囲まれて、深く息を吸い、心臓が生命力あふれるリズムを刻むのを感じ、誇らしく思う。のどかな陽光に包まれる。彼女は笑った。あの人は戻ってくる。だって私は強い女だから。

ウルカの海の死者

裁縫師のルルヂス夫人のマンションで、オリーが彩色したドレスを試着していた——ルルヂス夫人は言った。海で男が死んだの。ライフセーバーが何人もいるでしょ。目をやっても、見えたのは塩気が強いはずの海、青い海、それに白い家々だけ。死んだ男はどこに？

塩まみれの死者。私は死にたくない！ ドレスの中で無言で叫んだ。黄色と青のドレス。そんな私は暑くて死にそうだった。青い海で死ぬのではなく。

秘密を明かそう。私のドレスは美しく、私は死にたくない。金曜日にドレスは家に届くけれど、土曜日に着るつもりはない。死ではなく、あるのは青い海。黄色い雲はあるだろうか？ 黄金の雲はある。私には語るべき物語がない。死んだ男にはあったのか？ あっただろう。愚かにもウルカで海水浴をして死んだ。誰に言われて？ 私は愚かではないので気をつけて海水浴をするし、ウルカにはドレスの試着に来るだけ。三着のブラウスも。Sもいっしょに来た。彼女は念入りに試着をする。それで死んだ男は？ 念入りに死んだ？

ひとつ物語を話そう。昔、海水浴が好きな青年がいた。ある水曜日の朝、彼はウルカに来た。ウルカに来ても、ウルカの岩場には、私は行かない。ネズミだらけだから。でも青年はネズミなんて気にしなかった。ネズミたちも彼のことは気にしなかった。ウルカの白い家並み。彼が気にかけていたのはそれだった。そしてドレスを試着する女がいた。彼女は来るのが遅すぎた。青年はすでに死んでいた。塩まみれで。海にピラニアでもいたのだろうか？　私はわからない振りをした。死のことはまったくわからない。死んだ青年って？

　彼は愚かさゆえに死んだ。ウルカには、陽気なドレスの試着のためだけに来るべきだ。私は、陽気さしか求めない女だ。でも死には屈してしまう。死は来る、来る、来る。いつ？　いつ来てもおかしくない。だが午前中の暑さのなか、ドレスを試着しながら神の実在の証《あかし》を求めた。するときわめて苛烈な、バラの強すぎる香りがした。私は二つの「試し」を経験した。神の存在証明の試験とドレスの試着。

　死ぬなら、自然死がいい。事故死ではなく、海に溺れてではなく。私は自分への加護を祈る。たくさんの加護を。加護は必ず訪れる。

　でもあの青年は？　彼の物語は？　学生だったのかもしれない。知ることはできない。私はただ海と家並みを見ていた。ルルヂス夫人は泰然として、ウェストをもっときつくしましょうかと訊いていた。そうしてくださいと私は言った。ウェストはきつく締めて見せるものだから。私は呆然としていた。美しいドレスのなか。

第五の物語

この物語の題名は「彫像群」でもいいかもしれない。ほかにあるとすれば「殺し」。それから「ゴキブリはどう殺すか」でもいい。これから私は、少なくとも三つの物語を作ろうと思う。実話だ。なぜなら互いに矛盾しないから。たった一つの物語でも、もし一千と一夜をもらえたら、一千一にもなるのだ。

第一の「ゴキブリはどう殺すか」はこう始まる。私はゴキブリについての愚痴をこぼした。ある年配の女性が私の愚痴を聞いてくれた。それらをどう殺すかのレシピをくれた。砂糖と小麦粉と石膏を同量ずつ混ぜる。小麦粉と砂糖が誘き寄せ、石膏が中からそれを固める。そのとおりにした。死んだ。

次の物語が本当は第一で、題名は「殺し」という。こう始まる。私はゴキブリの愚痴をこぼした。ある年配の女性が私の愚痴を聞いてくれた。そしてレシピが続く。そこで殺しが入る。実際のところ私はゴキブリの愚痴を抽象レベルでしかこぼしていなかったし、それはうちのですらなかった。地上階の奴で、建物の配管を伝って我が家まで上ってきていた。調合しているときに初めてうちのにもなったのだ。そこで私は、私たちの名において、濃度を少し高めて材料の量と重さを測りはじめた。漠とした怒りに襲われた。復讐心。昼間、ゴキブリたちは姿が見えないから、だれもこれほど安泰な家を齧るという密やかな邪《よこしま》を信じない。だが奴らは、密やかな邪として昼間は眠るから、そのあいだに私は奴らのために夜の毒を用意する。周到に、熱くなって、私は長びく死の霊薬を仕込んだ。昂《たかぶ》る恐怖と私自身の密やかな邪が私を導いていた。いま私が冷たく望むことはただ一つ、存在するゴキブリの一匹一匹を殺すこと。ゴキブリは、我々が疲れて夢を見ているあいだに配管を上る。さて調合が完成した。真っ白。相手は私と同じくらいにしたたかなゴキブリだ。私は粉が自然の一部に見えるようになるまで、巧妙に撒いた。ベッドの上から、マンションの静けさの中、私は奴らが一匹ずつ暗闇が眠る家事室まで上ってくるのを想像した。そこには、警告のタオルが一枚、竿にあるだけ。数時間後、寝坊して跳び起きた。もう明け方だった。キッチンを突っ切った。その部屋の床に奴らはいた。硬く、大きいのが。夜間に私は殺していた。私たちの名において、夜が明けた。丘でおんどりが鳴いた。

　これから始まる第三の物語は、「彫像群」の話だ。私がゴキブリの愚痴をこぼしたと言って始まる。その後に来るのが同じ年配の女性。それから、明け方、目が覚め、寝ぼけ眼でキッチンを突っ切るところまで進む。私より寝ぼけているのが、タイルの遠近法に浮かぶ家事室だ。明け方の暗がりの中で、すべてを遠くに追いやる紫がかった一筋の光。私は足許に影と白いものを目に留める。数十の彫像群が、コチコチに固まって点在している。内から外へと硬くなったゴキブリ。何匹かは腹を上に向けている。ほかのは、決して完成しない途中のポーズ。数匹の口には少量の白い食べ物。私はポンペイの夜明けの第一目撃者だ。その最後の夜がどんなものだったかを知っているし、暗闇の饗宴乱舞も知っている。何匹かの体内では、石膏が致死過程と同じくらいにゆっくり固まったはずだ。そして奴らの動きはますます重くなり、自身の内から逃げ出そうと、貪欲に夜の歓喜を激化させていったことだろう。ついに石と化し、無垢の驚きの中で、かのような、かのような悲痛な非難の視線を放つ。ほかは——突如自分自身の中枢から襲撃を受け、まさか体内の鋳型《いがた》が石化するなどそんな直観は持たなかった！——奴らは瞬時に結晶化し、ちょうど言葉が口許で途切れるように、君をあ……奴らは愛の名を虚しく使い、夏の夜に歌っていたのだ。他方、あそこで褐色の触角を白く汚している奴、そいつはきっと、気がつくのが遅すぎてミイラとなったが、それはまさに虚しさという無償の恵みを以て物を使うことを知らなかったからだ。「私は自分の中を見すぎた！　自分の中を見過……」——私は自分の人間としての冷たい高みから、ある世界の壊滅を見る。夜が明ける。ゴキブリの死体の触角が一本、二本、そよ風に、乾いて揺れる。前の物語に続き、おんどりが鳴く。

　第四の話は、家庭の新時代を切り拓く。始まりはご存じの通り、私はゴキブリの愚痴をこぼした。私が石膏像を見るところまで進む。そう、死んでいる。だが配管を見ると、まさに今夜、そこでゆっくりと活力あふれる大群が列を成して一新される。ということはつまり私は毎晩、死の砂糖を一新するのか？　儀式を渇望せずには眠れない人のように。そして毎朝、明け方には夢遊病者のように展示館に向かうのか？　私の汗まみれの夜が打ち立てた彫像たちに会いに行くのが悪癖となって。私は魔女の二重の生活の光景を前に、邪な悦楽に打ち震えた。そして乾きゆく石膏の予兆にも打ち震えた。生きるという悪癖が、私の体内の鋳型を打ち破る。二つに一つの道を選択する厳しい瞬間。それはすなわち、私が考えるに、さらばという意味。どちらを選んでも待つのは犠牲。私か私の魂か。私は選んだ。そして今日、密かに美徳の看板を心に掲げる。「この家は駆除済み」

第五の物語は「ライプニッツとポリネシアの愛の超越」という。始まりはこうだ。私はゴキブリの愚痴をこぼした。

愛

少し疲れ、買った物でレース編みの新しい編み袋の形を崩れさせながら、アーナは市電に乗った。膝の上に荷物を置くと、市電は発車した。それから楽な姿勢を探して背もたれに身を預け、半ば満足のため息をついた。

アーナの子どもたちはよい子で、まさしく本物で、みずみずしかった。すくすくと成長し、シャワーを浴び、自己主張をし、しつけは悪いが、時々刻々と完成に近づいていた。キッチンはようやく広くなったが、故障気味のガスコンロが小爆発を繰り返していた。ローン返済中のマンションは、ひどい暑さだった。ただ自分で裁断したカーテンに風が当たると、それは気の持ちようで、立ち止まって汗を拭い、静かな地平線を眺めればよいのだと思い起こさせてくれた。まるで農夫のよう。彼女は、手にしていた種を蒔いて育てたのだ。ほかの種ではなく、それらだけを。そうして木々は成長していた。電気の集金人と交わす束の間の会話も成長し、シンクを満たす水も成長し、子どもたちも成長し、食べ物の載った食卓も成長し、新聞を手に、腹が減ったと笑みを浮かべながら帰宅する夫に、マンションのメイドたちの五月蠅《うるさ》い歌。アーナはこれらすべてにゆったりと、自分の小さな強い手、つまり自分の人生の流れを捧げていた。

午後のある特定の時刻がより危険だった。午後の特定の時刻になると、彼女の植えた木々が彼女を笑った。もうなにも彼女の力を必要としなくなったとき、不安を覚えた。他方で、かつてないほど確固とした自分を感じていた。身体も少し太り、それは、子どもたちのシャツを裁断するときの、大きなはさみでじょきじょき生地を切るやり方に表れていた。彼女のそこはかとなく芸術的な願望のすべてが、かなり以前から、一日一日を美しく希望どおりに実現させる方へと向かっていた。時が経つにつれ装飾のセンスが磨かれ、心の乱れを抑えられるようになっていた。まるで何事も完璧に仕上げることが可能で、それぞれに調和的な外見を与えられることを発見したかのようだった。人生は人の手で作り得るのだと。

　心の底でアーナは常に、事物のしかとした根を実感する必要があると思っていた。そしてそれを家庭は、曲がりなりにも与えてくれた。紆余曲折を経て女の運命に落着し、驚いたことに、まるで仕立てたかのように、そこにすっぽりと収まった。結婚した男は本物の男で、持った子どもも本物だった。それまでの青春が、なにやら人生の病だったかのように奇妙に思えた。少しずつそこから抜け出し、幸せがなくても生きられることを発見していた。すなわち幸せを廃止してみたら、以前は見えなかった一群の人たちがみつかったのだ。働く人として生きる人々——忍耐と、継続性と、陽気さをもって。家庭を持つ前のアーナの身に起きていたことは、永遠に手の届かないものになっていた。狂おしい興奮、それをさんざん耐え難い幸せと混同していたのだ。それと引き換えに創り上げたものが、ようやく理解できるようになったなにか、つまり大人の人生だった。それを彼女は望み、選んだのだった。

　彼女の警戒心は、午後の危険な時刻に注意することに集中した。家は空になり、もはや彼女は必要でなく、日は空高く、家族のメンバーそれぞれが自分の役割につくとき、清潔な家具を見ると、はっとして心臓が締めつけられた。だが彼女の人生にはその驚きを思いやる余裕はなかった――それを、家事で鍛えられたのと同じ器用さで抑えた。そういうときは買い物か、物を修理に出すためにでかけ、家族不在の下でもできる家事や家族の世話にあたるのだった。帰るころはもう夕方で、学校から帰った子どもたちが自分を求めてくれた。そうこうするうちに夜が、平穏に揺れながら訪れる。朝は、穏やかな務めによって黄金色に照らされて目覚める。家具はふたたび埃をかぶって汚くなり、まるで悔いて戻って来たかのよう。彼女はと言えば、ひっそりと、世界の黒くやさしい根の一部になっていた。そうやって匿名で生を養っていた。それでよかった。それを彼女は望み、選んだのだった。

　市電が線路上で揺れ、広い道を入っていった。すぐに湿った風が吹き、午後の終わりという以上に、不安定な時刻の終わりを告げた。アーナが深呼吸をすると、大きな受容が彼女の顔に女の風格を添えた。

　市電はがたがたと進み、続いて止まった。ウマイターまでは休む時間があった。と、そのとき停留所で立ち止まっている男が目に入った。

　その男とほかの人たちとの違いは、彼が、本当に止まっていることだった。立ったまま、両手が前方に突き出されていた。盲人だった。

　これ以上アーナに、不信感から姿勢を正させるものがあっただろうか。なにか不穏なことが起きつつあった。そのとき彼女が目にしたのは、盲人のガムを噛む姿……。盲人がガムを噛んでいた。

　アーナは、それでもまだほんの一瞬、夕食に兄弟たちが来ることについて考える時間があった——心臓がドックンドックンと激しく打っていた。身を乗り出し、盲人をまじまじと眺めた。まるで自分たちが見えていないものを見るかのように。彼は、暗闇でガムを噛んでいた。苦もなく、目を開けたまま。その咀嚼の動きのせいで、笑ったと思ったらすぐに笑うのをやめ、また笑っては笑うのをやめるように見えた——まるで男に侮辱されたかのように、アーナは男を見ていた。そのときの彼女を見たら、憎しみに満ちた女だと思ったことだろう。それでも見続け、どんどん身を乗り出し——市電が急発進したとき、不意をつかれて後方に引っぱられ、レース編みの重たい袋は膝からずり落ち、床でぐしゃっと崩れた——アーナが悲鳴を上げると、車掌は、何が起きたのかわからぬまま急停止させた——市電は止まり、乗客は驚いて目を見張った。

　買った物を拾いに移動することもできず、アーナは青ざめて姿勢を正していた。顔には、長いあいだ使っていなかったある表情が、定まらないまま表われた。まだ模糊として理解不能な表情。新聞売りの少年が笑いながら、荷物を渡してくれた。だが卵は、新聞紙の包みの中で割れていた。ねっとりとした黄身が、網目からぽたぽたと垂れ落ちていた。盲人は咀嚼を中断し、自信なげな両手を差し出して、何が起きたか把握しようとしたが、できなかった。卵の包みはレース編みの袋の外に捨てられ、乗客の笑い声と車掌の合図の中で、市電はふたたび発進した。

　少しすると、周りはもう彼女を見ていなかった。市電は線路の上をがたがた進み、ガムを噛む盲人は、永遠に後方に残された。だが、禍《わざわい》は起きていた。

　レース編みの袋は指のあいだでざらざらとし、もう編んでいたときのような親密なものではなくなっていた。編み目は意味を失い、市電の中にあっては裂けた糸だった。膝の上の買った物をどうすればよいかわからなかった。そして世界は、まるで耳慣れぬ音楽のように、周りで再開していた。禍は起きていた。なぜ？　目の見えない人々がいるということを忘れていたのか。憐れみで息が苦しくなり、アーナの呼吸は重くなっていた。その出来事より前から存在していたものまでが、いまは警告を発し、敵意に満ち、腐りやすくなっていた……。世界はふたたび不快なものになっていた。幾多の年月がぐしゃぐしゃに崩れ、黄身が滴り落ちていた。自分の日常から追放された彼女の目には、道行く人々も危険に曝され、暗闇の表面でかろうじてバランスを保っているように見えた――しかもほんの一瞬、方向感覚を失ったため、あまりに自由になり、どこへ行けばいいかわからなくなっているようにも見えた。規則の不在に気づいたこと、それがあまりに突然で、アーナは前の座席にしがみついた。まるで市電から落ちそうになったかのように。まるで事物が、本来は備えていない平然さをもって覆され得るかのように。

　ついに危機と呼ぶものがやってきた。その特徴は、いまこうして慄きながら事物を見ているときの強烈な快楽。暑さがますます蒸せ返り、すべてが力と大きな声を獲得していた。祖　国《ヴオルンタリオ・》志願兵《ダ・パトリア》通りは、いまにも革命が勃発しそうで、下水の格子蓋はからからに乾き、空気は埃っぽかった。ガムを噛む盲人は世界を暗黒の強欲へと沈めてしまっていた。強者の一人ひとりに、盲人に対する憐れみの非在が備わっていたため、人々が、自分たちの所有していた生命力で彼女を慄かせていた。隣に青い服を着た年配女性がいた。ある表情。慌てて目をそらした。歩道では、ある女が自分の息子を突き飛ばした！　恋人同士が二人で微笑んで指を絡め合っている……。そして盲人は？　アーナは、極端に痛みを伴う善意に陥っていた。

それまでの彼女は、人生を実にうまく鎮め、爆発しないように相当の気配りをしてきた。すべてを穏便な理解に留め、人と人とを分け隔て、服は明らかに着られる目的で作られ、夜の映画は新聞で選ぶことができた――すべてが、ある一日が次の一日に続くように仕組まれていた。なのにガムを嚙む盲人が、それらすべてを打ち砕いた。そして憐れみを通して、アーナの前には甘い吐き気に満ちた人生が現われ、それが口元まできていた。

そのとき初めて、降りるべき停留所をかなり前に過ぎていることに気づいた。憔悴のあまり、迫りくるものすべてに慄いた。萎えた脚で市電を降り、卵で汚れた編み袋を握りしめ、周囲を見渡した。一瞬、方向がわからなかった。まるで真夜中に降り立ったかのようだった。

そこは、黄色い高い塀がそびえる長い道だった。彼女の心臓は恐怖で高鳴り、見覚えがないか周囲を見回したが無駄で、そのあいだも新たに発見した人生が躍動し続け、いっそう生温く、いっそう神秘的な風が顔にまとわりついていた。立ち尽くし塀を眺めた。ようやく場所がわかった。生け垣に沿ってもう少し歩き、植物園の門をくぐった。

中央通りの椰子の木々の間を重い足取りで歩いた。植物園にはだれもいなかった。袋を地面に置き、脇道のベンチに腰を下ろし、そこにしばらくとどまった。

広大な空間が彼女を落ち着かせてくれたのか、静けさが呼吸を整えてくれた。彼女は自分の中で微睡《まどろ》んだ。

遠くに生け垣が見え、そこの午後は明るく円《まろ》やかだった。だが枝々の作る陰鬱な影が脇道を覆っていた。

彼女を囲んでいたのは、穏やかな物音、木の匂い、蔓の合間に現れる小さな驚き。植物園全体が、かつてないほど急かされた午後の瞬間によって粉々に打ち砕かれていた。周りを取り囲む白日夢は、どこから来るのだろう。まるで蜜蜂か鳥の羽音のよう。すべてが奇怪で、過剰に柔らかく、過剰に大きかった。

　ある微かで親密な動きにぎくっとした——素早く振り返った。なにも動いた様子はなかった。ただ中央の並木道に、風格のある猫が一匹、でんと構えていた。毛並みがふさふさしていた。静かに歩き出し、姿を消した。

　不安になり、周囲を見渡した。枝がゆらゆら揺れ、影が地面で小刻みに震えていた。雀が一羽、土を啄《ついば》んでいた。と突然、気分が悪くなり、罠にはめられたような気持ちになった。植物園で、ある密かな営みが進行し、それに彼女も気づきはじめていた。

　木々の実は黒く、蜜のように甘かった。地面には、まるで腐った小さな脳のような渦巻きだらけの乾いた種があった。ベンチには紫の汁が染みついていた。強烈なしなやかさで、水音が響いていた。木の幹には、蜘蛛の豪勢な足が貼りついていた。世界の残酷さは冷静だった。殺生は奥深かった。そして死は、我々が考えるようなものではなかった。

　空想であると同時に——それは歯で食べられる世界であり、大輪のダリアとチューリップの世界であった。木の幹には、葉が生い茂った寄生植物が伝い、その抱擁は柔らかく、ぴっしりと貼りついていた。いわば挺身《ていしん》に先立つ拒絶のように——魅惑的で、女は悪心を覚えたが、魅惑的だった。

　木はたわわに実をつけ、世界はあまりに豊かで腐りかけていた。アーナが、世の中には飢えた子どもたちと大人がいることを考えると、悪心は喉元までこみ上げた。まるで妊娠して捨てられるかのように。植物園の道徳は別物だった。盲人によってここまで導かれてきた今、彼女は魅惑的な、オオオニバスが化け物のように浮かぶ陰鬱な世界に最初の数歩を踏み入れ、打ち震えていた。芝地に散らばる小さな花々は、黄色やピンクではなく、粗悪な金色や緋色に見えた。腐蝕は奥深く、ふくいくたる香りだった……。だが、これら重たい事物のすべてを、彼女は、世界のもっとも洗練された暮らしから送り込まれた昆虫の大群に、頭を取り囲まれながら見ていた。そよ風が、花の合間をそっとすり抜けていった。アーナは、その甘味を帯びた香りを、感じるというより汲み取っていた。植物園はあまりに美しく、彼女は地獄が怖くなった。

　もうほとんど夜で、すべてが充実しているようで、重く、りすが一匹、影の中を跳んでいった。足元の大地はふかふかとし、アーナは、それを心地よく吸い込んだ。魅惑的で、悪心を覚えた。

　だが、子どもたちのことを思い出すと、罪悪感に駆られ、悲痛の叫びをあげて立ち上がった。袋を引っ摑むと、暗がりの脇道を進み、並木道にたどり着いた。ほとんど駆け足になり、周囲の植物園を見るとそれは不遜な無情を湛えていた。閉ざされた門を揺さぶり、ざらざらの木を摑んで揺さぶった。守衛が現れ、彼女の姿を見なかったことに驚いた。

　マンションの建物の入り口に着くまでは、災禍の淵に立たされた心持ちだった。編み袋を持ってエレベーターまで走った。魂が胸で高鳴っていた——何が起きているの？　盲人への憐れみが悶え苦しむほど暴力的で、その一方で世界は自分のもの、汚く、腐りやすいが、自分のものに思えた。玄関のドアを開けた。居間は広く、四角く、ドアノブは清潔でぴかぴか、窓ガラスもぴかぴか、ランプもぴかぴかに輝き——この新天地は何？　一瞬、これまで送ってきた健全な暮らしが、道徳的に狂った生き方のように思えた。駆け寄ってきた男の子は、脚がすらりと長い生き物で、自分と同じ顔をし、駆け寄り、抱きついてきた。びっくりして力強く抱きしめた。彼女は震えながら自分を守っていた。なぜなら暮らしが危険に曝されていたから。彼女は世界を愛していたし、創られたものも愛していた——悪心を覚えながらも愛していた。いつも牡蠣《かき》に魅了されたときと同じ、真実に接近すると、それを知らせるために引き起こされるあの漠とした嫌悪だ。息子を、ほとんど怪我させるほどに抱きしめた。まるで禍を知ってしまったかのように——それは盲人なのか、あの美しい植物園なのか？——子どもにしがみついた。子どもは何よりも愛おしかった。信仰の悪魔に取り憑かれていた。人生は恐ろしい、彼女はひもじく子どもに囁いた。もしあのままあの盲人の誘いについていったら、何をしていただろう？　一人で行っただろうか……。彼女を必要としている場所は、貧しい所にも豊かな所にもあった。彼女もそれらを必要としている……。怖い、と言った。腕の中に子どもの華奢な肋骨を感じ、驚いて泣き出す声を聞いた。ママ、男の子が呼んだ。子どもを離し、その顔を見ると、胸が締めつけられた。ママにあなたのことを忘れさせないでね、子どもに言った。子どもは、抱擁が緩むのを感じるなり、するりと抜けて寝室のドアまで走っていき、そこから自信を取り戻した彼女の方を見た。それまで受けたこともなかった最悪の視線だった。血が上り、顔が熱くなった。

　指が編み袋に絡まったまま、椅子に倒れ込んだ。何が恥ずかしいのだ？

　逃げようがなかった。それまで彼女が築いてきた日々が殻を突き破り、水が漏れていた。目の前には牡蠣があった。それを見ないわけにはいかなかった。何が恥ずかしいのだ？　だってもうそれは憐れみではなかったし、憐れみだけでもなかったから。彼女の心は、生きたいという最悪の意思で満たされていた。

もはや盲人側にいるのか、生い茂る植物側にいるのか、わからなかった。あの男が少しずつ遠ざかり、彼女は拷問のような苦しみの中で、その目を傷つけたものの側に回ったようだった。植物園は、ゆったりと高みから、暴露していた。恐ろしいことに、自分が世界の強者側に属していることを発見していた——となれば、自分の暴力的な憐れみには何と命名したらよいのか。ハンセン病者にキスをする義務はあるだろう。なぜならその人は単なる姉妹だけではないはずだから。ひとりの盲人が私を、私自身の最悪のものへと導いた、そう考えて驚いた。追放されたと感じたのは、彼女の熱い手から水を飲もうとする貧乏人は一人もいないだろうから。ああ！　人になるより聖人になるほうがよほど簡単だ！　神よ、私の心のもっとも深い水を掘り当てたあの憐れみは本物ではなかったのか？　いや、それは獅子の憐れみだったのだ。

屈辱的だったが、盲人がより貧しい愛を好むことはわかっていた。そして、打ち震えながら、それがなぜかもわかっていた。植物園の生命は、まるで月明かりが狼男を呼ぶように、彼女を呼んでいた。ああ、でも自分はあの盲人を愛している！　彼女は目を濡らして考えた。でも、こんな気持ちで教会には行けたものではない。怖い、と居間で独り呟いた。立ち上がり、メイドが夕食の支度をするのを手伝いに、キッチンへ向かった。

だが生命が、まるで寒気のように、彼女を震わせた。遠くに規則正しい学校のチャイムが、聞こえた。ガスコンロの底部で糸状に連なる埃に微かな嫌悪を覚え、そこに小さなクモを発見した。水を取り替えようと水差しを持ったら——だらんと自分の手に身を委ねてくる花に嫌悪した。あのときと同じ密かな営みがここキッチンでも進行していた。ゴミ箱の近くで、蟻を踏みつぶした。蟻の小さな殺生。その極小の身体が震えていた。水滴がシンクの溜まった水に落ちていた。夏の黄金虫。無表情な黄金虫への嫌悪。その周囲には、静かで、ゆったりとした、執拗な生の営みがあった。厭《いや》、厭。キッチンの一方からもう一方へ歩き、牛肉を切り、クリームをかき混ぜた。頭の周りを、ぐるぐると、光の周りに集まる暑い夜の蚊。憐れみが邪悪な愛と同じくらいに生々しい夜。両乳房の間を汗が滴る。信仰が彼女を打ちのめし、オーブンの熱が目の中で焼けていた。

その後、夫がやってきて、兄弟とその妻たちがやってきて、兄弟の子どもたちがやってきた。窓をすべて開け放ち、九階で夕食をとった。飛行機が振動し、空の暑さの中で威嚇していた。卵を大して使わなかったのに、夕食はおいしかった。子どもたちも夜更かしし、ほかの子たちと絨毯で遊んでいた。夏だから、無理に寝かせようとしても無駄だろう。アーナは少し青ざめて、ほかの人たちといっしょににっこり微笑んでいた。

夕食の後、ようやく涼しくなった風の最初のひと吹きが入ってきた。彼らは食卓を囲んだ、家族で。一日の疲れ、逆らわない幸せ、欠点を見ないことへの意欲。すべてに笑った。善良な人間的な心で。子どもたちは彼らの周りで立派に成長していた。そしてまるで蝶に対してするかのように、アーナはその瞬間を、二度と自分のものでなくならないうちに、指で摘まみ取った。

それからみんなが帰り、子どもたちも寝た後で、彼女は窓の外を眺める原生の女になっていた。街は寝静まり、暑かった。果たして盲人が解き放ったものは、彼女の日々に収まるのだろうか。ふたたび老いるまでに何年かかるのだろう。彼女がちょっと動くだけで、子どもたちの一人を踏みつけそうだった。しかし愛人の悪知恵を使って、花から蚊が出てくるのも、オオオニバスが湖の闇に浮かぶのも受け容れているようだった。盲人が、植物園の果物のあいだにぶらさがっていた。

もしガスコンロの爆発だったら、家中に火が回っているかも！　そう考えてキッチンに走っていくと、こぼれたコーヒーの前に立つ夫に出くわした。

「どうしたの？」全身を震わせて叫んだ。

夫は妻の恐怖に驚いた。だが突然、状況を察して笑った。

「何でもないよ、僕は不器用でね」彼は疲れているようで、目の下にはくまがあった。

だが、アーナの異様な形相を前に、さらによくアーナを覗き込んだ。それから自分のほうに引き寄せ、すばやく撫でた。

「あなたになにも起きてほしくないの、絶対に！」彼女は言った。

「せめてガスコンロの小爆発ぐらい起こさせてくれよ」彼は微笑んで答えた。

彼女はそのまま力なく夫の腕に抱かれていた。今日の午後、静かななにかがはじけ、家中にユーモアと悲哀の雰囲気が漂っていた。もう寝る時間だ、もう遅い。彼が言った。本来は自分のものではないが、自然に見えるしぐさで妻の手を握り、振り返ることなく妻を連れだし、生きる危険から遠ざけた。

善意の眩暈は終わっていた。

そして今、愛と自分自身の地獄を通り抜け、鏡の前で髪をとき、ほんの一瞬、心の中には一切の世界がなくなっていた。横になる前に、まるで蠟燭を消すかのように、一日の小さな炎を吹き消した。

切なる望み

少女は啜り泣いていた。髪の赤色が、午後二時の明るさのなかで際立っていた。誰もいない通りで石たちが暑さに震えていた——少女の髪は燃えていた。家の階段に座って少女は耐えていた。通りは無人で、路面電車の停留所に虚しく待つ人がひとりいるだけ。少女の弱々しい、耐えるようなまなざしには時おり啜り泣きが交じり、諦めたように、手で支えた顎を揺らす。啜り泣く赤毛の女の子に何をしてやれるだろう？　私たちは揃って気落ちして、言葉もなく見交わした。ひと気のない通りに電車が来る気配はない。小麦色の肌ばかりの土地で赤毛の白人であることは、望まない反抗となった。いつかそれが少女に女としての尊大な誇りを感じさせる個性になるだろうが、何の意味もない。今のところは、二時で、玄関前の陽にきらめく階段に座っていた。救いは、持ち手が二つに分かれる古いハンドバッグだった。それを長年連れ添った夫であるかのように握りしめ、膝に押し当てていた。

この世界での少女の片割れであるグラジャウー［リオデジャネイロ市北部の街区］の弟が近づいてきたのは、そのときだった。曲がり角から急に、心が通い合う可能性が現れた。ひとりの婦人に付き添う犬の姿で。かわいく哀れなバセット。彼の運命から来る優しさを持っていた。赤毛のバセットだった。

全身を伸ばして、飼い主を置いて速足で駆けてくる。無邪気な、安心しきった犬。

少女は驚いて目を見開いた。少し用心しながら、犬は少女の前で止まった。舌が揺れていた。

両者は見つめ合った。

他者の主人になろうとする人はたくさんいるが、少女もまたその犬を手に入れるためにこの世界にやってきていた。犬は吠えることなく、微かに身を震わせていた。少女は髪に隠れた目で犬を見つめ、心奪われ、真剣な様子だった。どれくらいの時間が経ったのか？　むせび泣きが少女を揺さぶった。犬は微動だにしなかった。少女もまた啜り泣きを抑えて犬を見つめ続けた。

両者の毛は短く、赤かった。

どんな言葉を交わしたのか？　わからない。わかるのは、すぐに心を通わせたこと。時間がなかったから。また、言葉なく、求め合ったこと。慌てて、恥じらい、驚きながら。

曖昧で大きな不可能性と、溢れる陽差しの只中に、赤毛の少女のための答えがあった。駆けてゆくことのできる数々の通りと、大きな犬たちと、いくつもの乾いた排水路の只中に――自身の赤い肉の真髄のように、少女がいた。両者は深く、一心に見つめ合いすでにグラジャウーにはいなかった。あと一秒で宙吊りの夢は破れそうだった。両者がたがいを求め合う重力によって。

でも双方に約束があった。

少女はむずかしい幼年期を過ごさなければならない。大人の女性になるまで出口のない、無垢の只中にいて。犬の方は、生まれつき囚われの身である。

飼い主は日傘の下でもどかしそうに待っていた。赤毛のバセットはようやく少女から離れて、夢遊の歩みを始める。少女は目の前で起こったことに無言のまま驚いていた。父親でも母親でも解読できない無言。少女は膝の上のハンドバッグに覆いかぶさって、黒い両目で、まだ信じられないように、次の角を曲がるまで犬を追っていた。

犬は少女よりも強かった。一度も振り向かなかった。

彼は私を呑んだ

これは本当にあったこと。

セルジョッカは、女性向けのメイクアップアーティストだった。だが、女性にはまったく興味がなかった。求めていたのは男だった。

そしてアウレーリア・ナシメントのメイクアップをしていた。アウレーリアは美しく、メイクをされると、まばゆく輝いた。金髪の白人で、ウィッグと付け睫毛をつけていた。二人は仲良くなった。いっしょにでかけ、ナイトクラブでの夕食へも行った。

アウレーリアは、美しくなりたいと思うと、いつもセルジョッカに電話をかけた。セルジョッカも美しかった。細身で背が高かった。

そうやってことは進んだ。電話一本で会う約束をした。彼女はおしゃれで、余念がなかった。コンタクトレンズをつけていた。そして胸にはパッド。でも、本物のほうも美しく、先がつんと立っていた。パッドを使っていたのは、バストが小さかったからだ。彼女の口は赤いバラの蕾だった。そして大きく白い歯。

ある日、午後六時、渋滞が一番ひどい時間に、アウレーリアとセルジョッカはコパカバーナ・パレスの近くに突っ立ち、タクシーを虚しく待っていた。セルジョッカが疲れて、木に寄りかかった。苛立つアウレーリア。ドアマンに十クルゼイロを渡して、車を呼んでこさせたらと提案した。セルジョッカは拒んだ。財布のひもが固かったのだ。

七時近くになっていた。暗くなってきた。どうしよう？

彼らの近くにはアフォンソ・カルヴァーリョがいた。金属工業の実業家。自分の運転手付きのメルセデスを待っていた。暑い日だったが、車は冷房がきき、電話も冷蔵庫もあった。アフォンソは前日に四十歳になっていた。

歩道で苛々と、足をコツコツ踏み鳴らすアウレーリアの姿が見えた。いい女だ、アフォンソは考えた。車を探している。彼女の方へ向かった。

「お嬢さん、足がなくてお困りですか？」

「六時からここにいるのに、タクシーが一台も通らなくて、拾えないのよ！　もう、我慢できないわ」

「もうすぐうちの運転手が来るから」と、アフォンソが言った。「どこかまでお連れしましょうか？」

「それはとてもありがたいです。もう足が痛くて」

でも、まめがあるとは言わなかった。欠点は隠した。しっかりと化粧をした顔で、欲情を込めて男を見た。セルジョッカは黙り込んでいた。

ようやく運転手が到着し、車から降りて、ドアを開けた。三人は乗り込んだ。彼女は前に、運転手の隣で、あとの二人が後ろだった。そっと靴を脱ぎ、ほっと息をついた。

「どこへいらっしゃいますか？」

「とくに行先はないんだけど」とアウレーリアは言った。アフォンソの男らしい顔によってどんどん火がついていく。

彼は言った。

「〈ナンバーワン〉に行って、一杯やるってのはどう？」

「すてき、ぜひ」アウレーリアは言った。「あなたはどう、セルジョッカ？」

「もちろん、強いお酒が必要だね」

そこで彼らは、ナイトクラブに行った。その時間はがらがらだった。そして話をした。アフォンソは金属工業の話をした。ほかの二人にはちんぷんかんぷんだった。だが、わかったふりをした。退屈だった。だが、アフォンソは夢中で、テーブルの下でアウレーリアの足にそっと自分の足を寄せた。ちょうどまめがある足だった。彼女は興奮して応じた。するとアフォンソが言った。

「うちに来て夕食を食べない？　今日はエスカルゴとチキンのトリュフ添えがある。どう？」

「もうお腹ぺこぺこ」

だが、セルジョッカは無言。アフォンソに対して火がついていたのだ。

マンションには白い絨毯が敷きつめられ、ブルーノ・ジョルジ「一九〇五‐九三年。ブラジリアン・モダニズムを代表する彫刻家。代表作に首都ブラジリアにある「カンダンゴ」」の彫刻があった。座って、もう一杯飲み、ダイニングルームに行った。ジャカランダ「家具や楽器に使われる高級木材のブラジリアン・ローズウッド」のテーブル。ボーイが左側から給仕した。セルジョッカはエスカルゴの食べ方を知らず、専用のカトラリーを手に苦戦していた。気に入らなかった。他方、アウレーリアは大いに気に入り、ただニンニクの匂いが残ることが心配だった。だが夕食のあいだずっとフランスのシャンパンを飲んだ。だれもデザートをほしがらず、コーヒーだけをほしがった。

それから居間に行った。するとセルジョッカが元気になった。そして話しはじめ、止まらなくなった。艶っぽい視線を実業家に投げかけていた。実業家は、美しい青年の雄弁さに驚いた。翌日、アウレーリアに電話をして、こう言うことになる。「セルジョッカは実に愛すべき奴だね」

そしてまた会う約束をした。今度はレストランの〈アルバマール〉。手始めに牡蠣を食べた。ここでもセルジョッカは牡蠣を食べるのに苦労した。俺には合わない、と思った。

実は会う前に、アウレーリアはセルジョッカに電話をしていた。至急、化粧をしてもらいたいの。彼は彼女の家に行った。

そのときメイクをされながら考えた。「セルジョッカは、私の顔を剥がしている」

なにやら彼は自分の特徴を消しているような気がしたのだ。空っぽの、肉だけの顔。褐色の肉。

気分が悪くなった。失礼を断わって、トイレに行き、鏡を見た。想像したとおりだった。セルジョッカは、彼女の顔を抹消していた。骨までが——彼女は見事な骨格をしていた——その骨までが消えていた。この人は私を呑み込んでいる、そう思った。この人は私を壊してしまう。アフォンソのせいだわ。

面白くない気分で戻った。レストランでは、ほとんど話さなかった。アフォンソはむしろセルジョッカの方とよく話し、アウレーリアの方はほとんど見ていなかった。男性に興味を惹かれていた。

やっと、やっと昼食が終わった。

セルジョッカはアフォンソと、夜に会う約束をした。アウレーリアは、行けない、疲れているからと言った。嘘だった。行かないのは、見せる顔がなかったからだ。

帰宅し、長いこと泡風呂に浸かり、考え込んだ。そのうちあの人は私の身体まで取ってしまう。以前の自分を取り戻すにはどうしたらいいのか？　私の個性を？

考え込みながら湯船を出た。大きな赤いタオルで身体を拭いた。ずっと考え込んでいた。体重計に乗った。ちょうどよい体重だった。そのうち私の体重まで取られてしまう、と考えた。

鏡のところへ行った。自分をまじまじとみつめた。だが、彼女はもはや何物でもなかった。

「さあ、」と、いきなり顔の左側を激しく平手で打った。目覚めさせるため。じっと自分とみつめ合った。それだけでは足りないかのように、もう二回顔を叩いた。自分をみつけるために。

そう、これは本当にあったこと。

鏡の中に、ついに見たのは、悲しく、繊細な人間の顔。彼女はアウレーリア・ナシメント。生まれたばかり。まさに誕生《ナシメント》。

神を赦す

コパカバーナ大通りを歩きながら、ぼんやりと建物や海の断片や人びとを見ていた。何も考えずに。実際にはぼんやりとしていたのではなく、力が抜けて周りに注意を向けている状態だったことにはまだ気づいていなかった。私はめったにない状態、つまり、自由だった。すべてを、意味もなく見ていた。さまざまなものを知覚していることに、徐々に気づいていった。そして私の自由は少し強まった。自由を越えない範囲で。「地所巡回」というようなものではなかった。私に合わないし、望んでもいなかった。でも私は自分が見るものに満足を感じているようだった。

そのとき、かつてない感覚を抱いた。純粋な慈しみの感情から、私は自分が神の母であると感じたのだ。地球の、世界の母。純粋な慈しみから、至上の力や栄光を感じるわけでもなく、優越や平等の感覚も抱かず、私は慈しみの思いから、存在するものすべての母だった。もしすべて「そのとおり」だとすれば――錯覚でなければ――神は、なんら誇りや卑小さを感じずに私の愛を受け止めるだろう。義務からではなく。私が慈しむ親密さを、彼は受け入れるだろう。それは私にとっては新しいけれど確かな感覚で、感じたことがなかったのは単に、存在し得なかったからだった。神は愛されるとわかっていた。重みのある愛、おごそかな愛、敬意、恐れ、畏怖をもって。だが神への母性愛については聞いたことがなかった。息子として慈しむことで愛は減じないどころか大きくなった。このように、世界の母であることは、私のただ自由な愛だった。

そのとき、巨大なネズミの死骸を踏みそうになった。一瞬にも満たないあいだに生きることへの恐怖で立ち竦み、一瞬にも満たないあいだにパニックで粉々になり、心の奥底から叫び声が出そうになるのを必死に抑えた。恐怖で、何も見えずに人びとのあいだを駆け抜けるように進み、別の街区まで行き、支柱にもたれかかり、もう何も見たくなかったので力いっぱい目を瞑った。だが映像は瞼の裏に貼りついていた。鳶色の巨大なネズミ。巨大な尻尾、潰れた脚。静かな鳶色の死体。私はネズミが異常なほど怖い。

体じゅうを震わせながら、どうにか生き延びる術を見出した。困惑しきったまま歩き続けた。驚きで子どもみたいな口の形になっている。二つの事実のあいだの繋がりを断ち切ろうと試みた。数分前の感覚と、ネズミ。だが無駄だった。それらは近接によって繋がっていた。二つの事実は理屈を超えて結びついていた。ネズミが私の対位旋律を成していることにぞっとしていた。そして突然怒りがこみ上げた。じゃあ不用意に愛に身を委ねてはだめなの？　神様は私に何を思い出させたいの？　すべてのものに血が通っているということは重々承知している。血が通っていることを忘れないだけではなく、それを認め求めさえしている。私は血そのもので、血のことを忘れはしない。私にとっては精神にまつわる言葉など意味を持たず、地上の言葉も意味はない。これほどまでに剝き出しの顔にネズミを投げつける必要なんてなかった。あの瞬間に。小さい頃からの私の恐怖心を考慮してくれてもよかったはず。ネズミたちに笑われたこともある。過去の世界で、怒ったネズミたちにあっと言う間に貪り食われたこともある。じゃあそういうことなの？　何も求めずに、何も必要とせずに世界を歩いていて、ただ純粋な愛を感じたら、神様は私にネズミを見せつけるということ？　神の不躾が私を傷つけ、侮辱していた。神は無作法だ。閉じた心で歩いた。子どものときと同じくらいの、癒し得ない失望を感じていた。歩き続け、忘れようとした。だが仕返しすることしか考えられなかった。全能の神に対して、どんな仕返しができるのか？　たかが潰れたネズミで私を潰すことのできる神に対して？　孤独な生き物である私の脆さ。仕返しをしようにも、神と向き合うことすらできない。というのも、神がどこにいるのか、どこに内在しているのかわからないから。怒りを込めて見たら神が見える？　ネズミの中に？　あの窓に？　地面の石に？　少なくとも私の中にはもう神はいなかった。私の中にはもう神は見えなかった。

　すると弱者にもできる復讐が思い浮かんだ。ああ、そうなの？　じゃあ秘密は守らない。ばらしてしまおう。誰かと親密になって、あとでその人の秘密を明かしてしまうのが下劣だということは知っている。でもばらしてしまおう――お願いだから、他の人には言わないで、神様の恥はあなたの中にしまっておいて――でもばらしてしまおう、そう、私に起こったことを言い触らしてしまおう。今回は見逃さない、神様がやったことを話してしまおう。評判を傷つけてしまおう。

　……でももしかして、こうなったのは世界がネズミだから、そして私がネズミを受け止める準備ができていると考えたからかもしれない。だって私は自分がもっと強いと思っていたから。愛を計り間違えていたから。私は愛とは理解の合計だと考えていた。真の愛とは、無理解の合計だということを、私は知らなかった。なぜなら私は、愛とはただ慈しむというだけの、簡単なことだと思っていたから。というのも私は、宗教の厳かさが無理解を奉って供物にすることを知らずに、厳かな愛を拒んでいたから。それに私はいつも戦ってきたし、戦うのが私のやり方だった。いつも自分のやり方でやってきた。まだ譲歩を知らないから。心の奥底では、自分が愛せそうなものを愛したいと思っているから——実在するものをではなくて。私はまだ私ではなく、そのために世界ではない世界を愛するという罰を与えられている。それに、私は意味もなく自分を傷つけるから。おそらく、とても頑固な私は、歯に衣着せない意見を必要としているから。所有欲が強いばかりに、皮肉まじりに、ネズミもほしいかと聞かれたのだ。ネズミを手で摑めなければ、あらゆるものの母になることなどできないから。自分がネズミを摑んだら最悪の死に方をすることはわかっている。だから私は、知りもしない見えもしないものの上に闇雲に響く聖母マリア頌歌《しょうか》を歌う。形式主義で自分を遠ざける。形式主義で私の単純さが傷ついたことはないから。傷ついたのは私の誇り。生誕の誇りによってこそ、自分は世界とこれほど親密だと感じるから。でもその世界は、無言の叫びを上げながら自分から取り出しただけのもの。ネズミだって私と同じように実在しているから。私もネズミも自分で見える存在ではなくて、その隔たりにおいては平等だ。たぶん私は何よりも、ネズミの死を望む本性を受け入れなければならないのだろう。たぶん私は、犯罪を犯していないからというだけで自分を優しすぎる人間だと思っているのだろう。犯罪を犯すのを慎んだというだけで無垢な愛の持ち主だと思っているのだろう。たぶん、ただ慎んでいるだけの私の魂を青ざめずに直視することができないうちは、ネズミを直視することもできない。たぶん、わずかずつあらゆるものであるという私のありようを、「世界」と呼ぶべきなのだろう。自分の本性の小ささを愛せなくて、どうして世界の偉大さを愛することができるだろうか？　私がつまらない人間だからというだけで「神」は善良だと想像しているうちは、私は何ものも愛していないのだろう。それでは自分勝手に自分を責めているだけ。自分を知り尽くすことさえないまま、自分と正反対のものを愛することを選んだ。そして私と正反対のものを神と呼びたい。自分に決して慣れることがないだろう私は、世界に傷つけられたくないと思っていた。なぜなら私は自分に従うことしかできず、自分自身より無情なので、私ほど乱暴ではない地球で自分の埋め合わせをすることを望んでいたから。自分が嫌いだからというだけの理由で、ある神を愛しているうちは、私は傷跡つきのサイコロであり続け、人生のより大きな賭けは始まらない。私が神を創造し続けるあいだは、神は存在しない。

あふれる愛の物語

むかしむかしあるところに、めんどりを観察しすぎるあまり、その心と私的な悩みに精通した少女がいた。めんどりは悩みが多いが、他方おんどりは、苦悩がほとんど人間的だった。そのハーレムでは真の愛情に欠けていたうえ、一晩中寝ずの番をして、もっとも遠い暁光の最初の光を逃さず、できるだけ高らかに歌を響かせなくてはならなかったからだ。それがおんどりの務めであり、技芸だった。話をめんどりに戻すと、少女は自分だけのめんどりを二羽飼っていた。一羽は名をペドリーナといい、もう一羽はペトロニーリャといった。

　少女は、そのうちの一羽が肝臓の病気を患っていると思い、看護師がやるように単純に羽の下の匂いを嗅ぎ、その結果、病気の兆候だと判断した。なぜなら生きためんどりの匂いは冗談では済まないからだ。そこでおばさんに薬をもらいにいった。するとおばさんは、「あなたの肝臓はどこも悪くないじゃない」と言った。そこで少女は、この選ばれたおばには親しみを抱いていたので、薬がだれのためかを説明した。少女は、薬は謎の伝染病を回避するためにペドリーナにもペトロニーリャにも与えたほうがいいと言われ、その助言をよいと思った。薬は与えてもほとんど無駄だった。なぜならペドリーナとペトロニーリャは一日中地面を啄み続け、肝臓に悪いいろくでもないものばかりを食べていたからだ。羽の下の匂いは、半端でなく臭かった。消臭剤を使うという発想は起こらなかった。というのもその一群が居住するミナスジェライスでは、下着にはキャンブリックが使われ、ナイロンは使われなかったように、そうしたものが使われていなかったからだ。おばさんは彼女に薬を分けつづけた。黒っぽい液体で、少女はそれを、きっとコーヒーを数滴たらしただけの水だろうと勘ぐっていた――そうして、めんどりのくちばしをこじ開ける地獄が始まったが、それはめんどりであることを治す薬を呑ませるためだった。少女はまだ、人間が人間であることは治せず、またまためんどりもめんどりであることを治せないことがわかっていなかった。人間にもめんどりにもそれぞれの種に特有の悲哀と偉大さがある（めんどりの偉大さは、完璧な形状の白い卵を産むことだ）。少女は田舎に住んでいて、相談する薬局が近くになかった。

その次の苦労の地獄は、ペドリーナとペトロニーリャが、終日食べているにもかかわらず、逆立った毛の下が痩せていることに少女が気づいたときに始まった。少女は、めんどりたちを太らせることが、食卓に載る運命を早めることだとわかっていなかった。そのため最も困難な作業を再開した。すなわちくちばしをこじ開けること。少女は、ミナスジェライスのあの広大な裏庭で、めんどりに直感的に精通する達人となった。そして大人になったとき、めんどり《ガリーニャ》という言葉に、俗語で別の意味［「不身持ちな女」の意］があることを知って驚いた。事態全体を襲いつつあった喜劇的な深刻さには気づかずに。

「でも、問題はおんどりでしょう、じりじりと、やっきになって！　めんどりは余計なことはなんにもしないのよ！　あまりに手が早くて見れたもんじゃない！　おんどりのほうが一羽を愛そうとするくせに、それができないのよ！」

ある日、家族は、少女を家からかなり遠い親戚の家で一日を過ごさせるために連れだすことにした。そして帰ってきたら、存命中はペトロニーリャであったものはもう存在しなくなっていた。おばさんが報告した。

「私たちはペトロニーリャを食べたの」

少女は、愛する能力に非常に長けた生き物だった。めんどりは、かけてもらった愛情に応えないが、それでも少女は見返りを期待せずに愛し続けた。ペトロニーリャの身に起きたことを知ると、家中の人を憎むようになったが、めんどりを食べるのが好きではない母親と、雌牛や雄牛の肉を食べた使用人たちは別だった。だから父親のことは、まともに見ることができなかった。彼はだれよりもめんどりを食べるのが好きだったのだ。母親はすべてを察知し、少女に説明した。

「私たちが動物を食べると、動物は私たちにもっと似てきて、そうやって私たちの中にいるようになるの。この家では、私たち二人だけがペトロニーリャが中にいないの。残念ね」

ペドリーナは、実は少女は密かにこちらのほうを気に入っていたが、本来の死に方で死んだ。ずっと身体が弱かったからだ。少女は、ペドリーナが炎天下の裏庭で震えているのを見ると、黒っぽい布で包み、しっかりと包《くる》んでから、鉱山地帯《ミナスジエライス》の農場によくある煉瓦製の大竈《おおがま》の上に置いた。それではペドリーナの死を早めているだけだとみんなが注意したが、少女は頑固で、ペドリーナをすっぽり丸ごと包んで熱い煉瓦の上に置いた。翌朝、夜が明けたときペドリーナはしっかりと死んで硬くなり、少女はそのとき初めて、とめどなく涙を流し、愛しき存在の死を早めたことを納得した。

もうちょっと大きくなって、少女はエポニーナというめんどりを飼った。エポニーナへの愛——今回、愛はより現実主義的《レアリスト》で、ロマンチストではなかった。愛に苦しんだ経験者の愛だった。そしてエポニーナに食べられる番がきたとき、少女は、それがめんどりとして生まれた者の宿命であると知ったばかりでなく、自分もそのとおりだと思った。めんどりは自分自身の運命に対する予知能力があるようで、飼い主やおんどりを愛することは学ばなかった。めんどりはこの世で独りぼっちなのだ。

*

だが少女は、愛する動物を食べることについて母親が言ったことを忘れてはいなかった。エポニーナを家族のほかのだれよりも食べ、空腹ではなかったが食べ、ほとんど肉体的な歓びを感じながら食べた。なぜならいまはもう、こうすることでエポニーナが自分の中に取り込まれ、存命中よりも自分のものになることを知っていたからだ。エポニーナは血の煮込みにされた。こうして少女は、何世紀にもわたって身体から身体へと受け継がれてきた異教的儀式において、その肉を食べ、その血を飲んだのであった。食事の際には、同じようにエポニーナを食べている人に嫉妬を抱いた。少女は、愛するために作られた存在で、ついには娘になり、そこには男たちがいた。

ソフィアの災難

彼は前に何かの仕事を辞めて転職して、意に反して小学校の先生になった。私たちが彼について知っていたのはそれだけだった。

先生は太っていて、背が高く無口で、猫背だった。喉ぼとけがない代わりに、背中が丸まっていた。短すぎるジャケットと縁なしのメガネを身につけていた。金色の紐が垂れ下がったメガネをローマ人風の大きな鼻にかけていた。私は彼に惹かれていた。その感情は愛ではなかったけれど、彼の沈黙とか、私たちに教えるときに苛立ちを抑えているところとかに惹きつけられていた。彼の苛立ちに気づくと、私は不快になった。教室で悪ふざけをするようになった。大声でしゃべったり、同級生とじゃれあったり、冗談を言って授業をじゃましたりしたので、彼は赤くなって言った。

「黙らないなら出ていってもらいます」

私は傷つき、だが勝ち誇った気持ちで、挑むように言った。そうしてください！　彼はそうはしなかった。私の言うことに従わないために。彼を怒らせたせいで、自分が何らかの形で愛していた人の憎しみの的になるのが、私には辛かった。いつかなるはずの大人の女性としてではなく、不器用に大人を守ろうとする子どもとして、彼を愛していた。まだ臆病になったことはなく、撫で肩のその強い男性を見る者の怒りも込めて。私は彼に苛立った。夜、眠りに就く前に苛立った。私は九歳と少しで、ベゴニアの破裂する前の葉状体みたいに難しい年頃だった。彼をつついてうまく怒らせると、殉教者の栄光に包まれて、ベゴニアを噛みつぶしたときの耐えがたい酸っぱさを口のなかに感じた。狂喜して爪を噛んだ。朝、ミルクコーヒーと洗顔ですっかり純粋になって学校の門を通るとき、眠る前の、底知れないひとときに妄想していた男性の生身の姿を目にするのは、衝撃だった。表向きの時間としては、それは一分ほどでしかなかったけれど、深いところでは、昏くて甘い、数世紀にわたる時間だった。朝——愛の黒い夢を私に見させたあの人が実在するとは思っていなかったかのように——朝、短いジャケットを着た背の高い男性を前にすると、私は恥のなかへ、困惑のなかへ、驚きを伴う希望のなかへ、どすんと放り込まれた。希望は、私の最大の罪だった。

　あの人を救済しようとして始めた惨めな戦いは、日々新たに繰りかえされた。私は彼に好意を抱いていたけれど、彼はお返しに私を憎んだ。それが不愉快で、私は彼にとっての悪魔や苦痛の種になることにした。勉強に興味のない子どもたちに授業をしなければならないという、彼にとっての地獄の象徴に。彼をかまうのは、恐ろしく楽しかった。その遊びはいつも楽しかった。自分が古い伝統に従っているとも気づかず、悪辣な者たち——驚いて爪を噛む悪辣な者たち——が生まれ持つ知恵を働かせて、世界で幾度となく起こってきたことを繰りかえしているとも気づかず、私は娼婦になり、彼は聖人になった。いや、たぶんそうではない。言葉は先回りして、私をはみ出し、そそのかし、私を修正してしまう。気をつけないと手遅れになって、私が言ってもいない言葉が出てくる。いや、それだけでは十分ではない。カーペットが無数の糸で織り成されているように、私も交錯している。ひとつの物語のなかにたくさんの物語があるため、私は織り込まれている。だからすべては語れない――いちばんの真実を言ってしまうと、それが反響に反響を重ねて、私のなかでそびえ立つ氷山が崖崩れを起こしてしまうかもしれない。だから、眠る前の妄想が引き起こした私の渦巻きについてはもう話さないことにする。そうしないと、必死に自制していたことを忘れて、その穏やかな渦が私を彼へと駆り立てていただけだと思い込むことになりかねない。私は誰に強いられたわけでもないのに、彼を誘惑するようになった。誘惑によって彼を救済する役割が誤って私の手に委ねられたのは嘆かわしいことだった。その当時のどんな大人や子どもよりも、私よりふさわしくない人はいなかっただろうから。「この花は香りがしない」とうちの家政婦が言っていたように。まるで崖っぷちを怖れて動けなくなった登山家とふたりきりでいるかのように、私は無能で、彼が降りるのを助けようとすることしかできなかった。先生は運悪く、僻地で、誰よりも軽率な少女とふたりきりになっていた。私の傍は安全ではなかったが、彼をそこに引きずってこなければならなかった。彼が前にいた場所は命の危険があったから。それが私のしていることだった。子どもが大人のジャケットの裾をしつこく引っ張るようなこと。彼は後ろを振り向きもせず、私が何をしたいのか尋ねもせず、勢いよく私から身を離した。私は彼のジャケットを引っ張り続けた。しつこさは唯一の手段だった。どんなことをしても、彼は、ポケットを引っかかれているくらいにしか感じなかった。私にも私が何をやっているのか正確にはわからなかった。先生相手の私の生活はないも同然だった。でも私は自分のしていることが有害で危険だと感じていた。まだ見ぬ本当の人生を求める貪欲さが私を駆り立てていた。私は無能な上に、彼のポケットを引っかくのが好きだった。当時の私を赦すのは神様だけ。私が何をもって創られたか、何のために創られたかを知るのは、神様だけだから。だから私は自分を神様の道具にしていた。それが私の唯一の善行であり、神秘の源泉だった。神様の神秘ではなく、その道具であるという神秘。ありのままの、喜びに満ちた人生という神秘。私は崇拝者だった。未知のものの広大さを受け入れ、告解室の秘密も含めて、そこに全身を浸していた。無知の暗闇へと、私は先生を誘惑していたのだろうか？　独房の修道女が抱く熱意で。陽気で、怪物めいた修道女。哀れな私。そんなことに自惚れてはいられない。クラスのみんなが同じくらい怪物っぽくて繊細で貪欲な、神様の道具だったのだ。

　彼の肉づきのよい丸まった肩と窮屈そうなジャケットとに心動かされていた私が大笑いすると、彼はどうにかそれを無視しようとして、強い自制心でさらに縮こまった。その男は私を嫌っていたので、私は自分を憎みさえした。優しくなれなかったので、私は笑うことしかできなくなった。

　教室で私は何も学ばなかった。彼を困らせる遊びに夢中になりすぎていた。自分の長い足と履き古した靴を小ざかしく嫌いながら耐え、花でないことを恥ずかしく思いながら、そして何より、終わりがないようにさえ思えて怖かった子ども時代の長さに苦しみながら、いっそう、彼を困らせ、唯一自慢のなめらかな髪を尊大に揺らしていた。いつかパーマをかけてきれいにするつもりの髪を、前借りするように揺らしていた。私は勉強もせずに、信念を持っていたずらを成功させていた。先生はそれを憎たらしい女子の挑発と受け止めていた。だが彼は間違っていた。本当のところ、私には勉強する時間がなかったのだ。楽しいことに集中するあまり、何日も何日も、神経を尖らせ続けていた。爪を根元まで嚙みながら夢中でお話の本を読んで、初めて悲しみにうっとりした。そんな洗練を私はすでに発見していた。私が想いを寄せた少年たちは、私を気にもかけなかった。彼らは手の届かない存在なので、私が苦しみながら虚しく過ごした時間も長かった。彼らを優しく受け止める苦しい時間もあった。あの男が私の創造主だったから。迫りくる罪に脅かされて、怖れつつ、私は期待を抱いてばかりいた。自分であることを望んだり望まなかったりを永遠にくり返していたことに言い及ぶまでもなく、どちらの自分になるべきか決めかねていた。どの私であっても立ちゆかなかった。生まれたことそのものに、糺《ただ》すべき過ちが満ちていた。いや、私が勉強しなかったのは先生を苛立たせるためではない。成長するための時間しかなかったのだ。計算間違いみたいな無様さで、私はあらゆる方向へと成長していた。脚と目はちぐはぐだった。口元には感動を浮かべつつ、手の指は不格好だった——急いで、どこへ向かっているかも知らないまま、私は成長していた。反対に、その頃の写真に、じっとしていて、粗野で繊細な、たっぷりの前髪の下で思慮深げな目つきの少女が写っているという事実。その写真は本物だし、私の言っていることとは矛盾しない。ただ、私がその子の母親だったとしてもそうとはわからないような、幽霊めいた誰かが写っているだけ。ずっとあとになってようやく、体に自分が落ち着き、根底から自信が持てるようになってから、思いきって少しは勉強もしてみた。それ以前には、しかし、学ぶのは危険なことで、それによって自分を混乱させたくはなかったのだ。自分自身に気をつけなければならないと直感していた。自分のことがわからず、誇らしげに、手つかずのままの無知を大切にしていた。先生が、私にも予想外の四年後の私を見られなかったのは残念だ。十三歳になった私は、手は清潔で、体もきれいに洗っていて、すっかり取りすまして、かわいらしかった。彼がその私を見たら、クリスマスに二階のベランダにかける色つきの石版画のようだと思ったことだろう。しかし、大声で私の名前を呼んだのは、彼ではなく、通りがかりのかつての同級生だった。私がもう子どもではなく、路上で名前を叫ぶべきではない、立派な若い女性になったことにも気づかずに。「どうしたの？」と私は、突然現れた元同級生に、思いきり冷たく尋ねた。私が受け取った大声の答えは、その日の明け方に先生が死んだという知らせだった。青ざめ、目を見開いて、私は足元で道がぐるぐると揺れるのを見ていた。私のすまし顔は、壊れた人形のように崩れた。

　話を四年前に戻そう。ここまで語ってきたことのすべてが渾然一体となって、課題作文で私があの文章を書く原因となったのだった。この物語の結末であり、他のいくつかの物語の始まりであるあの文章。あるいはただ、校庭で遊ぶために、課題を急いで終わらせたいだけだったのかもしれない。

「これからひとつお話をします」と彼は言った。「みなさんにはそのお話を作文にしてもらいます。でも自分の言葉を使って書いてください。書き終えたら、チャイムを待たずに休み時間にしてください」

　こんな話だった。あるひどく貧しい男が、宝物を見つけて大金持ちになった夢を見た。目覚めると、荷物をまとめて宝物を探しに出発した。世界中を歩き回っても、見つけることはできなかった。疲れきって、それはそれは貧相な家に帰ってきた。食べるものがないので小さな裏庭で菜園を始めた。たくさん植え、たくさん収穫し、たくさん売れるようになり、ついには大金持ちになった。

　私は、そんな話は真に受けないし、彼の程度を私がよく知っているとはっきり示すように、軽蔑するような素振りで、おおっぴらに鉛筆で遊んで軽蔑を表しながら聞いていた。彼はいちどたりとも私のほうは見ずに話し終えた。彼を不器用に愛して、つきまとってばかりいた私はまた、目でも彼を追い回していた。彼の言うことすべてに、私はただまっすぐに目を向けて反応していた。良識のある人なら誰も、そんなことで私を責めたりはしないだろう。それは私が作った、見開かれた、澄みきった天使のまなざしだった。無垢が悪事を見つめる無垢の目のような。そしていつも同じように彼はうろたえ、私から目をそらしながらどもり始めるのだった。それで私は、自分を呪う力と憐れみとでいっぱいになった。そのことに私は苛立った。くだらない子どもに大人の男性を理解するよう彼が強いていることに苛立った。

　もうすぐ午前十時で、すぐにも休み時間を告げるチャイムが鳴るはずだった。学校は街の公園内の建物を間借りしていて、校庭は私がこれまで見た中でも最も広いものだった。リスや馬にとってもすばらしい場所だったが、私にとってもすばらしかった。木があちこちに生えていて、あちこちになだらかな斜面があり、広い芝生があった。果てがないようだった。すべてが遠く、大きく、少女の長い脚にはぴったりだった。どこから来たのかわからないレンガや木材を積んでおく場所があり、私たちが口に入れていた酸っぱいベゴニアの藪があり、ミツバチが蜂蜜を作る日向や日陰があった。広大な、自由な空気があった。私たちはそのすべてを目一杯、味わっていた。私たちはもう、坂のひとつひとつを転がり、レンガの山ひとつひとつの陰で熱心にひそひそ話をし、様々な花を口に入れ、すべての幹にナイフで、日付や甘くみっともない名前を、矢の刺さったハートを刻んでいた。少年少女はそこで、自分たちの蜂蜜を作っていたのだ。

作文の終わりにさしかかり、隠れた影の匂いに呼ばれているのを感じていた。私は急いだ。私には「自分の言葉を使う」ことしかできなかったので、書くのは簡単だった。いちばんに教室を横切りたい――先生は私を最後列の席に隔離していた――、そして自慢気に作文を提出し、私の早さを見せつけたい、という欲求に急かされてもいた。早さは生きるのに不可欠な性質で、先生は褒めることしかできないだろうと確信していた。

ノートを提出すると、彼は私を見ることさえなく、受け取った。早いのを褒めてもらえなかったことに傷つきながら、私は飛び跳ねるように広い校庭へと向かった。

私が自分の言葉で書いた物語は、彼が語ったのとほぼ同じものだった。ただその当時私は、「物語から教訓を引き出す」ことをし始めていて、それによって私は尊敬を集めていたかもしれないが、のちには息苦しいほどに自分を縛るものとなった。だからいくらか気取って、私は最後にいくつかの文を付け足したのだ。数時間後に何度も読み返して、それまでこの私でも成しえなかったほどにあの人を怒らせる力がそこにあったことを確かめた。おそらく先生がその悲しい物語でほのめかしたかったのは、勤勉な労働こそが財を成す唯一の方法であるということだったのだろう。だが私は軽率にも、正反対の教訓を引き出していた。宝物というのは姿を変えるもの、もっともなさそうに見えるところにあるものなので、ただそれを発見しさえすればよい。宝物がある汚い裏庭について、私は書いたと思う。もう覚えていないので、正確にそのとおりだったかどうかはわからない。子どものどんな言葉で、単純な感覚だが複雑な思考でもあるものを表現したのか、私には想像できない。推測するに、わざと物語の本当の意味に逆らって、怠惰こそが労働にまして私が唯一熱望する大きな恩恵をもたらすのだと、書くことでみずからに請け合っていたのだろう。あるいはその当時すでに、私の人生のテーマは理不尽な希望であり、そんな強烈な頑固さが始まっていたのかもしれない。自分のものはすべて無償で与えるが、無償ですべてを手に入れたかった。物語に出てきた働き者とは反対に、作文のなかで私はあらゆる義務を自分の肩から振り落とし、自由になり、貧しくなり、宝物を手にして作文から抜け出した。

私は遊びに出た。無駄にいちばん乗りだったことでひとりきりになり、地面を引っかきながら、少しずつ教室から出てくる他の子たちを待ちきれない思いでいた。

みんなでめちゃくちゃに遊んでいた最中、何を取りに行ったのかはもう思い出せないが、教室の自分の机まで行くことにした。その何かを、友人でもあり庇護者でもあった公園の管理人に見せようとしたのだ。汗まみれで、家でなら平手打ちされそうな抑えがたい幸福感で顔を赤らめて、私は教室へと飛んでいき、机へと走った。そわそわしていて、先生が机の上に積み重ねたノートをめくっているのに気がつかなかった。私は探し物をもう手にしていて、ふたたび走り出した——ついに私のまなざしが彼にぶつかってよろめいた。

教卓にひとり座って、彼は私を見ていた。

ふたりきりで向かい合うのは初めてだった。彼は私を見ていた。私の足取りは緩やかになり、止まりそうになった。

私の大胆な挑発に感心してささやき声で後ろ楯してくれるクラスメイトのいないところで、

彼とふたりになるのは初めてのことだった。血が顔に上るのを感じながらも、微笑もうとした。汗がひと滴、額を流れた。彼は私を見ていた。そのまなざしは、柔らかく重い前足となって私にのしかかった。それは、優しい前足だったとしても、慌てることなくネズミの尻尾を捕まえる猫のそれのように私を追い詰めていた。汗のしずくは鼻と口を伝い降りて、私の微笑みを真っ二つにした。それだけのことだった。感情のない目つきで、彼は私を見ていた。私は目を伏せたまま、壁沿いに歩き始めた。すでに輪郭を失った顔の唯一の痕跡である微笑みに、自分のすべてを託しつつ。教室がこれほど広いと感じたことはなかった。恐怖でゆっくりと歩みながら、私はこのとき初めて教室の本当の広さを認識した。いつも急いでいたけれど、教室の壁がこれほどいかめしく高いと思うことはそれまでなかった。壁は固かった。手のひらにその固さを感じていた。私は悪夢のなかにいるようで、微笑もその一部で、ドアのところまで到達できるなどとは信じられなかった――ドアに着いたら私は走るのだ。とにかく走るのだ！　自分と同じような子どもたちのなかに紛れこむために。笑顔を作ることに集中し、足音にも細心の注意を払いつつ、まったく未知の危険に対する本能に従っていた。鏡を見るときのような自分自身についての感覚が突然やってきて、身震いした。湿ったものが、壁にもたれかかって、爪先立ちでゆっくりと進み、微笑みをしだいに強ばらせている。その微笑みは静かな教室そのものとなり、校庭のざわめきさえ、その静寂の外側を流れ落ちていった。ようやくドアまでたどり着き、心臓は軽はずみにも激しく高鳴って、巨大な世界を眠りから目覚めさせてしまいそうなほどだった。

　そのとき、私の名前が呼ばれた。

その瞬間、足元は固まり、口は乾いて、振り返る勇気もなく、背中を彼に向けたままでいた。ドア口から差し込む風が汗を乾かした。走り出したい気持ちを握りこぶしのなかに押しこめて、ゆっくりと振り返った。

私の名前を呼ぶ声を聞いて、教室は催眠から醒めた。

ほんとうにゆっくり、先生の全身を見た。ほんとうにゆっくり、背が高くて不細工で、私の人生を捧げるべき男性であることを見て取った。新しい、大きな恐怖。与えられた自由がもたらしたものに直面して、私は縮こまり、夢遊の状態で、孤独だった。顔に唯一残っていた微笑みも消えていた。私はただ、床に突き刺さった二本の硬い脚となり、あまりの空虚さに渇いて死んでしまいそうな心になっていた。私はそこで、その人の手の届かないところに留まっていた。私の心は渇きで死にそうだった。そう、私の心は渇きで死にそうだったのだ。

冷酷に殺人を犯そうとするかのように冷静に、彼は言った。

「こっちに来なさい……」

大人の男性はどんなふうに復讐するのだろうか？

自分では何も知らないまま彼に投げつけたのに、それでも未知のままの世界という球体を、私は顔の真ん中で受けることになる。私が無謀にも思い描いたがために命を持ち、存在することになった現実によって、私は打ちのめされることになる。たくさんの悲しみの塊であるその人は、どのくらい、怒りの塊でもあるのか？　過去の行為は取り消せない。毅然と後悔して、私は顔を高く上げ続けた。そのときまで私の導き手だった無知が、初めて私を見捨てた。父は仕事中だったし、母は数ヶ月前に死んだ。私はただの私だった。

「……はい、きみのノート……」彼は言い足した。

その瞬間、驚いて彼を見た。じゃあ、それだけだったの⁉ 不意にほっとしたが、それは、これまで感じていた危機よりも大きな衝撃だった。私は一歩前に出て、震える手を伸ばした。

だが先生は動かず、ノートを渡してくれなかった。

私から視線を逸らさず、ゆっくりとメガネを取る彼のしぐさが、突如として私を苦しめた。私を見つめる裸の目には、たくさんの睫毛が生えていた。無数の睫毛が二匹の美しいゴキブリを思わせる彼の目を、初めて見た。彼は私を見つめていた。そして私は、ひとりの男性を前にしてどうしたらいいのかわからなかった。天井や床や壁に目をやってごまかしながらも、差し出した手をどうやって引っ込めればいいのかわからなかった。目覚めたばかりのような落ち着かない目で、彼は穏やかに、そして不思議そうに私を見ていた。いきなり叩かれるのだろうか？ あるいはひざまずいて許しを乞えとでも要求されるのだろうか？ 私が彼にやってきたことを彼はわかっていないのではないか、というのは一縷の望みだった。私自身わかっていなかったように。実際、私にはまったくわかっていなかった。

「宝物は姿を変えているという発想はどこから来たのかな？」

「宝物って？」私は愚かにも呟いた。

私たちは黙って見つめ合った。

「ああ、宝物ですね！」よく理解せずに急いで口走った。どんな過ちでも認めるつもりで、この未知の生をではなく、ただいつまでも罪に苦しむことを私の罰として、永遠の苦行を言いわたしてほしいと願っていた。

「宝物はもっともなさそうに見えるところにある。ただそれを発見しさえすればいい。誰がそう言ったのかな?」

この人は狂ったんだ、と私は思った。どうして宝物の話なんかしているのか? 呆然として、わけがわからず、予想外のことが次々と起きてはいたが、近づいてくる地帯がそれほど危険ではないことを予感した。これまで走りに走ってきて、転んだら足を引きずってでも立ち上がる術を身につけていた。だからすぐに自分を取り戻して思った。「じゃあ宝物の作文のことだったんだ! じゃあそれが私の過ちだったんだ!」私は弱々しく、新しく現れたこの滑りやすい安全地帯を慎重に進みながらも、以前の偉そうな自分を真似て、未来のウェーブヘアを揺らしてみせることができるほどに立ち直っていた。

「誰からも……」私は舌足らずに答えた。「自分で思いついたんです」震えながら言ったが、もう元気を取り戻し始めてもいた。

向き合うべき具体的な対象を得たことで気持ちは軽くなったが、それよりも悪いことに気づいた。突然、彼から怒りが消えたのだ。変に思いながら、横目でこっそりと彼を見た。少しずつ、不審は募っていった。怒りがなくなったことに、私は怖くなり始めた。理解できない新しい脅迫だった。私から逸らされないあのまなざし——それに怒りもない……。何もしていないのに敵であり支えであるものを失い、私は困惑した。驚いて彼を見た。私に何を望んでいるのか? 締めつけられるようだった。怖れていた暴言よりも怒りのないまなざしの方が苦しかった。汗で冷えきった小さな恐怖が体じゅうに広がった。彼に気づかれないようにゆっくりと、背中が壁につくまで後ずさりし、それから頭も目いっぱい後ろに退げた。一体化したその壁から私は彼を盗み見た。

胃からこみ上げるものがあった。何とも言えない気分だった。

好奇心旺盛な少女だった私はそれを見て、青ざめた。ぞくっとして、吐き気を催したが、今日に至るまで何を見たのか正確にはわかっていない。でも見たことは確かだ。口の中と同じくらい深い世界の淵を、その瞬間、目にしたのだ。それは、腸の手術で開かれた腹部と同じように、誰のものでもなかった。彼の顔の上で、形を成していくもの——硬い石のような居心地悪さが、難渋そうに、肌の表面に現れて、その顔の歪みがゆっくりと、ためらいがちに、硬い皮を破る——だが、音なき破局のなか現れ出たその何か、それは、肝臓や足先が笑わないように、ほとんど笑顔には見えなかった。おそらく。何を見たのか、近すぎてよくわからなかった。好奇心から錠前の穴を覗き込んだら、反対側の穴から別の目に覗かれた、そんな衝撃だった。目の中は、目そのものと同じように理解しがたいものだった。開かれた目の、震えるゼラチン質。有機物である涙を湛えている。目は独力で泣き、独力で笑う。努力が最高潮に達し、子どものようにはしゃいで、開かれた腹部から取り出された真珠を掲げて——彼は笑顔を見せていたのだ。私が見たのは、内臓で笑う男だった。彼の、間違えたくないという極度の心配を、鈍い生徒ならではの熱心さを、突然左利きになったかのような無様さを、私は見ていた。彼と彼の開かれた腹部の降伏を受け入れ、彼の人間としての重みを受け入れることが求められているのだと、深く理解することのないまま、私は知っていた。背中を必死に壁に押しつけ、私は尻ごみした。これほどのものを見るのはまだ早すぎた。生命の誕生の仕方を見るのは、私には早すぎた。誕生は死よりよほど血まみれだ。死は絶え間のないものだ。しかし、動く力を持たない物質が、巨大なゾンビのように、ゆっくりと起きあがろうとするのを見ること……、私を怯えさせる希望を見ること、私に吐き気を催させる生命を見ることは。私が勇敢だからというだけで、過剰な勇気を求められていた。私が強いからというだけで、過剰な力を求められていた。「でも私は？」と十年後に失恋したとき、私は叫んだ。「誰も私の弱さを受け入れてくれない！」私は驚いて彼を見たけれど、何を見たのかを知ることは永遠にない。私が見たものは、それに関心を抱く人たちを盲目にしてしまうかもしれない。

　そして彼は言った。覚えたばかりの微笑を初めて使いながら。

「宝物についてのきみの作文は、とてもよかった。宝物は見つければよいだけ。きみは……」一瞬、彼は言い淀んだ。優しく不躾に、まるで私の心臓であるかのように親密に、矯《た》めつ眇《すが》めつして私を見た。そして「きみはおもしろい子だ」と言った。

　生まれて初めて、本当に恥ずかしいと思った。私は、自分がからかってきた男性の無防備なまなざしに耐えられず、目を伏せた。

　そう、私の印象では、彼は怒ってはいたがいくらか私を信用してもいて、そんな人を私は宝物の戯言でからかったのだった。その頃の私は、新しい発想はすべて嘘で、罪の意識で苦しむことだけが私を悪行から救ってくれると考えていた。私は恥ずかしさで目を伏せた。前の怒りのほうがましだった。それなら私を、自分自身との戦いにおいて、助けてくれるから。やり方が間違っているという冠をくれて、いつか私の過ちが糺されるだろうから。こんなふうに褒められることは望んでいなくて、それに値しない私にとって、それは最悪の罰だっただけでなく、私がひどく怖れていた、間違った人生へと進んでいくよう、私を勇気づけるものでもあった。

間違った生き方をすることに私は惹かれていた。宝物は何もせずに見つかるものではない、と彼に言いたかった。でも、彼を見ているとその気は失せた。彼の幻想を打ち破る勇気は私にはなかった。私には、他人の喜びを守る習慣が身についていた。たとえば、私よりさらに無防備だった父の喜びを。しかし、私が無責任に引き起こしたその喜びを水なしで飲み込むのが、どれほどきつかったことか！　彼は、もらった肉が腐っていると気づかずに感謝する物乞いに似ていた。顔に血が上り、目が充血しているはずだと思うほど熱かった。いっぽうで彼は、おそらくまた誤解して、私が褒められてうれしくて赤面していると思っているようだった。それらすべてのことによって、その夜、どうしようもない嘔吐に襲われ、家じゅうの明かりが灯され続けることになった。

「きみは」と彼は、不意に口から出た言葉を、驚きながらも徐々に嚙みしめるように、ゆっくりと繰りかえした。「きみはとてもおもしろい子だね。変わった子だよ……」そう言って、新しい靴を抱いて寝る少年のように、ふたたび笑顔を見せた。笑うと不細工になることに、彼は気づいてもいなかった。自信ありげに、醜さを晒すことは、彼のもっとも無垢な部分だった。

　信頼という侮辱を、私はどうにか飲み下さなければならなかった。彼に対する憐れみ、自分に感じる恥ずかしさを、飲み下さなければならなかった。「ばか！」と叫んでもおかしくなかった。「宝物が姿を変えているなんて話、嘘っぱちの子ども騙しなのに！」と。私は自分が子どもであることをはっきり理解していて、それこそが重大な欠点だった。いつの日か大人になると、強く信じていた。それなのにあの大人はろくでもない少女に騙された。私の大人への信頼を、彼が初めて殺した。あの人は大人なのに、私みたいにこんな大嘘を信じちゃうんだ……。

……そして突然、幻滅で心臓が高鳴り、私はもう、一秒でも耐えられなくなった。そしてノートを受け取りもせずに校庭へと走り出た。歯でも折られたかのように、口を手で覆いながら。手を口に当てて、恐怖のあまり、とめどなく走った。心の奥の望みは、求めるものを手に入れることではなく、心の最奥の望みは、もう何も求めたくないというものだった——そんな恐怖で、走りに走った。

私は不純なので、大人たちが救ってくれると思っていた。将来、自分は善良になると信じたかったので、私は大人たちを敬っていた。そこに自分の姿を重ねて見ていた。成長し悔悛して、ついには少女の汚れた魂から解放され、純化された自分の姿を。先生は、そのすべてをたったいま打ち壊し、彼への愛、そして私の私自身への愛を打ち壊した。私にはもう救済は残されていない。あの人は、私でもあった。私の苦い偶像は、かわいげのないおかしな子どもの術策にあっさりと引っかかって、その悪魔めいた無垢に導かれるままになった……。手で口を塞いで、私は土埃を立てて校庭を走った。

先生からじゅうぶんに遠ざかったことがわかると、疲れきって走るのをやめ、木の幹へほとんど倒れ込むように全体重を持たせかけ、激しい呼吸を繰りかえした。荒い息のまま目を閉じて、幹の苦い埃を口の中に感じ、矢の刺さったハート型の硬い溝を、無意識に何度も指でなぞっていた。そして目をさらにきつく閉じて、不意に少しわかって呻いた。つまり彼は……私が姿を変えた宝物だって言いたかった？　最もなさそうなところにある宝物……。違う違う、何てかわいそうな人、かわいそうな創造主、そこまで必要としていたなんて……何を？　彼は何を必要としていた？……私さえ宝物に変わるのだということを。

心のなかでは走り続けていた。乾いた喉でなんとか呼吸しようとしながら、怒りを込めて幹を押し、世界の果てへ向かってふたたび走り出した。

でも、校庭の果ての木陰さえまだ見えなかった。疲れ切って、足取りは重くなっていった。もう走れなかった。たぶん疲れていたために、私は降参した。足取りはどんどん重くなり、木々の葉叢《はむら》はゆらゆらと揺れていた。目が眩んだような歩みだった。おずおずと立ち止まると、木々が上の方でぐるぐると回っていた。まったく知らない甘やかさに、私の心が疲れていた。びくびくしながら、ためらっていた。芝の上にひとりきりで、立っているのもやっとで、支えもなく、受胎告知の処女のように、疲れた胸に手を当てていた。疲れから、あの初めて触れた優しさの方へ、ようやく慎ましくなった頭、遠くからは大人の女性に見えただろう頭を傾げながら。樹冠が前後に揺れていた。「きみはとてもおもしろい子だね。変わった子だよ」と彼は言った。愛みたいだった。

　いや、私はおもしろい子ではなかった。どうしたらおもしろくなれるかさえわからない、すごくまじめな子だった。私は変わった子ではなかった。現実こそが私の運命で、それが私の裡にあって他人を苦しめるものだった。それに、神に誓って、私は宝物ではなかった。でも、生命が生み出し、またむしばむ貪欲な毒のすべては以前から私のなかにあったけれど——蜜と花のあの一瞬にのみ、癒す方法を見つけることができたのだ。誰に愛されたとしても、私のことで苦しむ人を、私は癒していただろう。空腹と笑みと、逃げようのないこの生を糧とするいくつもの小さな死とを抱えている昏い無知である私——私に何ができただろう？　自分から逃れられないことを、すでに知っていた。それでもどうにもできなかったのは、私は、あの人があの瞬間に所有するもののすべてだったから。少なくとも一度は、彼は愛さなければならなかった。誰でもいい誰かを、ではなく。誰かを通じて愛さなければならなかった。そして、その場にいたのは私だけだった。それが彼にとって唯一好都合なことだったが、私しかいなくて、まず粗悪なものを愛さなければならず、彼は、ほとんど誰にもなし得ないことから始めた。清いものを望むのは簡単だ。醜いものへは、愛によっても到達し得ない。私たちの郷愁の底には濁ったものへの愛がある。かわいげのない私を通じて、彼は、自分に対する慈しみを抱き、私たち自身を成すものを受け取ったのだ。私はそのことを理解していたのだろうか？　いや。そのとき何を理解していたのか、私にはわからない。だが一瞬、恐ろしい魅惑を覚えつつ、先生の中に世界を見たように——いまでも何を見たのかはわからず、ただそれが永遠に残ること、見たのは一瞬だったことしかわかっていない——そのように私は私たちを理解したけれど、何を理解したのかは決してわからない。自分に何が理解できるのか、私には決してわからない。つまり、私は校庭で、甘やかな衝撃を受け、自分の無知によって理解したということだ。そこには無知が立っていた——痛みのない孤独、木々と同じくらい痛ましい孤独——私はすっかり元どおり、無知と、理解し得ないその真理とを取り戻していた。そこに、私、賢すぎる少女はいて、自分には無価値なものが、神に、人びとに役立つのだとわかった。私には無価値なもののすべてが、私の宝物だった。

　そう、受胎告知の処女のように。私が彼を微笑ませることを、彼が私に許したために、彼は私に受胎告知をした。彼はたった今、私を創造主以上の存在に変えた。つまり、私を創造主の妻にしたのだ。それゆえ、情熱と夢をもって、彼の心臓から矢尻を抜かなければならない。突然、私の手が生まれつき硬い理由、私が生まれつき苦しみを厭わない理由が明らかになった。この長い爪は何のため？　きみに死の傷をつけるため、致死の棘をきみから抜くためだよ、とオオカミは答える。その残酷で貪欲な口は何のため？　きみに噛みついて、もうぼくがきみを苦しめずに済むようにするためだよ、だってぼくはきみを苦しめてしまうから。ぼくはどうしてもオオカミなんだ。そういう命を与えられたから。その燃えるような、摑みかかる手は何のため？　ぼくたちが手を繋ぐためだよ、ぼくはすごくそうしたいんだ——オオカミたちは吠え、おどおどと自分たちの爪を見た。愛し、眠るために、互いに近づく前に。

……そんなふうに、広い校庭で私は愛されることをゆっくり学び始めた。愛されるに値しないという重荷に耐えながら。ただ、他人を愛さない者の苦しみを和らげるために。いや、それは数ある主題のひとつでしかない。他の主題には他の物語がある。いくつかの物語では、頑固に愛するという他の人たちの情熱が私の心から矢尻を抜いた。私の叫び声を厭いもせずに。

P語

マリア・アパレシーダ――シジーニャと、家では呼ばれていた――は、英語の教師だった。裕福でも貧乏でもなく、そこそこの中流だった。しかし着こなしは完璧だった。裕福に見えた。鞄も上等なものだった。

ミナスジェライスに住み、汽車でリオへ向かい、そこに三日間滞在した後、飛行機に乗ってニューヨークへ向かうことにしていた。

教師として引っ張りだこだった。完璧主義で、愛情深かったが、厳格だった。アメリカで自分を磨き上げたかった。

七時のリオ行きの汽車に乗った。気候は寒かった。スエードのコートを着て、スーツケースを三つ持っていた。車内はがらがらで、老婆が一人、隅でショールをかぶって寝ているだけだった。

次の駅で男が二人乗ってきて、シジーニャの前の席に座った。走り続ける汽車。男は、一人は背が高く痩せていて、口髭を生やし視線が冷たく、もう一人は背が低く、腹が出ていて禿げていた。男たちがシジーニャを見た。シジーニャは視線をそらし、汽車の窓の外を見た。

車内はむんむんとしていた。暑すぎる感じだった。落ち着かない娘。じっと様子を窺う男たち。神様、シジーニャは考えた、この人たちは、私をどうしようというのか。答えはなかった。しかも彼女は処女だった。なぜ、それにしてもなぜ、自身の処女性を思い浮かべたのか。そのとき男たちが互いに話しはじめた。最初、シジーニャはその言葉がわからなかった。遊びのように思えた。早口すぎた。でもどことなく聞いたことのある言葉のような気がした。これは何語？

はっと気がついた。彼らが話しているのは完璧なP語。つまり、

「おぽまぱえぺ、みぴたぱかぱ。かぱわぱいぴいぴむぷすぷめぺだぱなぱ」

「あぱあぱ、みぴたぱ、みぴたぱ。きぴれぺいぴだぱ。なぱかぱなぱかぱのぽべぺっぴぴんだぱ」

つまり、おまえ、見たか？　可愛い娘だな？　ああ、見た、見た。きれいだ。なかなかの別嬪だ、ということだ。

シジーニャはわからないふりをした。わかることは彼女にとって危険だった。それは、子どものころ、大人から身を守るために使った言葉だった。二人は続けた。

「こぽのぽこぽをぽてぺごぽめぺにぴしぴてぺやぱりぴてぺえぺなぱ。なぱあぱ、そぽうぷだぱろぽ？」

「おぽれぺもぽだぱ。とんぽんねぺるぷにぴはぱいっぴったぱらぱなぱ」

トンネルで手籠めにするって……どうしよう？　シジーニャはどうしたらいいのかわからず、恐怖で震えていた。彼女は自分をほとんど知らなかった。いや、自分の中身など知れた例《ためし》がなかった。ましてや知るのが他人となれば、状況はより悪い。助けてください、マリア様！　助

けて！　助けて！

「てぺいぴこぽうぷしぴたぱらぱ、こぽろぽせぺばぱいぴいぴ」

抵抗したら、殺されるかもしれない。つまりそういうこと。

「なぱいぴふぷでぺいぴこぽうぷ。つぷいぴでぺにぴぬぷすぷもぽうぷ」

ナイフで殺される。盗まれるかもしれない。

金持じゃないって、どうやって言おう？　弱いって。ちょっとなにかをすれば殺される。煙草を吸って落ち着こうと、バッグから煙草を取り出した。無駄だった。次のトンネルはいつだろう？　早く考えないと、早く、早く。

そこで考えた。もし娼婦のふりをしたら、この人たちは諦める。あばずれは嫌いだから。

そこでスカートをたくし上げ、艶っぽく体をしならせ――そんなことが自分にできるとは知りもしなかった。それほど彼女は自分のことを知らなかった――胸許のボタンをはずし、胸を半分見せた。男たちは突然のことに驚いた。

「くぷるっぷってぺるぷのぽかぱ」

狂ってるのか、と言いたいのだ。

そして彼女は、モッホのサンバダンサーのように腰をくねらせる。バッグから口紅を取り出し、大げさに塗った。そして鼻歌を歌いはじめた。

すると男たちは、彼女を見て笑いはじめた。シジーニャのいかれぶりを可笑しいと思ったのだ。彼女は絶望的になっていた。で、トンネルは？

車掌が現われた。すべてを見た。なにも言わなかった。だが、機関士のところへ行き、話した。機関士は言った。

「なんとかしよう。次の駅で警察に引き渡す」

そして次の駅に着いた。

機関士は降りて、ジョゼ・リンダウヴォという名の巡査と話した。ジョゼ・リンダウヴォは容赦なかった。車両に乗り込み、シジーニャを見ると、乱暴に彼女の腕を摑み、三つのスーツケースを力いっぱい持ち上げ、一緒に降りていった。

げらげら笑う二人の男たち。

青とピンクに塗られた小さな駅には、スーツケースを一つ持った若い娘がいた。シジーニャを軽蔑の眼差しで見た。汽車に乗り、発車した。

シジーニャは、警察にどう説明したらいいかわからなかった。P語は説明にならなかった。牢屋に連れていかれ、記録をとられた。最悪の罵りを受けた。そして牢獄に三日いた。煙草は吸わせてもらえた。狂ったようにぷかぷか吸い、セメントの床で吸殻を踏みつけた。丸々としたゴキブリが床を這っていた。

ようやく出所が許された。次のリオ行きの汽車に乗った。顔は洗っており、もう娼婦ではなくなっていた。気懸りだったのは、二人の男が手籠めにすると話していたとき、手籠めにされたい気持ちになったことだ。はしたない女だ。わぱたぱしぴはぱ、しょぴょうぷぷ。発見してしまった。うなだれた。

リオにはくたびれ果てて着いた。安宿に行った。すぐに飛行機に乗り遅れたことに気づいた。空港で航空券を買った。

そしてコパカバーナの街を歩いた。忌々しい自分、忌々しいコパカバーナ。と、ちょうどフィゲイレード・マガリャンイス通りの角に来たとき、キオスクが目に留まった。そこに新聞『ウ・ジア』が吊るされていた。なぜそれを買ったのかはわからない。

見出しには黒々と、こうあった。「電車で女性、強姦のうえ殺害」

全身が震えた。やはり起きたのだ。自分に軽蔑の眼差しを向けたあの娘の身に。

路上で泣き出した。呪わしい新聞を捨てた。詳細は知りたくなかった。考えた。

「ほんぽんとぽ。うんぷんめぺいぴはぱよぽうぷしゃぴゃなぱいぴ」

運命は容赦ない。

カーニヴァルの残りもの

いえ、ついこの前のカーニヴァルのことじゃないの。でも、どうしてかわからないけど、今年のカーニヴァルで子どもの頃のことを思い出して、静まり返った通りにリボンとか紙吹雪の残りが風に舞う、遠い灰の水曜日に連れ戻されたみたいだった。カーニヴァルが終わればほとんど誰もいなくなる通りを、顔をヴェールで覆った信者の女性がひとりふたり教会に行くために横切るだけ。次の年まで静まり返っている通りを。そして、ようやく祭りが近づく頃の心の昂りを、どう言い表したらいい？　まるで世界がやっと花開いて、蕾から真っ赤なバラになるみたいだった。レシーフェの通りや広場は、自分たちが何のためにあるのかを初めて教えてくれるようだった。カーニヴァルは私のもの。私のものだった。

　でも本当のところ、私はほとんどカーニヴァルに参加したことはない。子どもたちのパーティにも行かなかったし、仮装もさせてもらえなかった。代わりに、私たち家族が住んでいた二階建て屋の、階段下の扉口から、みんなが楽しむのを、夜十一時くらいまでうらやましく見ていることだけが許されていた。大切なものをふたつだけもらって、カーニヴァルの三日間、途中でなくならないように、惜しみながら使っていた。香水鉄砲《ランサペルフーミ》と、ひと袋の紙吹雪。ああ、書くのがつらくなってきた。これを認めれば、私の心は暗くなってしまうだろうから——楽しみにほとんど縁がなかった私は、取るに足りないものを手に入れるだけで幸せな女の子になれるくらい貪欲だったのだ。

カーニヴァルの、仮面のこと？　怖かったけど、人の顔も一種の仮面なんじゃないかって心の奥底で思ってたから、その恐れは深くて避けられないものだった。階段下の扉口で仮面をつけた人に話しかけられたら、私はすぐさま、内に引きこもるしかなかった。私の中の世界には、お化けとか、魔法にかかった王子様とかだけでなく、謎めいた人間たちもいた。仮面をつけた人たちへの恐怖も、私の本質のひとつだった。

私は仮装させてもらえなかった。みんなが母の病気を心配していて、うちでは誰も子どものカーニヴァルのことなんて気にかけていなかった。でも私は姉のひとりにお願いして、大嫌いだったまっすぐな髪を巻いてもらって、少なくとも一年に三日間だけは巻き髪の女の子なんだという自尊心を抱くことができた。その三日間に姉は、早く大人になりたいという私の夢を聞き入れて——私は、かよわい幼少時代を早く抜け出したくてたまらなかった——、唇には濃い口紅を、頰にはチークを塗ってくれた。それで自分が美人になり、女らしくなった気がして、子どもっぽさから逃れることができた。

でも、いつもとは違うカーニヴァルがいちどあった。たくさんのものをもらえた、奇蹟みたいなカーニヴァルが。多くを求めないことが習い性になっていたから。友達のお母さんが娘を仮装させることにして、その仮装の名前はバラだと、デザイン画にあった。そのためにピンク色のクレープ紙を何枚も何枚も買って、たぶん、それで花びらを作ろうとしていた。衣裳がだんだん形になり、出来上がっていくのを、私は呆気に取られて見守っていた。遠くから見ても、クレープ紙は花びらには似ても似つかなかったけれど、それは今まで見た仮装のなかでいちばんきれいなもののひとつだと、私は真剣に思っていた。

そのとき、偶然にも予期していなかったことが起こった。クレープ紙が余ったのだ。しかも、たくさん。それで友達のお母さんは——たぶん、私の無言の願いに、無言の羨望に応えて、あるいは、紙が余ったから、単なる善意から——、余った材料で私にもバラの衣裳を作ってくれることにした。だからその年のカーニヴァルで、私は人生でずっと望んでいたことを初めて実現することができた。自分ではない誰かになるということを。

準備しているあいだも、もうくらくらするほど幸せだった。これまでにないほど忙しい気持ちだった。細心の注意を払って、私は友達と綿密な計画を立てた。仮装の下にはスリップを着た。そうすれば、もし雨が降って衣裳が溶けてしまっても、少なくとも裸にはならない——雨でスリップ姿になってしまうと空想しただけで私たちは急に、八歳の女なりの羞恥心から、死ぬほど恥ずかしくなった。でも、ああ！　神様が味方してくれるはず！　きっと雨は降らない！　いつも高すぎる自分のプライドを少し苦しみながら飲み下して、他人の余りもので仮装しているという事実を、運命の恵みを謙虚に受け取ることにした。

でも、どうしてその年に限って、仮装できたたった一度のカーニヴァルに限って、あんなに憂鬱なものになってしまったのだろう。日曜日の朝早くから私は髪を巻いて、午後までその髪型がもつようにしていた。でも、期待が大きすぎるせいで時間が経つのは遅かった。やっと、やっと！　午後三時になった。紙が裂けないように気をつけながら、私はバラを身につけた。

もっと悪いこともたくさん起こったけれど、私はもうそれらを赦した。でもこのときのことだけは未だに理解できない。運命のサイコロは理不尽なのだろうか。それは憐れみを持たない。クレープ紙の衣裳を完璧に整えて、巻き髪もきれいで、あとは口紅を塗ればいいだけだった。なのに突然、母の容態が悪くなって、家の中が慌ただしくなり、私は急いで薬を買いに行くよう言いつけられた。バラの姿で、私は走った――まだすっぴんで、幼さを隠してくれるはずの大人の化粧もせずに――走りに走った。カーニヴァルのリボンや紙吹雪や叫び声が飛び交うなかを、戸惑い、混乱して。みんなの陽気さに驚きながら。

　数時間後に家の中が落ち着きを取り戻したとき、姉が髪をとかして化粧をしてくれた。でももう私の中では何かが死んでいた。かつて読んだことのある、魔法をかけたり解いたりする妖精の物語みたいに、私にかけられた魔法も解けていた。私はもうバラではなく、ただの女の子に戻っていた。通りへと出て立ってみても、私はもう花ではなく、物憂い赤唇のピエロだった。恍惚を渇望してはしゃぎかけては、母の容態が重いことを思い出して後ろめたくなり、また死にそうな気持ちになった。

　さらに数時間後に、ようやく救いが訪れた。それに飛びついたのは、どうしても自分を救いたかったから。十二歳くらいの男の子、私の目にはもう青年みたいに映る男の子が、美形のその男の子が、私の前で立ち止まって、優しくて荒っぽくて、遊び心と色気が混じり合ったしぐさで、元通りまっすぐになった私の髪に、紙吹雪をまき散らしたのだ。私たちは一瞬、向かい合って、無言で微笑みを交わした。そして私は、大人の女を気取った八歳の私は、その夜のあいだずっと、やっと私の正体を見破ってくれる人が現れたと考えていた。そう、私はバラだった。

家政婦の女の子

彼女の名前はエレミータ《隠遁者》。十九歳だった。自信たっぷりの顔には、にきびもいくつかあった。彼女のどこが美しかったのか？　美しくはあった。醜くもなく際立ちもしないその体が。美しかった。さらなる甘さを求める甘さが生命の証になっているその顔が。

美しいと言うべきなのか、私にはよくわからない。違うのかもしれない。顔立ちのあやふやな線に、水のような魅惑があったとしても。確かにあったのは、爪、肉、歯といった生きた物質で、強さと弱さが混じり合ってそれらが形作るぼんやりとした存在感が、誰かがエレミータの名前を呼ぶやいなや、問いかけるような、元から凜としていた顔に現れた。栗色の瞳は何を言わんとしているのか不可解で、顔全体とは繋がっていないようだった。誰かの手で埋め込まれたように独立している、潤んだその瞳を開いて、私たちを見ていた。彼女のすべてが、涙と隣り合わせの甘さでできていた。

家政婦らしい育ちの悪さが、口の利き方に現れることもあった。ちっちゃい頃からこんななの、と彼女は言った。性格のせいではなく。彼女の精神には、これといったこだわりも決まり事もなかった。「怖かったの」とごく自然に言った。「おなかが空いて」と言い、なぜかはわからないが、言い返す余地はなかった。「あの人はあたしのことを大切にしてくれる」と、彼女は婚約者について話した。ありふれた、平凡な言いぐさだったのに、それを聞くと、あらゆるものが、たがいを慈しむ動物や鳥たちの優しい世界へと誘われるのだった。「恥ずかしい」と、自分の影に捕われたように微笑む。空腹になればパンを食べ――誰か奪おうとする者がいるかのように彼女は急いで食べる――、雷を怖がり、しゃべるのを恥ずかしがった。彼女は優しくて正直だった。「ほんとにうんざり」と、心ここにあらずといった様子で言った。

　というのも、彼女は時々いなくなったから。顔は、誰のものでもなく、しわもない悲しみのなかへ消えていった。彼女の精神よりも古い悲しみへと。瞳は空虚になって動きを止める。少し険しく、とさえ言えるかもしれない。そばにいる人は、苦しむだけで何もできない。待つことしか。

　なぜなら彼女は、神秘の幼な子のように何かに熱中するから。そんなときは誰も近づこうとはしない。少し厳かに、どきどきして彼女を見守るしかない。危機が過ぎるのを祈る他には、何もできない。生まれたての子ヤギが自分の脚で立ち上がるように、ため息を吐いて、落ち着いて彼女が我に返るまでは。そんなふうに彼女は、悲しみのなかで休息して帰ってくる。

　誰も知らない泉の水を飲んで、豊かになったとは言えないが、いくらか安心して帰ってくる。わかっているのは、その泉が古くて純粋だということ。そう、彼女には深みがあった。しかし誰かがその深みに潜ったとしても、何も見つけられなかった――暗闇のなかの暗闇のような、深みそのもの以外には。もし誰かが先へと進み、暗闇のなかを何キロも歩けば、道の兆しくらいは見つかるかもしれない。おそらく、鳥の羽音や動物の足跡に導かれて。そして――突然に――森を見つけるかもしれない。

ああ、それが彼女の秘密なのだろう。彼女は森への近道を見つけたのだ。彼女がいなかったのは、間違いなくそこに行っていたからだ。温和で無垢な瞳、完全な瞳で帰ってくる。世界の全知がそこに収まって消えてしまうほど広大な無垢。

それがエレミータだ。森で見つけたものすべてが白日に晒されたら、焼き殺されてしまうだろう。だが彼女は自分が見たもの——嚙みついた根っこ、刺さって血を流した棘、足を濡らした泉、彼女を包み込んだ黄金の闇、そういったすべてについて、彼女は語らない。知りもしなかったから。ただひと目見ただけだったので、すぐに消えて謎になるだけのものたちを。

そして、姿を現わすときには家政婦になっている。衣類の洗濯、床のモップがけ、その他の細々とした用事のために、森へと続く暗い道から呼び出されるたびに。

だが本当に仕事をするのだろうか？　注意深く見てみると、確かに彼女は、衣類を洗って天日に干し、雨に濡れた床にモップをかけ、風にシーツを晒している。うまくやりくりして、はるか遠くの、他の神々にも仕えている。いつも、森から持ち帰った、満たされた精神をもって。雑念に惑わされずに。ただ体を静かに動かし、ほどこしを受けたり奪われたりすることがないようにという仄かな望みを顔に湛えて。

彼女が経験してきた危機の徴《しるし》は、逃げるように急いでパンを食べるしぐさに見られるだけだった。それ以外のときには彼女は静謐だった。雇い主がテーブルに置きっぱなしにしたお金をくすねるときにも、不用品を粗末な包みにくるんで婚約者に持っていくときにも。さりげなく盗む術も、彼女が森で身につけたものだった。

めんどり

それは日曜日のめんどりだった。まだ生きていたのは朝の九時を回っていなかったからだ。落ち着いて見えた。土曜日以来、キッチンの隅で縮こまっていた。だれのことも見ず、だれもそのめんどりを見なかった。無神経に秘部に触れてそれを選んだときも、太っているか痩せているかも言えなかった。悩みがあるなどとは想像もしなかった。

だからそれが羽を広げ、短い距離を飛んだときは驚いたのだ。胸を膨らませ、二飛びか三飛びして、ベランダの手すりに到達した。一瞬、迷いを見せた——料理係のメイドが叫び声を上げた時だ——そしてすぐに隣家のベランダに行き、そこから不器用に飛んで、屋根に到達した。そこで場違いな飾りと化し、一方の足で立ったり、もう一方の足で立ったりして躊躇《ためら》いを見せた。家族が緊急に招集され、昼食が煙突のそばにいるのを見て落胆した。家の主人は、たまにはなにかスポーツをすることと、昼食をとることの二重の必要性を思い立ち、張り切って海水パンツをはき、めんどりの行方を追うことに決めた。慎重に跳躍し、屋根に到達すると、そこではめんどりが躊躇いがちに震えながら、緊急に次の行先を見定めていた。追跡は激化した。屋根から屋根へ、町の一区画以上にわたって行なわれた。めんどりは、野生的な生存闘争に不慣れだったにもかかわらず、自分と同じ種からの支援をまったく受けることなく、自ら行くべき道を決めなくてはならなかった。だが、若者は眠れる狩人だった。だからどんな些細な獲物であれ、雄叫びが響き渡った。

父も母もなく天涯孤独のめんどりは、走り、喘ぎ、黙って、気を集中させた。逃げる途中、ときどき喘いで軒先を飛び回り、若者が苦労しながら屋根を渡り歩いているあいだに、一瞬の時間を使って体勢を立て直した。そんなときは実に自由に見えた。

おばかさんで、小心で、自由。脱走中のおんどりのように堂々とはしていなかった。このめんどりをひとつの生き物たらしめている腸《はらわた》には何が入っているのだろう？　めんどりはひとつの生き物だ。たしかにめんどりは、まったく頼りにならない。めんどりのほうも自分を頼りにしてはいない。おんどりが自らのとさかを信じるのとは違う。唯一めんどりの利点は、あまりにたくさんいるため、一羽が死んでも、まさにその瞬間に、それとそっくり同じものが、まるで同一のもののように現われることだ。

とうとう脱走を享受しようと立ち止まった何回目かのときに、若者が追いついた。鳴き声と無念の羽ばたきのなか、それは捕獲された。すぐに一方の羽を摑まれ、屋根から屋根へと凱旋のごとく運ばれ、かなり乱暴にキッチンの床に置かれた。まだふらつきながらも、身をぶるっと震わせ、迷いを見せつつしわがれ声をコッコとあげた。

事が起きたのはそのときだった。純粋に動転して、めんどりが卵を産んだのだ。驚き、疲れきって。おそらく未熟だったろう。だが、それからすぐめんどりは、さすがは母性のために生まれただけあって、ベテランの老母らしく見えた。卵の上に座り、そのままそこで、呼吸しながら、目のボタンをかけたり外したりした。その心臓は、皿の上ではあんなにちっぽけなのに、羽を上げたり下ろしたりしながら、絶対に卵以上にはならないものを、温もりで満たした。そばにいたのは少女だけで、一部始終を仰天しながら見守った。だが、出来事から離れ難くも、なんとか身を床から引き剝がし、叫びながら出ていった。

「ママ、ママ、もうこのめんどりを殺さないで！　卵を産んだのよ！　私たちのためを思ってるのよ」

　全員がふたたびキッチンへ走り、その若い産婦を黙って取り囲んだ。子を温めながら、めんどりは、やさしくも無愛想でもなく、嬉しそうでも悲しそうでもなく、何物でもなく、めんどりだった。なんの特別な感情を掻き立てることもなかった。

　父と母と娘は、しばらくのあいだそれを眺めていたが、とくになにか考えたわけではない。だれも、一度もめんどりの頭を撫でなかった。最後は父親が、いくぶんぶっきらぼうに断を下した。

「もしこのめんどりを殺せと言うなら、俺は一生めんどりを食べない！」

「私も！」少女が熱を込めて誓った。

　母親は諦めて、肩をすくめた。

　与えられた命を意識することなく、めんどりは家族と暮らすことになった。少女は、学校から帰ると、鞄を放り投げ、一目散にキッチンへ走った。父親はいまもまだ、ときどき思い出して言った。「つまり俺は、あの状態で走らせたわけか！」めんどりは、家の女王になっていた。めんどり以外の全員がそれを知っていた。キッチンとその奥のベランダのあいだで二つの能力を使っていた。それは無関心と恐怖心。

だが、家中が静かになり、めんどりのことは忘れたかに見えたとき、それは小さな勇気を身体中に漲らせた。大脱走の名残——タイル貼りの床を歩き回り、体は頭の後ろから進み、まるで原野にいるかのように佇んだが、その小さな頭が裏切った。身を素早くぶるっと震わせ、見せたのは、太古から備わる、その種特有のすでに機械化された愕きの反応。

一度か二度、ごくたまにではあったが、めんどりは、思い出したように軒先で、時を告げんばかりに、宙に姿をくっきりと浮かび上がらせた。そういうとき、肺をキッチンの不純な空気で満たした。もしそこで雌に歌う力が与えられたなら、めんどりは、歌うことはしなくても、嬉しくは思ったはずだ。だがそんな瞬間でも、空っぽの頭の様子は変わらなかった。脱走中も、休憩中も、産卵するときもとうもろこしを啄むときも——それはめんどりの頭、世紀の始原に設計されたそのままだった。

ついにある日、殺され、食べられ、年が過ぎていった。

お誕生日おめでとう

家族は、三々五々やってきた。オラーリア［リオデジャネイロ市の北部の郊外。北部は南部より庶民が暮らす］からやって来た人たちはしっかりと着飾り、それはこの訪問がコパカバーナ旅行を兼ねていたからだった。オラーリアの嫁は、スパンコールで飾られたマリンブルーのいで立ちで現われ、ベルトのないドレープでお腹を隠していた。夫が来なかった理由は明らかだった。兄弟に会いたくなかったのだ。だが絆のすべてが断ち切られないように妻をよこしたのだった――他方、妻は、そんな絆はまったく必要がないことを見せようと一番上等なドレスを着込み、三人の子どもを引き連れてやってきた。胸がもう膨らみはじめているのに、何段ものピンクのフリルと糊のきいたペチコートをはいて子どもっぽくされた少女二人と、そして新調したスーツとネクタイを身につけて縮こまった少年。

ジウダ――誕生日会の主役と同居する娘――が、まるでパーティでダンスでも踊られるかのように椅子を壁沿いに並べたところへ、オラーリアの嫁が、家の者へ無愛想に挨拶を済ませた後、椅子の一つにでんと腰を下ろし、侮辱を受けたかのような態度で、口を尖らせて黙り込んでいる。「来ないわけにはいかないから来たのよ」ジウダにそう言い、すぐさま憤然と座ったのだった。二人のピンクの娘と男の子は、髪をきっちりとかし、顔色が悪く、どんな態度をとればいいのかよくわからず、母親の隣に突っ立ち、マリンブルーのドレスとスパンコールに圧倒されていた。

その後、イパネマ［リオデジャネイロ市南部の地区で美しいビーチで知られる］の嫁が、二人の孫とその乳母を連れてやってきた。夫は後から来るという。だがジウダは——六人の男兄弟に囲まれた唯一の女性で、場所と時間があったため、もう何年も前から決心してこの日の誕生会の主役を引き取っていた——そのジウダがキッチンで、メイドといっしょにコロッケとサンドイッチの最後の仕上げをしていたため、残されたのは、つんと取り澄ますオラーリアの嫁と、その隣で内心落ち着かない子どもたち、それから真向かいの椅子の列で、オラーリアの義姉と目を合わせないように、赤ん坊の世話で忙しいふりをするイパネマの嫁と、口をぽかんと開けて暇そうな制服姿の乳母。

そして大きなテーブルの主賓席には、今日八十九歳を迎える主役。

この家の主ジウダは、早くから食卓を準備していた。色鮮やかな紙ナプキンや誕生日にちなんだ紙コップをテーブルいっぱいに並べ、天井のあちこちに風船を飛ばし、そのいくつかには「Happy Birthday!」、ほかのものには「Feliz Aniversário!《お誕生日おめでとう》」と書かれていた。テーブルの中央には、砂糖をまぶした巨大なケーキが置かれていた。予定より早く、昼食後すぐにテーブルを飾りたて、椅子を壁沿いに並べ、子どもたちを近所に遊びに行かせて、テーブルを乱されないようにした。

そして予定より早く、誕生日の主役には、昼食後すぐに服を着せた。その時点でもう首飾りとブローチをつけさせて、引き籠りの匂いを紛らわすために、オーディコロンをしゅっしゅっと吹きかけ——テーブルにつかせた。こうして二時にはもう誕生日の主役は、静かな部屋の、だれもいない長いテーブルの主賓席に、身を硬くして座っていた。

ときおり色鮮やかな紙ナプキンに気を留める。車が通るたびに一つ、二つと揺れる風船に好奇心を見せて眺める。そしてときおりあの無言の苦悩。ケーキの周りを飛ぶ蠅を、うっとりと無気力に追う。

そこへようやく四時、オラーリアの嫁が入り、続いてイパネマの嫁が入ってきたのだった。

そのイパネマの嫁が、もうそれ以上一秒たりともオラーリアの義姉の前に座っているのには耐えられなくなったとき——というのも積年の恨みを募らせたオラーリアの嫁は、イパネマの嫁を睨みつけたまま、目を逸らす理由が見当たらなかったからだ——ようやくジョゼとその家族が入ってきた。そして互いにキスを交わすや、居間は人でいっぱいになりはじめ、まるで全員が階下でその瞬間を待ちわびていたかのように、にぎやかに挨拶を交わし、遅れを取り戻そうとあたふたと三段の階段を駆け上り、話しながら、驚く子どもたちを引きずり、居間を埋めた——宴が始まった。

誕生日の主役の顔の筋肉はもはやなにも語らず、そのため喜んでいるのかどうかもだれにもわからなかった。主賓席にちょこんと据えられている。大柄で細身の、褐色膚で風格のある老女だった。中身は空っぽにみえた。

「八十九歳なんて、すごいよ!」と、ジョゼが言った。ジョンガは死んだので、いまは彼が長子だ。「八十九歳は、すごいよねえ!」と、手をこすり合わせて、みんなの前で感心してみせたが、その合図にはだれも気づかなかった。

全員が動きをとめて注意を傾け、畏まって主役を見た。何人かは、まるで記録を賞賛するかのように首を振った。誕生日の主役が更新する一年一年が、家族全員には漠としたステージだった。すごいよ！　何人かが遠慮がちに微笑んだ。

「八十九歳だよ！」と声を響かせたのは、ジョゼのビジネスパートナーのマノエルだった。

「まだ新芽だよ！」緊張気味にエスプリを利かせて言うと、彼の妻を除いて全員が笑った。

老女にはなんの表情もなかった。

何人かは、なにもプレゼントを持ってきていなかった。持ってきた者のプレゼントは、石鹸入れ、上下のジャージー、ファンシーなブローチ、サボテンの鉢——どれ一つこの家の主が自分や子どものために使えるものはなく、またどれ一つ、誕生日の主役が実際に使って、倹約に役立てられそうなものはなかった。家の主はプレゼントを、苦い表情で皮肉を浮かべながらしまいこんだ。

「八十九歳だよ！」と、マノエルが自分の妻を見ながら苦し紛れに繰り返した。

老女にはなんの表情もなかった。

すると、もう全員がこれ以上の努力は無駄だという最終的な証拠を手にしたかのごとく、まるで聴覚不自由者を相手にするかのように肩をすくめ、それぞれ自分たちだけでパーティを続けた。まずはハムのサンドイッチを、食欲からというより愉しんでいる証拠として食べ、みんな空腹で死にそうだと冗談を言った。パンチが出され、ジウダは汗だくだったが、義姉たちはだれ一人実質的な手伝いをせず、コロッケの熱い脂がピクニックの匂いを思わせた。揚げ物を食べられない誕生日の主役に背を向け、彼らは落ち着きなく笑っていた。ところでコルデーリアは？　一番若い嫁のコルデーリアは、にこにこしながら座っていた。

「だめ、だめ！」と、ジョゼが厳格さを装って答えた。「今日は仕事の話は無しだ」

「わかった、わかったよ！」マノエルが慌てて引っ込め、遠くで聞き耳を立てる妻に素早く目をやった。

「仕事の話はだめだ」とジョゼが叫んだ。「今日は母さんの日なんだから！」

すでに散らかった主賓席のテーブルには、汚れたグラスとホールケーキだけ——その女性こそが母さんなのだった。誕生日の主役が目をしばたたいた。

　そしてテーブルがすっかり食べ物で汚されたとき、子どもたちの騒々しさに苛立った母親たちは、椅子に満足げにもたれかかる祖母たちを尻目に、廊下の無駄な灯りを消して、ケーキの蠟燭に火を灯した。大きな蠟燭には小さな紙が貼られ、そこには「89」と書かれていた。しかしだれもジウダのそのアイデアを褒めず、ジウダは、それが蠟燭の節約のためだと思われているのではないかと自問し、不安になった——だれ一人、この会の食事のためにマッチ箱一つ提供せず、ジウダが、まるで奴隷のように脚を棒にし、心を煮えくり返らせているとは思わなかった。そうして蠟燭が灯された。すると仕切り役のジョゼが力いっぱい歌い、躊躇したり面食らっている人たちに強圧的な視線を向けて、場をもり立てた。「さあ、みんないっしょに！」——すると突然全員が、兵士のように大声で歌いはじめた。その声でコルデーリアが目を覚まし、慌てて視線を上げた。打ち合わせていなかったため、ポルトガル語で歌う者もいれば、英語で歌う者もいた。それでやり直したら今度は、英語で歌っていた人たちはポルトガル語にし、ポルトガル語で歌っていた人は、ものすごく小さな声の英語で歌いはじめた。

　歌のあいだ誕生日の主役は、蠟燭の灯りに照らされ、まるで暖炉のそばにいるかのように瞑想していた。

一番年下のひ孫が選ばれ、励ます母親の腕の中から身を乗り出し、吹き消した。唾液をたっぷり含んだ一吹きで！　間髪を容れず、子どもの思いがけない力に拍手が起こり、男児は驚いて大喜びし、感激して全員を見た。家の主は、廊下のスイッチに指をかけて待ち構え——電気をつけた。

「お母さん、万歳！」

「おばあちゃん、万歳！」

「アニータさん、万歳」と、姿を見せていた近所の人が言った。

「ハッピー・バースデイ！」ベネット高校に通う孫たちが叫んだ。

その後もまばらな拍手が続いた。

誕生日の主役が、火の消えた大きな乾いたケーキを見ていた。

「おばあちゃん、ケーキを切って！」四人の子の母親が言った。「やっぱり切るのはおばあちゃんよね！」と全員に向かって、親しみと含みを持たせてきっぱりと言った。すると全員が興味津々に喜んで賛同したため、彼女は急に意気込んだ。「おばあちゃん、ケーキを切って！」

と突然、老女がナイフを手にとった。そして躊躇うことなく、もし一瞬でも躊躇したらつんのめってしまうかのごとく、人殺しの拳で入刀した。

「すごい力」イパネマの嫁がそっと囁いたが、呆れているのか、嬉しくて驚いているのか、わからなかった。少し圧倒されていた。

「一年前は、私なんかよりよっぽど元気に階段を上ることができたのよ」ジウダが苦い表情で言った。

入刀が終わると、まるでシャベルの最初の一掬《ひとすく》いの土がかけられたかのように、全員が皿を手に近寄り、それぞれ自分のシャベルの分をとろうと、肘を突き合い、楽しむふりをしながら場に加わった。

すぐに切り分けられたケーキが小皿に盛られ、蠢《うごめ》く沈黙の中で配られた。口許がテーブルで隠れ、目がその高さにくる小さい子どもたちは、切り分け作業を無言で真剣に見守っていた。レーズンがケーキからこぼれて、乾いたスポンジのくずの間を転がった。子どもたちはレーズンが無駄になるのが残念そうに、その落下を目で追った。

とそのとき、ふと見ると、なんと誕生日の主役はすでに最後の一口を貪っているではないか？

つまり会はもう終わっていた。

コルデーリアは、存在感なく全員を眺め、微笑んでいた。

「もう言っただろ。今日は仕事の話は無しだ！」と、ジョゼが顔を輝かせて答えた。

「わかった、わかったよ！」調整役のマノエルが、彼から目を離さない妻を見ることなく引き下がった。「わかった」と、マノエルは微笑もうとしたが、顔の筋肉がさっとひきつった。

「今日は母さんの日なんだから！」ジョゼが言った。

主賓席には、コカ・コーラが染みついたクロス、崩れたケーキ。その女性こそが母さんなのだった。誕生日の主役は目をしばたたいた。

一同がわいわいがやがやと笑っている、それが彼女の家族だった。そして彼女が全員の母だった。さすがにそこで突然、まるでおもむろに起き上がって、生者に無言と恐怖を強いる死者のように立ち上がることはなかったが、誕生日の主役は、椅子でますます身を強張らせ、背筋を伸ばしていた。彼女が全員の母だった。そして首飾りが息を詰まらせていたこともあって、彼女は全員の母ではあったが、無力なまま椅子に座り、彼らを見下していた。そして目をしばたたかせながらみんなを見ていた。ここにいる子どもや孫やひ孫は全員、せいぜい自分の膝の肉、と突然、まるで吐き捨てるように考えた。唯一、七歳の孫のホドリーゴだけが自分の心臓の肉。男らしく髪がぐしゃぐしゃの引き締まった顔のホドリーゴ。ホドリーゴはどこ？　ホドリーゴはかっかと燃える混乱した小さな頭から、腫れぼったい眠そうな目を向けていた。この子はひとかどの人間になる。だが、目をしばたたかせながら、誕生日の主役である彼女はほかの人たちを見た。ああ、なんと忌まわしき人生の失敗。でも、どうして？　自分はあんなに強かったのに、なぜこんな空っぽの生き物たちを産んだのか、へなへなの腕をした、不安げな顔の奴らを？　自分は強かった。然るべき時期とタイミングでよい男と結婚し、従順かつ自立しながら、その人を尊敬した。尊敬するその人は子どもを産ませてくれ、産んだ報いも与えてくれ、産後も大事にしてくれた。幹はよかったのだ。なのに成った実は酸っぱく不作で、本当の歓びを生みだす力もない。なぜこんな、にこにことひ弱で、厳格さの欠片《かけら》もない生き物たちを産んでしまったのか？　怒りが、空っぽの胸の中で唸っていた。共産主義者、それがあいつらの正体。共産主義者ども。彼女は彼らを、老女の怒りを込めて見た。まるで肘を突き合っている鼠のよう。それが彼女の家族。耐えきれず顔を背け、まがうことなき力を込めて床に唾を吐いた。

「お母さん！」と、家の主がたまらずに悲鳴を上げた。お母さん、何、それ！　恥ずかしさのあまり叫び、みんなを見る気にはなれなかった。どうせこのろくでもない連中は、老女のしつけは彼女の役目だと言わんばかりに、勝ち誇ったように目を見合わせているにちがいない。母親を風呂に入れていないなどと言いはじめるのも時間の問題で、彼女が払っている犠牲など絶対に理解しないのだ。「お母さん、何、それ！」と、胸を痛めて呟いた。「お母さん、そんなこと、したことなかったじゃない！」みんなが聞こえるように大きな声で言い添え、みんなの驚きに同調しようとしたそのとき、鶏が三度目に鳴いた。お前は母親を裏切ると。だが、彼女のとてつもなく大きな屈辱が和らいだのは、彼らがまるで全員の意見が一致したかのように、首を振っているのに気がついたときだった。この老女はもう子どもに過ぎないと。

「母さんは最近、唾を吐くようになったの」とうとう全員に、無念そうに打ち明けた。

全員が誕生日の主役を見た。やりきれない思いで、敬意を払いながら、沈黙のうちに。

まるで肘を突き合う鼠、それが彼女の家族だった。息子たちは、いい歳のくせに――おそらくもう五十は超えているだろうが、そんなの知ったことか！――息子たちはまだあどけなさを残していた。それにしても、なんという女どもを選んだんだ！　そして孫ども――輪をかけてひ弱で、さらに愛想がない――も、なんという女どもを選んだんだ？　どいつもこいつも見栄っ張りで、細い足をして、あんな偽物の首飾りをつけて、いざというときに踏ん張りがきかない、息子らにいい結婚もさせてやれず、メイドも適材適所におけず、どいつもこいつも耳にじゃらじゃらイヤリングをつけて――金製は一つもない、一つも！　怒りで息苦しかった。

「ワインを一杯おくれ！」と言った。

一瞬、静まり返った。どの人もグラスを持つ手が固まった。

「おばあちゃん、身体に悪いんじゃない？」丸々と太った小柄の孫娘が、おそるおそる遠回しに言った。

「何が、おばあちゃん、だ！」誕生日の主役が苛立ちを爆発させた。「おまえらなんか悪魔に連れていかれろ、このおかまども、寝取られ野郎、アバズレ女！　ワインを一杯くれってんだよ、ドロシー！」と、命令した。

ドロシーはどうしていいかわからず、全員を見ながら、おどけるように助けを求めた。だがその瞬間、まるで責任回避の他人顔を決め込んだ仮面のように、どの顔からも表情がさっと消えた。会は中断し、手には齧りかけのサンドイッチ、口の中には、残って乾き、タイミングを逃して頬張られていた欠片もあった。全員が、コロッケを手に盲目に、聾啞になっていた。そして無表情に見ていた。

助けを得られないまま、ドロシーは面白がって、ワインを渡した。意地悪く指二本分だけをグラスに入れて。全員が無表情のまま覚悟して、嵐に備えた。

だが誕生日の主役は、ドロシーから渡されたお情けのワインで爆発させなかったばかりか、グラスに触れもしなかった。

その視線は、静かに一点を凝視していた。何事もなかったかのように。

全員が、礼儀正しく目を見合わせ、盲人のように微笑むだけで、状況も呑み込めず、まるで犬が居間でおしっこをしたときのようになっていた。だが、そこは統制力を働かせ、声と笑いを再開させた。オラーリアの嫁は、悲劇が晴れやかに展開しそうになった当初はみんなと声を合わせたが、いまは三人の子どもたちの協力すら得られず、独りでいつもの厳めしさに戻らなくてはならなかった。子どもたちは裏切ったかのようにほかのみんなと混じり合っていた。彼女は椅子の上でぽつねんと、人々のドレスのあら捜しを始めた。まったく流行にかまわない服、ドレープもなく、黒のドレスに真珠のネックレスというマンネリ、そんなのは流行でもなんでもなく、倹約に過ぎない。遠くからサンドイッチをチェックすると、バターがほとんど塗られていない。彼女はなにも食べなかった、なにも！　ただそれぞれ味見しただけだった。

　そうやって会はふたたび終わった。

　人々は善意に満ちて座っていた。何人かは、何か言うことを求めて、自分の心の声に注意を傾けていた。ほかの空っぽの人たちは期待しながら、愛らしい笑みを浮かべ、胃を、栄養にはならないが空腹は解消する屑のような食べ物で満たしていた。子どもたちはもう統制が利かず、元気いっぱいに叫んでいた。顔が汚れた子もいたし、もっと小さな子たちはすでにびしょ濡れだった。午後は急速に暮れていた。ところでコルデーリアは。コルデーリアは、存在感なく眺めていた、呆けた笑みを浮かべ、独りで自分の秘密に耐えながら。あいつ、どうかしたのか？　だれかが面倒くさそうな好奇心を見せ、遠くから頭で彼女をさして訊いたが、だれも答えなかった。静かな夜を待ちわびて残りの明かりをつけると、子どもたちが喧嘩を始めた。だが明かりは、午後の青ざめた緊張感よりも、もっと青ざめていた。そしてコパカバーナの夕暮れが、刻一刻と容赦なく広がり、重石のように窓からじわじわと侵入してきた。

「もう帰らなきゃ」と嫁の一人が立ち上がり、スカートから食べ物のくずを払い落としながら言った。何人かが微笑みながら立ち上がった。

誕生日の主役は、一人ひとりから、まるで彼女のなじみのない肌が罠であるかのように、慎重なキスを受けた。そして無表情に、目をしばたたかせながら、もはや過去以外の何ものでもなくなったものに対し、わざと支離滅裂に言うことで最後の思いの丈を伝えようとする言葉を受けた。夜はほぼすっかり更けていた。居間の明かりはいっそう黄色く、いっそう豊かになって、人々は老いていた。子どもたちはもうヒステリーを起こしていた。

「もしかしてあの娘は、ケーキが夕食の代わりだったとでも思っているのかしら」老女は心の底で問うた。

だが、彼女が何を考えているかは、だれにも想像がつかなかったろう。そして玄関近くで、いま一度老女を見た人たちにとって、誕生日の主役は外見通りの彼女でしかなかった。食べ汚したテーブルの主賓席に座り、まるで杖を握るかのようにクロスの上で手を握りしめ、沈黙を湛えていた。あたかもそれが最後の言葉であるかのように。テーブルで拳を握りしめる彼女は二度と、自分が考えているような存在にはなれないのだった。その外見はついには彼女自身を追い越し、超越し、穏やかに巨大化していた。コルデーリアは驚いて彼女を見た。テーブル上の厳格な無言の拳は不幸な嫁に対し、こう言っていた。見境なく愛するのはこれが最後。心得ておかなきゃだめ。心得ておかなきゃだめよ。人生は短い、人生は短いのよ。

だがもう二度と繰り返さなかった。なぜなら真実は一瞬だから。コルデーリアは、慄いて彼女を見た。そう、二度と、二度と繰り返さなかった——その横で誕生日の主役の孫のホドリーゴが、罪悪感に苛まれた母親のコルデーリアの手を引っ張っていた。彼女はおろおろと絶望に暮れ、もう一度、老境に徴を求めて振り返った。女たるもの、身を引き裂かれるような衝動にあっても、最後のチャンスを摑んで生きるべき。コルデーリアはもう一度見たいと思った。

　だが、その視線が新たに捉えたもの——それは誕生日の主役、主賓席に就く老女であった。

　一瞥は終わっていた。ホドリーゴの粘り強くしつこい手に引っ張られ、嫁は驚きを胸に息子の後をついていった。

「こうやって母親を囲んで集まれるなんて、こんな特権と誇りは、みんながみんな持てるわけじゃない」ジョゼは、かつてはジョンガがスピーチをしていたことを思い出しながら、咳ばらいをした。

「母親を囲んで、だって！」姪がくすっと笑うと、一番のろまの従妹が可笑しくもないのに笑った。

「それを俺たちは持っているわけだ」とマノエルが、もう妻の方は見ずに、しみじみと言った。

「俺たちにはその大きな特権がある」湿った手のひらを拭きながら、ぼんやりと言った。

　だが、そんなことはまったくなかった。あったのは単なる別れの気まずさで、何を言えばいいか正確な言葉がみつからず、ジョゼは辛抱強く自分を信じ、スピーチの二の句が浮かぶのを待った。だが、出てこなかった。出てこなかった。出てこなかった。みんなが待っていた。こんなときジョンガがいてくれたら——ジョゼは額をハンカチで拭った——こんなときジョンガがいてくれたら！　彼は唯一あの老女が認め、一目置いていた人で、それがジョンガの大きな自信になっていた。彼が死んでから、老女は二度と彼の話はせず、彼の死とほかの人たちとの間に塀を作ってしまった。きっと彼のことは忘れてしまったのだろう。だが、そのまっすぐでしっかりとした眼差しは忘れていなかった。それと同じ目で見られたらほかの子どもたちはいつだって目をそらしてしまうのだった。母の愛に耐えるのも一苦労だ。ジョゼは、英雄のようににこやかに笑い、額を拭った。

　と突然、一言が出てきた。

「また来年！」ジョゼは唐突にいたずらっぽく、曲がりなりにも正しいひとことをみつけて言った。幸運の婉曲。また来年、な？　理解されなかったかもしれないと心配して繰り返した。ああやっていつも、もう一年ちゃっかりと生きる老女の芸を誇らしく思いながら、彼女を見た。

「また来年、蠟燭の灯ったケーキの前で会おう！」息子のマノエルが意味をより明確にし、ビジネスパートナーのエスプリを完成させた。母さん、また来年！　蠟燭の灯ったケーキの前で！　彼は、母親の耳元で、十分な説明を加えて言うと、ジョゼへ恩を売るような視線を投げかけた。するといきなり老女がその含みを理解し、弱々しくくくっと笑った。

　それから口を開けて言った。

「そうね！」

　思いがけず事態が正しい方向に行ったことに気をよくして、ジョゼは感極まり、感謝して目を潤ませ、母親に向かって叫んだ。

「母さん、また来年、会おう！」

「私はつんぼじゃないよ！」誕生日の主役は、やさしくされて、乱暴に言った。

　子どもたちは、ばつの悪さを感じながらも、嬉しそうに笑って目を見合わせた。事はうまく運んでいた。

子どもたちは、食欲は台無しにされたが、楽しそうに出ていった。オラーリアの嫁は、はしゃぎすぎてネクタイまで外してしまった息子に、お仕置きの拳骨を食らわせた。暗い階段は降りづらく、いつ取り壊されてもおかしくなさそうな建物にこだわって住み続けることが信じ難かった。立ち退くときはきっと、ジウダが面倒くさいことを言い、老女を嫁たちに押しつけようとするだろう——最後の一段を降りると、招待客たちはほっと息をつき、街の新鮮な静けさの中に降り立った。たしかにもう夜だった。思わず身震いした。

さよなら、また今度、お互い会わなきゃね。ぜひ来てね。口早に言った。何人かは、屈託のない温もりを心に感じながら、ほかの人たちの目を見ることができた。何人かは、子どもたちのコートのボタンを留め、天気の様子を見ようと空を見上げた。全員が漠然と感じていたことは、約束という危険がもうなくなった今、別れ際にはきっと善人になって、あのもうひとことが言えるのではないかということだった。あのひとことってどんな？ それ自体はわからなかったが、黙ってにこやかに目を見合わせた。生きていることを願う一瞬だった。だが、死んでいた。半分背を向けて歩きながら、どうやったら険悪にならずに親族とのつながりを断てるのかがわからないまま、別れはじめた。

「また来年！」ジョゼは、幸運の婉曲を繰り返し、やたら元気に手を振った。薄くなった白髪が風になびいていた。太りすぎだ、みんなは思った。心臓に気をつける必要がある。また来年！ ジョゼが饒舌に大声で叫び、その高い背丈は崩れそうだった。だが、もう遠ざかっていた人たちは、彼に聞こえるように大声で笑うべきなのか、あるいは暗闇でも微笑むだけでいいのか、わからなかった。何人かは、幸いその婉曲には冗談以上のものがあり、もう来年までは蠟燭の灯ったケーキの前で会わなくていいのだと考えた。またほかの人たちは、すでに道路の暗闇まで来たところで、老女があともう一年、ジウダのあの癇癪《かんしゃく》と気の短さに耐えられるだろうかと考えたが、それに関しては、正直なところ彼らにはなにもできないのだった。「せめて九十歳」イパネマの嫁は憂鬱に考えた。「恰好のつく歳まで」と夢見心地で考えた。

　そのころ上階の、階段と諸事情の上では、誕生日の主役がテーブルの主賓席に座っていた。背筋を伸ばし、毅然と、自身より大きな姿で。今日は夕食はないのかしら、と彼女は瞑想していた。死が彼女にとっての神秘であり謎だった。

マウアー広場

マウアー広場［リオデジャネイロの中心地区にある、港の近くに位置する広場］にあるそのキャバレーは〈エロチカ〉という名前だった。そしてルイーザの源氏名はカルラだった。

カルラは〈エロチカ〉の踊り子だ。夫のジョアキンは大工として身を粉にして働いていた。カルラは二つの「仕事」を掛け持ちしていた。一つはほぼ裸で踊ること。もう一つは夫を騙すこと。

カルラは美人だった。小さい歯と、細いウェスト。見るからにかよわそうだった。胸はないに等しかったが、ヒップは大きな曲線を描いていた。化粧に一時間かける。すると陶器の人形みたいになる。三十歳だったけれど、ずっと若く見えた。

子どもはいなかった。ジョアキンも彼女もそのことを気にかけていなかった。彼は夜十時まで働く。彼女が働き始めるのも十時ぴったり。日中は寝て過ごす。

カルラは、怠け者のルイーザだった。夜になると現れて、観客の前に出る時刻には、あくびをし始め、ネグリジェを着てベッドに横たわりたいと思っていた。それは内気なせいでもある。信じられないかもしれないけれど、カルラは内気なルイーザだった。服を脱ぐことは脱ぐが、体をくねらせながら踊る最初の数秒は恥ずかしさでいっぱいになる。数分経てば「燃えて」くる。すると、体を折り、身を捩らせ、自分のすべてを曝け出す。サンバが得意だった。だがロマンティックなブルースでも気持ちは昂った。

客といっしょに飲むよう招かれる。ボトルが出る度にボーナスをもらえる。いちばん高価なのを選ぶ。飲む振りをする。アルコールは苦手だった。客を酔わせてお金を使わせるのが彼女の仕事だった。客と会話するのは気持ち悪かった。小さな胸に、彼らは手を這わせてくる。彼女はきらきらのビキニを着けている。美しい。

時には客と寝た。お金をブラジャーの中にしっかりとしまい込み、翌日は服を買いに行く。服は際限なく持っていた。ブルージーンズを買う。それにネックレス。無数のネックレス。ブレスレット、指輪。

気分を変えるために、ジーンズを穿いてブラジャーを着けずに踊ることもあった。ネックレスを煌めかせながら両胸が揺れる。前髪を切り揃え、繊細な唇の近くに黒いアイライナーでマリリン・モンローのほくろを描いた。かわいらしかった。長いピアスをぶら下げていた。真珠の、あるいは金メッキの。

落ち込んだら、男ではない男のセルシーニョに助けを求めた。ふたりは互いをよく理解し合っていた。彼女はつらいことを話し、ジョアキンの文句を言い、インフレの文句を言った。異性装者として人気のあったセルシーニョは、話を全部聞いてから、助言してくれる。ふたりはライバルではなかった。それぞれにパートナーがいた。

セルシーニョは上流階級の生まれだった。天職に身を捧げるためにすべてを捨てた。踊りはしなかった。でも口紅を塗り、付け睫毛を使っていた。マウアー広場の船乗りたちに好かれていた。でも彼はもったいぶった態度を取った。最後の最後になってやっと受け入れる。代金はドルで受け取る。アレス銀行の地下換金所で両替えしてから投資に回す。老いて捨てられるのをひどく怖がっていた。老いた異性装者は悲劇でしかないから。力をつけるためにプロテインを毎日二包み飲んでいた。ホルモンをたくさん打ったためヒップは大きく、偽の胸も持っていた。セルシーニョの源氏名はモレイラォン《なまけ者》だった。

モレイラォンとカルラは〈エロチカ〉の稼ぎ頭だった。煙が立ち込め、アルコールの匂いに満ちた空間。そしてダンスフロア。酔っ払った船乗りに引っ張り出されて踊るのはつらかった。でもどうしようもない。誰にでも職務というものがある。

セルシーニョは四歳の女の子を養子にしていた。彼はその子の真の母親だった。女の子の面倒を見るために、ほとんど眠らない。その子に足りないものはなかった。何でも最高のものが与えられた。子守りはポルトガル人の女。日曜日にはセルシーニョはクラレチーニャをキンタ・ダ・ボアヴィスタ［リオデジャネイロの中央地区にある市立公園］の動物園に連れて行く。ふたりでポップコーンを食べる。猿たちに餌をやる。クラレチーニャはゾウを怖がった。こう訊ねた。

「どうしてあんなにお鼻が長いの？」

それでセルシーニョは悪い妖精と良い妖精が出てくるおとぎ話をした。サーカスに連れて行ったこともある。そしてふたりで大きな音を立ててキャンディを舐める。セルシーニョはクラレチーニャの未来を輝かしいものにしてあげたかった。裕福な男との結婚、子ども、宝石。

カルラはシャム猫を飼っていた。青く硬い目で見つめてくる猫。でもカルラには世話をする時間がほとんどない。寝て、踊って、買い物をして。猫はレレウという名前だった。赤く細い舌でミルクを飲む。

ジョアキンはルイーザとはあまり会わなかった。彼女をカルラと呼ぶのを嫌がった。ジョアキンは太っていて背が低い、イタリア人の子孫だった。近所に住むポルトガル人の女がジョアキンという名前をつけた。ジョアキン・フィオリーティという名前。フィオリーティ《花ざかり》といっても、花とは何の縁もなかった。

ジョアキンとルイーザの家政婦は遠慮のない黒人の女で、盗れるものがあれば盗る癖があった。ルイーザは体型を維持するためにあまり食べなかった。ジョアキンは、ずぶ濡れになるほどミネストローネを飲んだ。家政婦は何でも知っていたけれど、黙っていた。カルラの宝石を〈ブラッソ・イ・シルヴォ〉で磨いてもらう仕事を言いつけられていた。ジョアキンが眠っていてカルラが働いているとき、シルヴィーニャという名のその家政婦は、雇い主の宝石を身につけた。肌は灰色っぽい黒だった。

こんなふうに、それは起こった。

カルラは、モレイラォンに秘密を打ち明けていたときに、背が高く肩幅のある男からダンスに誘われた。セルシーニョはその男に気があった。嫉妬に苛まれた。復讐しようと思った。

ダンスが終わるとカルラはモレイラォンの隣に座った。彼は怒りを抑えられなかった。カルラは無邪気だった。魅力があるからといって彼女が悪いわけではない。それに彼女は背の高い男が好きだった。セルシーニョに言った。

「あの人とならただで寝てもいいな」

セルシーニョは黙っている。午前三時近くだった。〈エロチカ〉には大勢の男と女がいた。

そこで楽しみながら小銭を稼ぐ主婦もたくさんいた。

　カルラは言った。

「本物の男と踊るのってすごく素敵」

　セルシーニョはいきり立った。

「でもあなたも本物の女じゃないでしょ！」

「私？　どうして？」その夜、袖と裾の長い黒いドレスを着て、修道女みたいな恰好だった彼女は驚いた。純粋な女を求める男たちの気を惹くためにわざとその服装をしていた。

「あなたは全然女じゃない！」セルシーニョは声を荒らげた。「卵だって割れないじゃない！　知ってるんだから！　知ってるんだから！　知ってるんだから！」

　カルラはルイーザになった。蒼白になり、呆然としていた。深奥の女らしさが撃たれた気分だった。呆然と、セルシーニョの鬼の形相を見ていた。

　カルラは何も言わなかった。立ち上がって、タバコを灰皿に押し付け、誰に何の説明もせずに、最高潮に達していたパーティを抜け出した。

　黒い服で、午前三時のマウアー広場に立ち尽くした。最悪の娼婦みたいに。孤独に。つける薬もなく。本当のことだった。目玉焼きも作れない。セルシーニョのほうが女らしい。

　広場はまだ暗かった。ルイーザは深く息を吸い込んだ。電柱を見ていた。誰もいない広場。

　空には星々。

近視の進行

賢いかどうか、それはわからなかった。賢いかどうか、それは他人の不安定さ次第だった。ときどき彼の発言が唐突に、大人から満足とあざとい視線を引き出すことがあった。満足というのは、周りが、彼は賢いと思っている事実を秘密にして、甘やかさないようにしていたからで、あざといというのは、彼自身以上に周りが彼の言ったことに参画していたからだ。そのため彼は、賢いとされたときには、同時に不覚という不穏な感覚にもとらわれた。自分はなにかを見落としている。知性の鍵も見落としている。だからときどき自分自身を真似ようとして、必ずもう一度チェッカーボード上に素早い動きを引き起こせそうなことを言ってみた。というのも彼は、家族のメンバーに対し、そんな自動装置のような印象を抱いていたからだった。なにか賢いことを言うと、それぞれの大人が素早くほかの人を見て、明らかに抑えた笑みを口許に浮かべる。目だけに笑みを浮かべてこう示唆するのだ。「もし私たちの教育がよくなかったら、今、私たちはどうやって笑っているかしらね」――そして西部劇映画のカドリーユさながらに、それぞれが何らかの方法で適宜相手と場所を入れ替える。つまり彼らは理解し合っていたのだ、家族同士で。彼を出汁《だし》に理解し合っていたのだ。彼を出汁に使って理解し合っていないときは、恒常的に誤解し合っていた。だが、カドリーユの新しい踊り方で。誤解し合っているときも、彼らはあるゲームのルールに従っていると感じていた。まるで誤解することを合意しているかのように。

だから彼はときどき成功体験のあった発言を再現しようとした。チェッカーボード上に動きを引き起こしたことのある発言だ。別に過去の成功を再現しようとしたわけでも、家族の無言の動きを引き出そうとしたわけでもなかった。ただ自分の「賢さ」の鍵を手に入れようとしたのだ。ところが、因果関係を発見しようとするこの試みは失敗した。成功した発言を繰り返しても、そのときは他人から無関心で迎えられたのだ。好奇心から目をしばたたかせ、近視の初期段階で、彼は自問した。なぜ一度は家族を動かせたものが、次のときはだめなのか。彼の賢さは、他人の規律の欠如で判断されるのか？

その後、他人の不安定が自分の不安定に置き換わると、意識的な不安定状態に陥った。大人になっても、自分の考えに突然目をしばたたかせ、同時に鼻に皺をよせ、そのはずみで眼鏡がずれる習慣は維持された――この癖を通して、他人の判断を自分のものに置き換える試みを表出し、自らの当惑を深化させようとした。だが、彼は静力学に長けた少年だった。常に当惑を当惑として維持する能力が発揮され、それが別の感情に変わることはなかった。

自分は自分の鍵を持っていない。そのことには子どものころから慣れっこになっていたから、目をしばたたかせ、鼻に皺をよせ、そのはずみで眼鏡をずらしていた。そんな鍵はだれも持っていないことに彼は、一切の幻想を抱くことなく、少しずつ気づいていき、彼の冷静な近視はどんどん強いレンズを必要とするようになっていった。

不思議に思えるかもしれないが、まさにこの恒常的な不確実性を介し、そしてまた鍵はだれも持っていないことを早くから受け入れた早熟性を介し——これらすべてを通じて彼は普通に成長し、穏やかな好奇の中で生きていった。忍耐強く、好奇心を抱いて。ちょっと神経質だ、と人は眼鏡を動かすチックを見て言った。だが、「神経質」というのは、家族が、自分たち家族の判断の不安定さに与えた名前だった。もうひとつ別の名前で、大人たちの不安定さが彼に与えたものには「お行儀がよい」とか「おとなしい」というものがあった。こうやって名前が、彼の在り方ではなく、その時々の可変的な必要性に与えられた。

　ときに眼鏡が異常な落ち着きを見せたとき、彼の中に、きらきらと、少しひきつったような、ひらめきのようなものが現われることがあった。

　たとえば、一週間後に従姉の家で丸一日を過ごすと伝えられたときだ。この従姉は結婚して子どもがいなかったが、大の子ども好きだった。「丸一日」には昼食、おやつ、夕食が含まれ、自宅にはほとんど眠った状態で帰ることになる。そしてこの従姉について言えば、従姉イコール過剰な愛だから、想定外の受益と計り知れない過保護が待っていた——これらすべてが揃えば、どんな突飛な要求も受け容れられる。彼女の家では、彼の在り方すべての価値が丸一日保証されることになる。そこでの愛は、たった一日だから安定しやすく、判断が不安定になる余地を与えない、したがって彼は一日中、同一の少年として判断される。

「丸一日」の前の週、彼はまず手始めに、従姉に対し自然に振る舞うかどうかを決めようとした。初っ端からなにか賢いことを言うかどうか、決めようとしたのだ——そうすればその日は一日中賢いという判断を受ける。あるいは、初っ端から、「お行儀がよい」と従妹が判断しそうなことをするか。そうすればその日は一日中、彼はお行儀がよくなる。自分の在り方を選ぶ可能性を手にして、彼は初めて長い一日のあいだ、その都度眼鏡の位置を直すことになった。

　その週を通して、少しずつ可能性の輪が広がっていった。そして混乱に耐える能力のおかげで——彼は混乱に対しては緻密で冷静だった——最後はもう適当に決めればいいのだと発見していた。たとえば一日中ピエロでいようと決めてもいいのだ。あるいは、その日をものすごく悲し気に過ごすこともできる。要は決めの問題だ。安心できたのは、従姉が抱いているのが子ども抜きの愛、とくに子どもを扱った経験のない愛だったから、彼女にはこう判断してほしいと思って決めた在り方を受け入れてもらえることだった。もうひとつの救いは、その日のあいだ自分がどうあろうと、それが本当に自分を変えてしまうことはないとわかっていることだった。なぜなら彼は早々と——早熟な子とされていた——他人の不安定と自らの不安定を凌駕していたからだ。ある意味で自分の近視と他人の近視の上を行っていた。それが彼に大きな自由を与えた。ときにそれは冷静な不信感という自由にすぎなかったが。大人になって、分厚い眼鏡をかけたときも、自分に対して抱いている一種のその優越感を自覚することはなかった。

　従姉訪問の前の週は、先取りの連続だった。ときに彼の胃は心配できりきり痛んだ。というのも、子どもがいないあの家で、彼は全面的に一人の女性による選択の余地なき愛情に、振り回されることになるからだ。「選択の余地なき愛情」は、脅威ともいえる安定の代表だ。恒常的であるだけに、判断方法も確実に画一的となり、そうなるともうそれは安定だ。安定も、そこまでいくと、彼にとっては危険を意味する。もし他人が安定の最初の一歩で過れば、その過ちが恒常的になり、不安定の利点がなくなってしまう。不安定の利点は、修正可能なところだからだ。

もう一つ先取りをして心配したのは、従姉の家での丸一日に、食べることと愛情を受けること以外に何をするかだった。まあ、ときどきトイレに行くというのはよくある可能な解決方法で、それをすれば時間は早く経つ。だが、愛された経験をふまえると、自分にとって他人である従姉に、無限の愛情をもってトイレの行き来に向き合わせることは、今から気詰まりだった。全体として彼の場合、人生のメカニズムが優しさの動機になっていた。まあ、トイレに行くことについては、一度も行かないという解決策もたしかにあり得る。だが、それを一日中というのは現実的に不可能だし——「トイレに行かない子」と判断されるのも厭だった——そんなことをしても何の得にもならない。従姉は、子どもを持つことへの恒常的な願望によって安定していたから、トイレに行かないことに、偉大な愛情への偽りのヒントを見るかもしれない。

「丸一日」に先立つ一週間のあいだ、彼がずっと自身の優柔不断に苦しんでいたわけではない。なぜなら多くの人が踏み出すには至らない一歩を、彼はすでに踏み出していたからだ。不確実性を受け入れ、顕微鏡のレンズで観察する人ならではの集中力で、不確実性の構成要素と格闘していた。

その一週間、かすかなひきつりを伴う発汗が続き、徐々にそれは度合いを変化させていった。「自分とはだれなのか」に関する一時的な確信を、従姉の方から与えてもらうために、彼女にはどんな要素を提供すればよいのか、それを決める問題を放棄した。そんなことをよくよく考えることを放棄し、もっと別のことを事前に決めることにした。従姉の家の匂いや、遊び場となる小さな裏庭の広さや、彼女が見ていないときに開ける抽斗。そして最後にはいわゆる従姉自身の領域に入った。従姉がかけてくれる愛情に、どう向き合ったらよいのか。

ところが、ひとつ些細な点を見落としていた。従姉は左側に金歯があったのだ。そのせいで——ついに従姉の家に入ったとき——そのせいで、たった一瞬で、事前の構想がすべて狂った。

その日の残りは悲惨と言ってよかった。もしその少年に事物を悲惨か非‐悲惨かに分ける傾向があればだが。あるいは「目が眩んだ」と言ってもよいかもしれない、もし彼が事物にそうであるか、そうでないかを期待するような人であれば。

金歯があった。そしてそれは想定外だった。だが、彼が恒常的予測不能性という概念に安全性を見出していたおかげで、だからこそ眼鏡をかけていたのだが、初っ端から想定外のものに出くわすという事実のせいで不安に陥ることはなかった。

続いて驚いたのは従姉の愛情だった。なぜなら従姉の愛は、想像とは裏腹に、最初は明確でなかったからだ。ごく自然に迎え入れ、はじめは乱暴なことも言ったが、すぐに乱暴な発言はなくなった。そしてすぐに、家を片づけるから遊びに行っていいと言った。いきなりそう言われて、少年は、陽光いっぱいの空っぽの一日をもらった。

何時ごろだっただろうか、眼鏡を拭きながら、いくらか無責任に、賢さの一撃として、裏庭の植物に関する見解を述べてみた。なぜなら彼が大きな声で見解を述べると、洞察力があると判断されたからだ。だが彼の植物に関する冷静な見解が受け取った反応は、床を箒で掃く合間の「そう」という返事だった。そこでトイレに行き、決心した。すべてが失敗に終わった今、こうなったら「判断されない」ごっこをしようと。丸一日、何物でもなくなるのだ、単純に何物でもなくなろう。そして勢いよく自由への扉を開けた。

だが陽が昇るにつれて、徐々に従姉の愛の微妙な圧力が感じられてきた。そして気がつくと、愛の対象になっていた。昼食時に食べ物は、安定した過ちの純愛になっていた。従姉のやさしい目に見守られながら、彼は好奇心をもって、おそらくはオリーブ油の銘柄が違うからであろう、あの食べ物の不思議な味に適応し、一人の女性の愛にも適応した。ほかの大人たちの愛とは似ても似つかぬ新しい愛。実現を求める愛だった。なぜなら従姉には妊娠経験がなかったから。妊娠は、それ自体が実現された母性愛なのだ。だが、彼女のは妊娠が先立たない愛だった。事後的に懐胎を求める愛だった。要するに不可能な愛。

　一日中、愛は現在と未来を埋める過去を求め続けた。一日中、一言も発せずに、彼女は彼に自分の腹から生まれたことを求め続けた。彼女はそれ以外、彼になにも求めなかった。彼女は、自分が子どものない女でなくなることを、眼鏡の少年に求めた。こうして彼はその日、安定の稀有な形の一つを知った。すなわち実現不可能な願望の安定。到達不能な理想の安定。彼は初めて、中庸を志向する存在になり、初めて非-中庸に惹かれる自分を感じた。不可能な究極という魅惑。ひとことで言えば、不可能という魅力。そして初めて情熱への愛を抱いた。

　それはまるで近視が治り、世界がはっきりと見えたかのようだった。自分が生き、これからも生きていく一種の宇宙空間に投げかけたもっとも深奥で単純な一瞥。思考の一瞥ではなかった。それはただ、まるで眼鏡を外したときのよう、そして近視そのものが見えるようにしてくれたかのようだった。おそらく彼はその時から、その後一生続くある習慣を身につけた。すなわち混乱が高まって見えにくくなると、そのたびにきれいにするという口実をつけて眼鏡をはずす。そして眼鏡をかけずに、盲人ならではのきらきらした目で相手を凝視することだった。

誠実な友情

ぼくたちは、長年の友というわけではなかった。学校の最後の年に知り合っただけだった。それ以降は、いつ何時もいっしょにいた。ずいぶんと長いあいだ、互いに打ち明けないことは一切ない友を必要としていた。友情は、考えをしまっておけない域に達し、すぐに一方がもう一方に電話をし、即、会う約束をするようになった。話した後は、まるでプレゼント交換をしたかのように、互いにものすごく幸せな気分になった。こんな継続的交流が高じて、打ち明け合うことがなにもなくなった暁には、いくらか苦労して話題を探すようになった。しかも話題は深刻でなくてはならなかった。なぜなら初めて体験する誠実さ特有の熱情は、何にでも宿るというわけではないからだ。

　そのころすでに、乱調の最初の兆候がぼくたちのあいだには現われていた。片方が電話をして二人で会っても、なにも言うことがないことがときどきあったのだ。ぼくたちはとても若く、黙っていることを知らなかった。最初は、話題がなくなりかけたら、他の人たちの話をしようとした。でもそれがすでに友情の核心を歪めていることは、よくわかっていた。自分たちのそれぞれの恋人のことを話してみるというのも論外だった。なぜなら男は自分の恋愛を話さないからだ。試しに黙ってみた——だが、別れた後すぐに不安になった。

そんな逢瀬から帰った後のぼくの孤独感といったら大きくからからに乾いていた。なにか話すためだけに、本を読むようになった。でも、誠実な友情は、もっとも純粋な誠実さを求めていた。それを探すうちに、ぼくは自分が空っぽだと感じるようになった。ぼくたちの逢瀬は回数を重ねるごとに失望を伴うものになっていった。ぼくの誠実な貧弱さが少しずつ暴かれていった。彼のほうも、ぼくにもわかっていたが、自分に対し行き詰まりを感じるようになっていた。

　そんなころ、ぼくの家族がサンパウロに引っ越した。彼は家族がピアウイ［ブラジル北東部の州］の出で一人で暮らしていたため、うちのマンションに住むよう誘った。マンションはぼくが管理することになったからだった。魂はもう大騒ぎ。喜び勇んでぼくたちは本とレコードを揃え、友情のための完璧な環境を準備した。すべてが整った後――家の中のぼくたちときたら、手持ち無沙汰で、押し黙り、満たすのは友情だけ。

　ぼくたちはとにかく相手を救いたかった。友情は救いの材料だ。

　でも問題はすべて抽出済みで、可能性もすべて検討済みだった。ぼくたちが持っていたのはそれまで飢えたように求め、ようやく探し当てた、誠実な友情というやつだけだった。それが唯一の方法であることはわかっていて、わかっていただけに辛かったが、精神が肉体に宿す孤独から抜け出すには、それしか方法がなかった。

　しかし友情がいかに統合《ジンテーゼ》の産物であるかを、ぼくたちは見せつけられた。言ってみれば、ひとことで言い尽くせる自明の理を、長い演説に散らすようなもの。ぼくたちの友情は、まるで二つの数字の合計のように解決不能だった。二＋三イコール五という確実を一瞬以上の長さに展開しようとしても、それは無駄なのだ。

マンションでは何度かどんちゃん騒ぎもやってみたが、近所から苦情が来ただけで、なにもならなかった。

せめて互いの世話を焼ければよかった。でもその機会もなく、また証を必要としない友情の証も信じていなかった。ぼくたちにできる最大限のことは、もうやっていた。つまりぼくたちが友達同士であると知ることだ。それだけでは日々を埋めるに足らず、とくに長い休暇はだめだった。

その休暇こそが、真の苦悩の始まりだった。

彼には誠実さ以外のなにもあげることができなかったため、彼はぼくの貧しさを告発する存在になっていった。そればかりか、音楽を聴いたり本を読んだりしながら、隣り合うときの孤独は、それぞれ一人でいるときよりはるかに大きかった。いや、大きい以上に、気詰まりだった。平和はなかった。その後、それぞれ自分の部屋に行き、ほっと息をつき、顔を合わせなかった。

たしかに事態の展開には休止もあった。停戦は、現実に収まりきらない希望を与えてくれた。それは、我が友が役場と小さな問題を起こしたときだった。深刻だったというわけではないが、ぼくたちはそれを活用するために深刻化した。なぜならぼくたちはすでに、世話焼きという安直な発想に陥ってしまっていたからだ。ぼくは夢中になって家族の知り合いの事務所を回り、我が友のために手づるを探した。そして書類の認証の段階になると、街中を走り回った——ぼくの手を通さずに得られた認証はなかったと、良心に照らして言える。

当時のぼくたちは夜、家で落ち合った。疲弊しながらも意気揚々と。その日の手柄を報告し合い、次の一手を計画した。起こっていることを深く掘り下げず、それらすべてが友情のしるしになるだけでよかった。婚約者たちがなぜプレゼントを交換するのか、夫がなぜなにがなんでも妻に安らぎを与えようとするのか、そして妻はなぜ夫のためにせっせと食事を用意するのか、母親がなぜ子どもの世話を大げさにするのか、わかったと思った。ちなみにぼくが多少の無理をしてでも、現在のぼくの妻である女性に小さな金のブローチを贈ったのも、その時期だった。そこにいることは与えることでもあると、ぼくはずいぶん後になってから理解することになる。

役所との問題が終結し——ついでに言うと、ぼくたちの勝利だった——その後も互いの隣に居続けた。魂を譲れるほどの言葉がみつからないまま。魂を譲る？　でも、考えてみれば、だれが魂を譲りたいと思うだろう？　ばかなことを。

結局ぼくたちは何を求めていたのか？　なにも。ぼくたちは疲弊し、幻滅していた。

休暇を家族と過ごすことを口実に、ぼくたちは別れた。ちなみに彼もピアウイに行く予定だった。感極まる握手、それが空港でのぼくたちの別れだった。偶然を除けば、もう会うことがないことはわかっていた。それどころか、会いたくもないことも。でも、ぼくたちが友人であることはわかっていた。誠実な友達。

パンを分かち合う

土曜日、私たちは参加する義務のある昼食に招かれていた。でも私たちはみんな、好きでもない人と一緒に大切な土曜日を過ごしたくはなかった。みんなかつて幸せだったことがあり、欲望の跡を留めていた。私はと言えば、私はすべてを望んでいた。そして私たちはそこに囚われの身になっていた。乗っていた電車が脱輪して、見知らぬ人たちの中で過ごさざるをえなくなったかのように。そこでは誰も私を求めてはいなかったし、私も誰も求めていなかった。私の土曜日は――窓の外ではアカシアの木々とその影が揺れていた――むしろ無駄遣いするほうがよかった。それを手に固く握りしめて、シーツみたいにしわくちゃにしたかった。昼食を待つあいだ、私たちは不愉快に乾杯し、しぶしぶ飲んでいた。明日は日曜日だ。あなたと一緒にいたくはない。潤いのないまなざしにそう語らせつつ、私たちは乾いたタバコの煙をゆっくりと吐いていた。土曜日を楽しめないことへの恨みが少しずつ錆のように私たちを蝕み、ついにはどんな些細な喜びも、あるべき喜びへの侮辱とさえ感じられるに至った。

　その家の女主人だけは、土曜日を無駄遣いせず、木曜日の夜に済ませてしまおうという考えを持っていないようだった。彼女の心はしかし、土曜日の他の使い道も知っていたはずだ。高望みはいくらでもできるということを、どうして忘れることができるのだろう？　夢見がちで、諦念を抱いた寄せ集めの人たちのグループに、彼女は苛立つことさえなかった。私たちは彼女の家で、最初の電車の出発を、あるいはどんな電車でもいいからとにかく出発を待つように、ただ待っていた——その空っぽの駅に留まるのだけは嫌だった。胸を高鳴らせながら、他のところ、他の馬たちのところへ走り出そうとする馬を引き留めるのだけは嫌だった。

私たちはようやく、空腹の恩恵で喜ぶこともないまま、昼食が用意された部屋へと通された。これが私たちのためだなんて……。

それは清い心を持った人びとのために用意されたテーブルだった。本当に来てほしかった招待客、でも来られなかった招待客は一体誰なのか？　でも私たちしかいなかった。じゃああの人は、誰に対しても最高の食事を用意するということ？　そして彼女は最初に入る見知らぬ人の足をうれしそうに洗っていた。私たちは戸惑ってそれを見つめていた。

テーブルは厳かな豊かさで満たされていた。白いテーブルクロスの上に麦の穂が積み上げられていた。赤いリンゴ、大きな黄色いにんじん、皮が弾けそうな丸いトマト、流れ出しそうな緑色のハヤトウリ、野生の荒々しさを感じさせるパイナップル、色の深い穏やかなオレンジ、ヤマアラシみたいに棘だらけのマシーシ［薄緑色でとげとげの表皮の果実］、みずみずしい果肉を硬く内に閉ざしたトウキュウリ、目が痛いほどに赤い中空のパプリカ——すべてが、たくさんのしっとりとしたトウモロコシの毛、唇のような赤の毛の上でもつれ合っていた。それにブドウの粒。いちばん紫色に近い黒ブドウ。噛み潰す瞬間が待ちきれない。誰に噛み潰されようとも構わないという風情だった。トマトが丸いのは、誰のためでもなく、空気のため、丸い空気のため。土曜日は、誰であれ、来た人のものだった。そしてオレンジは最初に来た人の舌を甘く包む。見知らぬ人の足を洗っていた女性は――私たちを選ぶこともなく、私たちを愛することもないまま――投げやりな招待客ひとりひとりの皿の隣に、小麦の穂を、あるいはひと房の燃えるように赤いラディッシュを、あるいは陽気げな種を載せた赤いメロンひと切れを置いた。すべては、ライムの酸味が予感させるようなスペイン風の鋭さでカットされていた。水差しにはミルクが入っていた。山羊とともに岩のそそり立つ荒野を渡ってきたかのようなミルクが。よく踏み込まれた黒色のワインは、陶器の水差しの中で身を捩っていた。すべてが私たちの前にあった。人間のねじ曲がった欲望に汚されることなく。すべてが、私たちが望んだようにではなく、ありのままにあった。ただ全きものとして存在していた。草原が存在するのと同じように。山々と同じように。男たち女たちと同じように。そして私たち、貪欲な者たちとは似つかずに。ある土曜日と同じように。ただ存在するように、存在する。

　何ということもなく、食べ始めることになった。誰からともなく、おいしいという声が上がった。まったく夢ではなく。私たちは少しずつその一日に見合う存在になり、少しずつ名もなき存在になり、成長し、大きくなり、あり得る人生の高みにまで至った。そして田舎貴族のように、テーブルを受け入れた。

　生け贄《ホロコースト》はなかった。つまり、そこにあるすべてが食されることを望んでいた。私たちが食するのを望んでいたのと同じように。何も翌日のために取っておいたりはせず、その場で、感じさせられるとおりに感じたものに私は身を委ねた。それは、口が食べものに近づいたときに空腹を感じて、期待にともなう苦痛による前払いをする必要のない生だった。というのも私たちは今、空腹を感じていた。パンくずさえ残さずすべてを収めてしまえるほどの大きな空腹。ワインを飲む者は、ミルクに目をやっていた。ミルクをゆっくりと飲む者は、他の人が飲むワインを感じていた。外のアカシアの木々には神。木々は存在していた。私たちは食べていた。馬に水をやる者のように。肉が切り分けられ、配られた。田舎風の粗野な真心。誰も誰かの悪口を言わなかった。というのも、誰も誰かを褒めたりしなかったから。それは収穫祭であり、休戦だった。私たちは食べていた。生きた遊牧民の一団のように、徐々に大地を覆っていった。存在を耕し、植え、収穫し、殺し、生き、死に、食べる者のように、忙しかった。自分が食べる物を欺かない者の正直さをもって私は食べた。食べものを食べたのであって、その名前を食べたのではない。神がこれほど神そのものとなったことはない。食べものは粗野で、幸福で、厳しかった。食べて食べて分かち合う。すべてが私のもので、テーブルは私の父のものだった。私は優雅さもなく食べた。憐れみの念も抱かずに食べた。希望に身を委ねることもなく。懐かしささえ感じずに。私はその食べものに値する存在だった。というのも、私はつねに弟のお守りができるわけではないし、自分のお守りはもうできなかった。自分なんてもう御免だった。人生を作り上げたくもなかった。存在するものは存在しているのだから。それは、私たち皆が踏みしめて進む地面のように存在している。ひとつの愛の言葉もないまま。ひとつの言葉もないまま。でもあなたの喜びは私の喜びを理解している。私たちは強い。私たちは食べる。パンは見知らぬ人のあいだの愛。

美女と野獣、または大きすぎる傷

さて、美容室を出て、コパカバーナ・パレス・ホテルのエレベーターを降りたときだった。運転手がそこにいなかった。時計を見た。午後四時。と突然、思い出した。そうだ、うちのジョゼさんには、五時に迎えに来るように言ったんだったっけ、マッサージだけで、足と手の爪はしないことを計算に入れずに。どうすべきか？　タクシーに乗るか？　でも持ち合わせは五百クルゼイロ札しかないし、タクシーの運転手はお釣りがないだろう。現金を持ってきたのも、絶対に現金を持たずに歩いてはいけないと夫から言われていたからだった。美容院に戻って、お金を貸してもらうことも頭に浮かんだ。でも——季節は五月の午後、新鮮な空気が、自分の香水と相まって花開いていた。これなら道にたたずむのも素敵だし、めったにないことだと思った——風に髪をなびかせて。一番最近、一人きりになったのはいつだったか、思い出せない。もしかしたら一度もなかったかも。彼女はいつも——ほかの人たちといっしょで、そのほかの人たちに自分を映しだし、ほかの人たちも彼女に自身を映しだしていた。つまり自分はなんでもない——純粋、と自分を理解できぬまま考えた。鏡で自分の姿を見たとき——陽に焼けた小麦色の肌が、顔近くの黒髪に飾られた金色の花を引き立てていて——、思わず「ああ！」と声を上げないように抑えた——なぜなら彼女は、五千万人の美女に値したから。彼女ほどの人はかつて——世界の過去どこを探しても——いなかった。そして今後も、三兆年の二乗の年月にわたり、まさに彼女のような若い女性は現われないだろう。

「私は燃え盛る炎！　この闇全部を何度も何度も輝かせる！」

この瞬間こそ唯一無二——こうして彼女は一生のうちに何千という唯一無二の瞬間を迎えるのだ。額には冷たい汗までかいた。彼女があまりに恵まれ、あまりに旺盛にそれを享受したために。

「美は一種の狂気に導くかもしれない、情熱という狂気に」彼女は考えた。「私は結婚して、三人の子どももいるし、安泰」

彼女には守るべき名前があった。カルラ・ジ・ソウザ・イ・サントス。この「ジ」と「イ」が重要だ。階級と、カリオカ［リオっ子］としての四百年の歴史のしるし。そう、単純に言えば「できる」女と男の一群の中で生きていた。できるって何が？　何をいまさら、単純にできる、それだけ。しかもねっとりと。なぜなら彼らの「できる」は、金属の錆びた機械が音もたてずに動く中で油をたっぷりと塗られているから。つまり彼女には、力がある。発電機。彼女は、休むために別荘の葡萄園を使う。腐りながらも立つ伝統を持っている。曖昧で壮大な希望を支えるための新しい基準がまったくないために、いまだ重たい伝統が幅を利かせているのだ。伝統って何の？　何の伝統でもない、よかったら調べてみるといい。有利なのはただ、そこの住民たちの背後に長い家系があるという事実だけ。たったそれだけで、たとえ平民の家系でも、一定の威厳のポーズが与えられるのだ。

すっかりこんがらがった頭で、そう考えた。つまり「自分は女だから、でも、そうかそうでないか云々すること自体可笑しく思えるが、もし男だったら、当然銀行家になっていて、それは「自分の」周り、つまり自分の社会階級ではふつうのこと。だけど夫はそこに、かなり苦労してたどり着き、彼は「たたき上げの男」に分類されている、他方自分は「たたき上げの女」ではない」長考の末、思ったのは——自分はなにも考えてこなかったということ。

片脚がなく、松葉杖にしがみつく男が、彼女の前で立ち止まって言った。

「お嬢さん、食うための金くれないかな」

「助けて!!」男の脚の大きな傷を見るなり、心の中で叫んだ。「神様、助けてください」小さな声で言った。

男の前で無防備だった。完全に無防備だった。もし「うちの」ジョゼさんとアトランチカ大通り側の出口で約束していれば、美容院のあるホテルは、「そんな連中」が近寄るのを許さなかったはずだ。だが、コパカバーナ大通りでは、あらゆることが起こり得た。あらゆる種の人々がいた。少なくとも、彼女とは違う種の人が。「彼女の種」？「彼女の種」って、いったい彼女はどの種の人間なのか？

彼女——ほかの人たち。でも、でも、死は私たちを分け隔てない、そう考えたとき突然、彼女の顔が美の仮面のような雰囲気を湛えたが、それは人の美ではなかった。一瞬、彼女の表情が硬くなった。

物乞いの思考。「この、化粧しておでこに星がきらきら光る奥さんは、金をくれないか、くれてもほんとうに僅かか」そう考えたら、少し疲れてきた。「どうせほとんどくれないに決まっている」

彼女は恐怖に襲われていた。道はふだんから歩かないも同然だったから——いつも車でドア・トゥー・ドア——、こんなことまで考えた。「この人、私を殺す気？」たじろいで訊ねた。

「普通はどのくらいあげるものなの？」

「あげられる分か、あげたいと思う分か」物乞いは呆れ返って答えた。

彼女は、美容院代も払ったことがなく、毎月店主が請求書を夫の秘書に届けていた。「主人だったら」と彼女は考えた。「主人だったらこの物乞いにどんな対応をするだろう？」わかってる。なにもしない。彼らはなにもしないのだ。じゃあ、彼女は——彼女も「彼ら」だ。あげられるだけすべて？　夫の銀行はあげられるし、私のマンションもあげられるし、私の別荘も、私の宝石も……。

だが、だれにでもある強欲さから、彼女は訊いた。

「五百クルゼイロで足りる？　それしかないの」

物乞いは唖然として、彼女を見た。

「お嬢さん、おれをからかってるのかい？」

「私が⁇　ううん、そんなことない、私、本当にお財布の中にあるのが五百クルゼイロなの……」

財布を開けて紙幣を出すと、申し訳なさそうに、ほとんど謝りながら男に渡した。

困惑する男。

それから、すかすかの歯茎を見せ、笑いながら言った。

「ええと、奥さんは本当にいい人なのか、じゃなかったら頭がおかしいのか……。でも、まあ、もらっとくよ。後で、盗んだなんて言わんといてね、だれもおれのことは信じちゃくれんからね。くれるなら、小銭のほうがいいんだがね」

「小銭は持ってないのよ。この五百クルゼイロのお札しかないのよ」

男は驚いたようで、なにか言ったが、歯がろくにないせいで活舌が悪く、ほとんど理解できなかった。

そのあいだも男の頭は考えていた。食い物、食い物、うまい食い物、金、金。

彼女の頭はパーティでいっぱいだった。パーティ、パーティ。何を祝うパーティ？　他人《ひと》の傷を祝うため？　この二人を結びつけるものが一つあった。どちらも金が天命であること。物乞いは持てるものすべてを使い、カルラの、銀行家の夫は金を集めている。生業は証券取引だった。そしてインフレ、利益。物乞いの生業は、丸く開いた傷口だった。しかもおそらくはそれが治ることを怖れている、と彼女は推測した。なぜなら、よくなったら食べるものがなくなるから。そう、カルラは知っていた。「ある程度の歳を超えてろくな仕事に就いていない人は……」若ければ、壁塗り職人ぐらいにはなれる。そうでないということは、生々しい膿だらけの大きな傷に賭けているのだ。そう、人生はきれいごとではない。

*

壁に寄りかかり、慎重に考えることに決めた。いつもと違っていた。なぜなら彼女にはその習慣がなかったから。彼女は、考えが視点と理解であること、だれも自分に向かって、考えろ！と命令することはできないことを知らなかった。まあ、いい。だがそう決めたことが障害になった。そこで自身の内面をみつめはじめたら、ほんとうに考えが浮かんできた。だが出てきたのは、もっとも愚かなもの。たとえば、この物乞いは英語を知っているか？　この物乞いは、シャンパンを飲みながらキャビアを食べたことがあるか？　愚かな考えだった。なぜなら物乞いが英語を知らないことも、キャビアやシャンパンを試したことがないことも明らかに知っていたから。だが、もうひとつ自分の中にばかげた考えが浮かぶのを抑えられなかった。彼は、スイスでウィンタースポーツをしたことがあるだろうか？

　さすがに絶望した。あまりの絶望に、出てきたのはたった四文字から成る考え。「社会正義」金持ちなんか、みんな死んじまえ！　それこそ解決、考えて嬉しくなった。でも――そしたら貧乏人にはだれが金をやるのか？

　と突然――突然、すべてが止まった。バスが止まり、車が止まり、時計が止まり、道行く人が動かなくなった――彼女の心臓だけが高鳴っていた。何のために？

　どうやって世界を生み出せばいいか知らないと思った。無能な自分、黒髪に長く赤い爪。それが彼女。まるでピンぼけのカラー写真。毎日、必要なもののリストか、翌日にやりたいことのリストを作っていた――そうやって空っぽの時間につながっていた。単純に彼女はやることがなかった。すべてやってもらえた。二人の子どもまでが――そういえば、子どもは二人と決めたのも夫だった……。

「人生で勝利するためには頑張らなきゃならん」死んだ祖父からそう言われた。果たして彼女は勝者なのか？　もし勝利が、晴れわたった日の真昼間に、化粧を塗りたくり、金のスパンコールをつけて街中にいることならば……。それが勝利なのか？　どれだけの忍耐を自分に持たなくてはならないのか。自分の小さな暮らしを守るために、どれだけの忍耐を持たなくてはならないのか。守るって、何から？　審判から？　でも、だれが審判を下すのか？　口がからからに乾き、喉は火を噴いていた――まるで学校での試験を受けなくてはならないときのようだった。なのに水がない！　それがどういうことか、わかるのか――水がないことが？

ほかのことを考え、目の前の困難な瞬間を忘れたいと思った。すると中学校で勉強したエッサ・デ・ケイロス［ポルトガルのロマン主義の小説家（一八四五－一九〇〇）］のある遺作の文を思い出した。「ティベリアーデ湖は静寂に包まれ、透明に輝き、空よりも青く、すべてが飾り立てられていた。花咲き乱れる草原と、生い茂る果樹園と、斑岩。椰子の間の白い地面、その上を鳩が飛び交っていた」

暗唱できたのは、十代のころは言葉に敏感だったから。そして自分にもティベリアーデ湖の煌めきのような運命を望んでいたから。

*

思いもかけず殺意を抱いた。世界のすべての物乞いを殺してやりたい！　それはただ自分が、虐殺後にとびきり快適な暮らしを平和に享受するためだった。

だめ、世界は囁いていなかった。

世界はさ・け・ん・で・い・た!!!　この男の歯無しの口を通して。

銀行家の若奥方は、こんなにきれいに化粧した顔に浴びせかけられる柔らかさの欠如に耐えられないと考えた。

で、パーティは？　パーティでは何と言おうか。踊っているとき、腕に抱いてくれる相手に何と言おうか……。こう言おう。ねえ、物乞いもセックスをするのよ、十一人も子どもがいるんだって。物乞いは社交界には行かないし、『イブラヒム』や『ゾジモ』のコラムにも出ないし、彼が飢えているのはパンにで、ケーキにではない。でも実は彼はお粥しか食べていないはず、だって歯がないから肉は噛めないし……。「肉？」料理係のメイドが「フィレステーキの値段が上がった」と言っていたのをぼんやりと思い出した。そう。どうして彼女にダンスなんか踊れようか？　踊ってもせいぜい狂気じみた物乞いの死の舞踏ぐらいだ。

いや、彼女は、癇癪やヒステリーを起こして気絶したり、気分が悪くなったりするような女ではなかった。社交界の「おともだち仲間」のだれかさんたちとは違う。「おともだち仲間」という言葉を頭に浮かべ、微笑んだ。何のお仲間？　おしゃれのお仲間？　三十人、四十人のディナーを催すお仲間？

彼女自身、夏の終わりに寄せて庭でレセプションを開いたが、あれは何人だったか？　いや、そんなことは考えたくなかった。でも思い出されたのは（なぜあのときの愉しい気分はないのか？）芝生のあちこちに置かれたテーブル、キャンドルライト……。「キャンドルライト？」、と考えた。えっ、私、狂っているの？　私、はめられたの？　金持ち連中の企みに？

「結婚する前は中流階級で、銀行家の秘書になり、その人と結婚し、そして今は――今はキャンドルライト。私がしているのは人生ごっこ、人生はそんなんじゃない」と考えた。

「美は大いなる脅威にもなり得る」雅の極みが困惑と深い憂鬱と混ざり合った。「美は不意をつく」「もし私がこんなに美しくなかったら、違う運命を持っていたかも」と、真っ黒な髪に添えられた金色の花を整えながら考えた。

昔、女友達が狂うほどの大恋愛をして、心が完全に捩れて傷つくのを、彼女は見たことがある。そのときそんな思いは絶対にしたくないと思った。いつだって美しすぎるものや、恐ろしすぎるものが怖かった。なぜならそういうものにどう反応したらよいかわからなかったし、もし彼女自身が同じくらいに美しかったり、同じくらいに恐ろしかったりしたら、それに反応していいかもわからなかったからだ。

まるでルーブルで、モナリザの微笑みを、すぐ手に取れるほど間近に見たときのように、怖くなった。それと同じように傷を負った男やその傷に慄いたのだ。

世界にこう叫びたくなった。「私はひどくない！　私は、何かはわからないけど、ただの商品、この心の惨めさはどうやったらわかるの」

気分を変えようと――なぜなら彼女はもう耐えがたく、絶望のあまり物乞いの傷口を激しく蹴りたくなっていたから――気分を変えようと考えた。これは私の二度目の結婚、つまり前の夫は生きているけれど。

いま初めて自分がなぜ最初の結婚をしたかがわかった。オークションだったのだ。最高値はだれ？　最高値はだれ？　はい、落札。そう、最初の結婚は、「最高値をつけた」男と結婚し、彼女が承諾したのは、その人が金持ちで、社会的レベルも彼女より少し上だったから。自分を売ったのだ。じゃあ、二番目の夫は？　彼女の結婚は終わりかけていた、彼には愛人が二人……それでも彼女がすべてに耐えたのも、破局がスキャンダルになるから。彼女の名前は社会面のコラムに出すぎるほど出ていた。それに姓は独身のときのものに戻ることになるのか？　独身の姓に慣れるまでには、かなりの時間がかかるだろう。それなのに、と自分のことを笑いながら考えた、この二度目の結婚を受け入れたのは、大きな特権を与えてくれるから。社会面のコラムに身売りしたのか？　そのとおり。そのことをいま発見していた。もし彼女に三度目の結婚があったら――なぜなら美しく金持ちだったから――もしあったら、だれと結婚しよう？　ヒステリー気味に笑いはじめた。こんなことを考えたから。三番目の夫は物乞い。

　突然物乞いに尋ねた。

「あの、英語は話されます？」

　男は、何を訊かれたのかもわからなかった。だが、あれだけの金で女に買われた手前、答えないわけにはいかず、その場しのぎを言った。

「はい、話しますよ。いまもこうやって奥さんと話してますよね。なんでですか？　奥さんは耳が不自由なのですか？　ならば大声で言いますよ。ハナシマス」

　男のとてつもなく大きな声に驚いて、冷や汗が出はじめた。それまでの自分が見て見ぬふりをしてきたことを完全に自覚しはじめていた。飢えた人々はいない、何語も話せない人はいない、生き抜くために物乞いをする匿名の群衆もいないと。いや、知ってはいた。だが顔をそむけ、目も瞑ってきた。みんな、そう。そう、みんな――知っているのに、知らないふりをしている。そしてふりをしないまでも、不快に思う。どうして不快に思わずにいられよう？　いや、それすらない人もいる。

　私は……。

けっきょく私は、だれなのか？

ノーコメント。何よりもその理由は、その質問がほんの一秒しか続かなかったから。そして質問と答えが、頭ではなく、身体の思考だったから。

私は悪魔。幼い頃に習ったことを思い出しながら考えた。つまり物乞いはイエス・キリスト。でも――その人が求めているのは金でなく愛。この人は人間性を見失っている、ちょうど私も見失ったように。

世界を理解しようと努めて、唯一思い起こせたのは、夫の友人が言った言葉の断片。「発電所はそれらだけじゃ足りないな」おお、神様、発電所って何の？　ガリャルド大臣の？　その人は発電所を持っているの？　「電力……水力発電」？

ところで生きるための肝心な魔術――それはどこにあるの？　世界のどこに？　街角で座る男のところ？

世界を動かしているばねはお金？　彼女は自問した。でもそうではないというふりをしたかった。自分があまりに、あまりに金持ちだと感じ、気分が悪くなった。

物乞いの思考。「この女は頭がおかしいか、金を盗んだかかのどちらかだろう。だってこの女が大富豪であるはずはない」彼にとって大富豪は一つの言葉に過ぎなかったし、たとえその女に大富豪を体現させたくても、それは無理だった。なぜなら――道に突っ立つ大富豪がどこにいる、なあ、そうだろう？　そこで考えた。この女は、一人ひとりの客に大金をふっかける街娼で、きっとなにかの願をかけているに違いない。

それから。

それから。

沈黙。

と突然、あの喚きたてる思考。

「なんで私はこれまで自分も物乞いだと気がつかなかったのだろう？　施しを求めたことは一度もないけれど、二人の愛人持ちの夫の愛を乞うたではないか。美しくて陽気で、受け入れてもらえる自分でありたいと神の愛に乞うたではないか。私の心の衣はぼろなのに……」

「人を平等にするものはある」と、絶望しながら平等にする別のポイントを探した。答えは突然出た。すなわち平等なのは、生まれて、どちらも死ぬから。だから二人は兄弟。

　こう言いたくなった。ねえ、私だって哀れな貧しい女なのよ。唯一違うのは、私が金持ちであること。私は……凶暴に考えた。私はほとんど金を冒瀆《ぼうとく》している。市場での夫の信用をリスクに曝して。私は、いまこの瞬間にも、へなへなと縁石に座りそう。生まれることが私の最大の禍だった。こんな呪わしい出来事の代償を払った今、私にはすべてに対して権利があるような気がする。

　怖かった。だが突然、人生の大きな跳躍を果たし、結果、勇敢に地べたに座りこんだ。

「この女はきっと共産主義者だ」物乞いは半信半疑で考えた。「でもどうして共産主義者に宝石を持つ権利があるのか、マンションや富、そして香水までも」

＊　＊　＊

もう二度と同じ人間には戻れない。これまで一度も物乞いを見たことがなかったわけではない。だが——今回はいかんせんタイミングが悪かった。まるで体当たりされ、そのせいで赤ワインをレースの白いドレスにこぼしたかのようだった。突然わかったのだ。この物乞いも、自分と同じ素材でできている。ただそれだけ。違うのは「なぜ」だ。肉体的次元では平等だった。彼女には平均的な教養があるが、彼はなにも知らないようだった。ブラジルの大統領がだれかさえ。また彼女には鋭敏な理解力があった。それともこれまで持っていた知性はハリボテだったのか？　そこへつい先ほど、食うための金を無心する傷と接したことで——金のことしか考えなくなったのか？　だが金は、いつだって彼女にとって自明だったではないか。そしてあの傷、そんなものを彼女はあんなに近くで見たことはなかった……。

「奥さん、気分が悪いのですか？」

「悪いわけじゃなくて……でもよくもなくて、わからない……」

考えたのは、身体は病気になっても持ち運ぶものだということ。物乞いは自分自身を持ち運んでいる。

「今日奥さんは、ダンスパーティに行けば、よくなって、すべてが普通に戻りますよ」ジョゼが言った。

たしかに彼女は、ダンスパーティで自分の魅力の一つひとつを若がえらせ、すべてが普通に戻る。

冷房の効いた車のシートに座り、発車前に、一時間半のお相手に最後の視線を送った。彼とは別れ難く思った。いまや彼は「私」。アルター・エゴ。彼は永遠に彼女の人生の一部となるのだ。さようなら。夢見心地でぼんやりと、まるである言葉が両唇に引っかかっているかのように、口を半開きにしていた。自分でも理由は説明できなかったが——彼はまさしく彼女自身だった。とそんな状態で、運転手がラジオをつけたとき、鱈は一年に九千個の卵を産むというのが聞こえてきた。その話からはなにも導くことはできなかったが、彼女はとにかく運命を必要としていた。十代のころ、運命を探して歌の道を選んだことを思い出した。教育の一環として、簡単によい先生をみつけてくれた。でも歌は下手で、それは自分でもわかっていたが、オペラ好きの父親は、彼女が歌は下手なことに気づかないふりをした。それでもあるとき、彼女が泣き出したことがあった。先生は困惑し、どうしたのか訊ねた。

「あのう、私、怖いんです、ええと、ええと、うまく歌うのが……」

でも、あなたは歌がものすごく下手じゃない、先生は言った。

「それともう一つ怖いことがあるんです。怖いんです、歌がもっと、もっと、さらにもっと下手になるのが。へたああああになりすぎるのが！」彼女は泣いて、もう二度と歌のレッスンを受けなかった。このように芸の道を求めて悟ったのは、それ一度きりだった——その後は忘却の彼方に埋もれ、いま三十五歳になって初めて、傷を通して、ものすごく下手に歌うか、ものすごく上手に歌うかのどちらかの必要に迫られ——途方に暮れていた。もうどれだけいわゆるクラシック音楽というものを聴いていないだろう。もしかしたらそれは、自分が生きている自動の眠りから引き出してくれるかもしれない。私は——私は人生ごっこをしている。翌月、彼女はニューヨークに行くことにしているが、その旅もまるで新たな嘘のようであることを発見していた、まるで幻惑のように。足に傷があること——それが現実なのだ。なのに自分の人生ではすべてが、生まれて以来ずっと、自分の人生ではすべてが、まるで猫の肉球のように柔らかかった。

*

（進む車の中で）
突然、考えた。彼の名前を訊くことも思いつかなかった。

今のところ

彼はすることがなかったのでトイレに行った。そのあとは完全にゼロになった。
生きているとそういうことがある。時々、ゼロになってしまう。今のところは。生きているあいだは。

今日、若い女が泣きながら私に電話してきて、父が死んだと言った。それだけのこと。それ以上でも以下でもなく。

私の息子のひとりはブラジルにはいない。もうひとりの息子が私のところに来て昼食を取った。肉は嚙み切ることもできないくらい固かった。でも私たちはよく冷えたロゼワインを飲んだ。そして話をした。私は「母の日」商法につけこまれないようにと言っていた。彼はそのとおりにして、何もくれなかった。というかすべてをくれた。つまり、私のところに来てくれた。

その日は一日じゅう仕事をして、五時五十分になっていた。電話は鳴らない。私はひとりきり。世界に、空間に、ひとりきり。私が電話をかけても発信音が鳴るばかりで、誰も出ない。あるいは、寝ていますと告げられる。

大切なのは耐えられるようになること。物事とはそういうものなのだから。することがなくなってトイレに行くこともある。

でも、神様が私たちをそんなふうに作ったのなら、私たちはそのとおりにあればいい。手ぶらで。話題もなく。

金曜日の夜、あるパーティに行った。友達の誕生パーティだということさえ知らなかった。彼の妻が教えてくれなかったから。たくさんの人がいた。大半の人があまり気乗りしていないことに私は気づいた。

何をしよう？　自分に電話をかける？　通話中の悲しい音がするに決まっている。いちど、ぼんやりしていて、自分の番号にかけたことがある。眠っている人を起こすことなんてできない。呼び出したい人をどうやって呼び出せばいいのだろう？　何をすればいい？　何もできない。日曜日だし、神様だって休んでいる。でも私は一日じゅう仕事をした。

でも今、眠っていた人が起きて、八時に私を訪ねてくる。今は六時五分。

いわゆる「五月の夏季」［ブラジルで秋に当たる四月の冷え込みのあとに来る暑い時期のこと］を迎えていた。酷い暑さ。タイプライターを打ちすぎたせいで指はかなり痛んでいた。指を粗末に扱うことはできない。流れを摑むのは指先だから。

あの女の父親の埋葬に参列すると申し出るべきだっただろうか？　今日の私に、死は重すぎる。何をすればいいかはわかっている。食べること。そのあと戻ってくればいい。キッチンに行くと、家政婦はたまたま休みではなかったので、食べものを温めてくれる。私の家政婦は恰幅がいい。体重は九十キロ。九十キロの不安、恐れ。彼女のなめらかな黒い顔にキスしたいという思いに駆られるが、意味不明だと思われるだろう。彼女が食べものを温めているあいだ、私はタイプライターに戻る。空腹で死にそうだと気づく。彼女に呼ばれるのが待ちきれない。

何をすればいいのかわかった。服を着替えよう。そのあとで食べて、タイプライターに戻ろう。じゃあまた。

食べ終えた。素晴らしかった。ロゼを少し飲んだ。これからコーヒーを飲もう。そして部屋を涼しくしよう。ブラジルではエアコンは贅沢品ではなく、必需品だ。とりわけ私のように暑さが苦手な人にとっては。六時半になった。小型ラジオをつける。教育省のチャンネルに合わせる。なんて悲しい音楽！　教育を受けて洗練されるために悲しみに浸る必要なんてない。シコ・ブアルキ、トム・ジョビン、カエターノ・ヴェローゾを呼んで、ギターを持ってきてもらおう。私が望むのは陽気さ。憂鬱は私を徐々に殺す。

何のために？　そう自問するのは、物事がうまく行っていないときだ。そして私は何のためにと自問している。でもそれも「今のところ」のことだとわかっている。六時四十分になった。なぜ六時四十分なのだろう？

その合間に一本電話をかけたら、悦ばしいことに、もう六時五十分になっている。今まで生きてきて「悦ばしいことに」なんて言ったことはなかった。かなり変だ。時々私はマシャード・デ・アシスめいた言い回しを使う。マシャード・デ・アシス、懐かしい。嘘みたいなことだけど、私の本棚に彼の本は一冊もない。ジョゼ・デ・アレンカールの本は読んだ記憶もない。

私はさびしい。息子たちがいなくて。そう、私の肉を分けた肉。私は弱々しい肉で、すべての本を読んだわけではない。肉体は悲しい《La chair est triste》［マラルメの詩にある言葉］。

でもタバコを吸えばすぐに気分がよくなる。六時五五分。自分のことを気にかけなければ死んでしまう。呆気なく。時計が止まるように。あと三分で七時。テレビをつけようかどうしようか？　ひとりでテレビを見るのはひどくつまらない。
結局、心を決めてテレビをつけることにする。私たちは時々死ぬ。

子どもを描き留める

この男の子を知り尽くすことなんてできるだろうか？　そのためには、彼が堕落するのを待たなければならない。そのとき初めて、手の届くものになる。そこに彼はいる。無限の中の一点。その子の今日を知ることは誰にもできない。彼自身にさえ。見ている私にも、どうすることもできない。完全に現在進行形の物事を、私は理解できない。彼について知っているのは、置かれている状況のことだけ。男の子というのは、歯が何本か生えたばかりで、いつか医師に、あるいは大工になるだろう誰かである。いっぽうで——彼はあそこで床に座り、いわば植物のような現実を有しているのだろう。こんなふうに床に座る三万人ほどの男の子たちには、別の世界を築き上げる可能性があるのだろうか？　私たちがかつてそこに属していた現在の、完全な記憶を持った世界を。力を合わせることで可能かもしれない。彼はそこに座っていて、すべてを最初から始めようとしている。未来に自分を守るために。真の意味で始めるという可能性はまったくないけれど。

私には男の子を素描することはできない。木炭で描くことは不可能だし、万年筆のペン先でさえ、男の子が生きている究極の現在の、あまりにもかぼそい線をはみ出して、紙に染みを作ってしまう。いつの日か、私たちは彼を人間らしいものに押し込めるだろう。そして、彼を描くことができるだろう。私たちは自分自身に対しても、神に対しても、そのようにしてきたのだから。男の子みずからが、自分を押し込めるだろう。精力的に協力するだろう。求められた手助けに自己犠牲を強いられることを知らずに。最近、彼は懸命に練習している。そんなふうに成長していって、少しずつ——自分を救うのに必要な良識をもって——彼は、現在という時間から日常という時間へと、瞑想から表現へと、実存から人生へと移ってゆくだろう。狂わないという大きな犠牲を払って。私は狂人ではない。自分に似た幾多の人びととの連帯によって。彼らもまた、あり得るものを構築するために、狂気という真実を犠牲にしたのだ。

　だが今のところ彼は床に座って、深い空虚に沈み込んでいる。

　キッチンから母親が念を押す。いい子にしてる？　男の子は仕事に呼ばれたのだと思って、立ち上がろうと奮闘する。二本の足でよろめきながら、全意識を内側に集中している。彼の平衡のすべては内にある。うまくいくと、次は全意識を外に向ける。立ち上がることで引き起こされた事態を観察する。立ち上がったことでたくさんの結果が生じたから。床は不安定に揺れている。椅子は自分よりも高い。壁は自分を遮っている。壁には彼の顔写真が掛かっている。何かの家具に寄りかからないかぎり、高いところにあるその写真を見るのは難しい。その練習はまだしていない。でも難しいということが、逆に助けになる。立っていられるのは、高いところの写真を注視するからこそ。上を見ることで、クレーンで吊られて支えられたようになる。そのとき、過ちを犯してしまう。瞬きしたのだ。瞬きによって、顔写真に支えられていた刹那から切り離される。平衡が失われる——単一の、完全な動きで、倒れて座る。生きる意志によって半ば開かれた口から、透明なよだれが垂れて、床に滴り落ちる。滴を近くで見つめる。蟻を見るように。腕を上げ、困難な機構の数段階を進んでゆく。突然、言葉にならないものを摑もうとするように、不意の力を出して、よだれに手のひらを叩きつける。瞬きし、待つ。ついに、待つべき時間が過ぎると、慎重に手を持ち上げて、床の上の実験結果をまなざす。床には何もない。また急に新しい段階に入って、手を見る。よだれが手のひらについている。このことも学んだのだ。すると、目を見開いて、自分のよだれを舐める。彼ははっきりと考える。その男の子は。

「誰を呼んでるの？」母親はキッチンから訊ねる。

懸命に、優しげに、彼は部屋に目を走らせ、自分が呼んでいると母親が言う誰かを探して振り返り、後ろに倒れる。泣きながら、涙で屈折しねじ曲がった部屋を見ると、白い塊が近づいてきて大きくなる――母親だ！　強い腕で包み込まれ、男の子は、温かく心地よく、空中高くに持ち上げられる。天井が近い。テーブルは下に行った。疲れがやってきて、瞳を転がし、目の地平線へと沈めてゆく。最後に目にしたベッドの柵の姿を浮かべつつ目を閉じる。疲れ果てて、静かに眠る。

口の中が乾いていた。蝿がガラスにぶつかる。明るさと熱とが混じり合った眠りが、空中で震えている。すると、悪夢の中で覚えた言葉が、不意に思い出される。激しく身を捩って、目を開ける。母親はいない。熱く明るい空っぽの空間しか目に入らず、怖くなる。考えはただの泣き声となって、家じゅうに響き渡る。泣いていると、自分のことが認識されてくる。母親が認識するだろう存在へと、自分を変身させてゆく。気を失うほどに泣く。とにかく急いで、見られ、聞かれるものに変身しなければならない。さもないとひとりぼっちだ。理解されるものに変身しなければ、誰も理解してくれないし、黙っていても誰も来てくれない。言葉を発して語らなければ、誰も彼を知ることはない。自分が他人のものになるように、そして他の人が自分のものになるように、必要なことは何でもやるつもりだ。自分の本当の幸福に浸って見捨てられることは避けよう。普通に、愛されるための駆け引きをしよう。泣くことで母親を呼び寄せられるのは、魔法みたいだ。

　聞き慣れた音がドアから入ってきて、男の子は自分が持つ力に黙って関心を注ぎながら、泣くのをやめる。ママ。ママだ。これで死なない。裏切って売り払える世界があるとわかることに、その世界をいつか売り払ってしまうとわかることに、安心する。

　ママだ。ママがおむつを持ってきた。おむつを見て、彼はまた泣き始める。

「びしょびしょねえ！」

　そう聞いて驚き、また好奇心が高まる。心地よい、心配のない好奇心。濡れたところを見えない目で見ている。次いで母親を見る。だが不意に体をぴんと伸ばし、全身を耳にする。おなかで心臓が高鳴っている。ブーブー！　勝利と恐怖の入り混じった叫びを上げ、突如として認識する——この子にわかるのね！

「そう！」母親は誇らしく言う。そう、今通ったのはブーブー。あなたが覚えたってことをパパにも教えてあげなきゃ。あれはブーブーって言うの。母親は彼の両足を持ち上げて、下から上に、上から下に引っ張りながら言う。後ろに傾けたり、また下から上に引っ張ったり。どんな恰好になっても男の子は目をしっかり開いている。新しいおむつみたいに乾いた目を。

卵とめんどり

朝方、キッチンのテーブルの上に、私は卵を見る。

ひと目だけ、その卵をまなざす。直ちに、卵を見ているはずはないと気づく。卵を見ることが、現在という時間に留まることは決してない。卵を見るやいなや、三千年前に卵を見たことになる。——卵を見るまさにその瞬間、それは卵の記憶になる。——卵を見ることができるのは、それをすでに見たことがある者だけ。——卵を見るときでは、遅すぎる。見られた卵は、失われた卵だ。——卵を見ることは、いつの日か卵を見ることができるようになるという約束である。短く、分割不可能なまなざし。そこに思考はあるのか。ない。あるのは卵。——まなざしは、必要ではあるが、使ったあとに捨ててしまう道具である。私は卵を取っておく。——卵は自己を有していない。個体としては存在していない。

　卵を見ることは不可能である。卵は、超音速があるように、超視覚の存在である。誰にも卵を見ることはできない。犬は卵を見るだろうか？　卵を見ることができるのは機械だけ。クレーンは卵を見る。——私が古代に生きていたとき、卵が私の肩に置かれたことがあった。——卵への愛もまた、感じることのできないものである。卵への愛は、超感覚である。私たちは、自分たちが卵を愛していることを知らない。——私が古代に生きていたとき、私は卵の保管係で、卵の沈黙を溢れ出させないよう、そっと歩いたものだった。私が死んだとき、私のなかから慎重に卵が取り出された。それはまだ生きていた。――世界を見た者だけが卵を見るだろう。世界と同様に、卵も明白だ。

　卵はもう存在しない。すでに死んだ星の光のように、本来の意味での卵はもう存在しない。――卵よ、あなたは完璧。あなたは白い。――あなたに、私は始まりを捧げる。あなたに、私は初めてのときを捧げる。

　卵に、私は中国という国を捧げる。

　卵は、宙吊りになっている。何かに置かれることがない。卵が置かれるときには、卵ではなく、卵の下にある物が置かれるのだ。――キッチンで表面に注意を払って、壊してしまわないように卵をまなざす。それを理解してしまわないよう、最大限の注意を払う。それを理解することは不可能なので、理解できたと思ったらそれは私が間違っているということだ。理解は、間違いの証明である。理解は、卵を見る方法ではない。――卵について決して考えないことが、それを見る方法だったということだ。――私は卵のことを知っているのだろうか？　ほぼ確実に、知っていると言える。こういうことだ。私は存在する。ゆえに私は知っている。――私は、卵について本当に重要なことを知らない。私が卵について知らないということこそが、私に本来の意味での卵を与える。――月には卵が住んでいる。

　卵とは、ある外在化である。殻があるということは、みずからを与えているということだ。――卵はキッチンを裸にする。テーブルを、傾いた平面にする。卵は曝け出す。――卵のなかに深く入り込む者、その表面以上の何かを見る者は、別のものを期待している。すなわち、空腹なのだ。

　卵はめんどりの魂である。愚かなめんどり。正確な卵。驚いためんどり。正確な卵。静止した弾丸のような。というのも、卵は空間のなかの卵だからである。青の上の卵。――私はあなたを愛している、卵よ。別の何かを愛していることさえ知らないあなたを、愛している。――私は卵に触らない。私の指先のオーラが卵を見る。私はそれに触らない。――でも卵を見るのに集中することは、死んで、浮薄な生へと生まれ変わることであるだろう。だから私には卵黄と卵白とが必要だ。――卵が私を見る。卵は私に理想の姿を見ているのだろうか？　卵は私について思索するだろうか？　いや、卵はただ私を見るだけ。理解によって何かを傷つけることはない。――卵は、戦ったことがない。それは恵みである。――卵は、裸の目に対しては不可視である。卵から卵へと、裸の目に対しては不可視である神が訪れる。――卵はおそらく、空間を転がり回ったために卵形に近づいていった三角形である。――卵は、根本では、水差しなのだろうか？　世界で初めてエトルリア人〔紀元前九世紀ごろからイタリア半島中央部に根づいた民族〕が捏《こ》ねて作ったという水差しなのだろうか？　いや。卵の起源はマケドニアにある。そこできわめて根気強い自発性の結実として、考え出されたものである。マケドニアの砂地で、男が箒で描いた。そのあと素足で消した。

　卵は、気をつけて扱わなければならない。そのためにめんどりが、卵を隠すための偽装となっている。卵が、時代を超えて存続するために、めんどりが存在する。母とはそのようなものだ。――卵は、つねに時代に先駆けすぎているために、亡命者として生きている。――卵は、さしあたり、つねに革命的である。――卵は、白いと言われないように、めんどりのなかに生きている。卵は確かに白い。でも白いとは言えない。卵を傷つけるからではなく、卵を白いという人たちは、命を捨てているのだ。白いものを白いと言うことは、人類を壊滅させかねない。かつてある男が、ただその男であるという理由で糾弾され、「あの男」と呼ばれた。周囲が嘘をついていたわけではない。彼はそのとおりだったのだ。でも今日に至るまで私たちは、ひとりまたひとりと回復してはいない。私たちが生き続けるための一般法則。「美しい顔」と言うことはできるが、「顔」と言う者は死ぬ。話題が尽きたことによって。

　時とともに、卵はめんどりの卵になった。実際にはそうではない。だが、養子になったので、その名字を使っている。――「めんどりの卵」と言わなければならない。仮に「卵」とだけ言うのであれば、話題は尽き、世界はむき出しになってしまう。――卵に関しての危険は、美しいと呼び得るその真実性が発見されてしまうことにある。卵の真実性は、もっともらしさとは関係がない。発見されてしまえば、方形に変わることを強いられてしまうかもしれない。それは卵にとって危険ではない。卵は方形になどならないだろうから（卵はそうなることができないのは確実である。できないことは、卵の大きな力だ。それは、望まないことが偉大さを発するように、できないという偉大さから来る崇高さだ）。卵を方形にしようと尽力する者は、みずからの命を縮めていると言える。卵は、それゆえ、私たちを危険に晒す。卵が不可視であることはありがたい。初心者であれば、卵を偽装する。

　めんどりの体は、卵が存在しないことの最大の証明である。めんどりを見れば、卵が存在するのは不可能であることは明白だ。

　それで、めんどりは？　卵は、めんどりの大きな犠牲の結果である。卵は、めんどりが生きるなかで背負う十字架である。卵は、めんどりの叶わぬ夢である。めんどりは卵を愛している。卵が存在していることを知らない。みずからの内に卵があることを知っていたとしたら、めんどりは救われるだろうか？　みずからの内に卵があることを知っていたとしたら、めんどりでであるという状態が失われるだろうか？

　めんどりは、自分が卵を持っていると知らずにいるべきだ。そうでなければめんどりはめんどりとして救済され、そのことによって卵が失われる可能性もある。だからめんどりは知らずにいる。卵に使い尽くされるために、めんどりが存在する。めんどりは、ただ実現するために存在していたが、そのことを気に入ってもいた。めんどりの茫然自失はそこから来る。気に入ることは、生まれることとは関係がない。生きることを気に入るのはつらい。——どちらが先かというと、めんどりを見出したのは卵だった。めんどりは呼ばれさえしなかった。めんどりは直接に選ばれたのだ。——めんどりは夢のなかにいるように生きている。現実感を持たない。めんどりが驚くのはいつも、妄想をじゃまされることによる。めんどりは大いなる眠りである。——めんどりは、よく知らないものに悩まされる。めんどりがよく知らないものとは、卵である。——めんどりは自分のことを説明できない。「間違いが自分にあることはわかっている」めんどりは自分の生を間違いと呼ぶ。「自分が何を感じているのか、もうわからない」とかとか。
「とかとかとか」というふうに、めんどりは一日じゅう鳴いている。めんどりには、豊かな内面の生がある。本当のことを言うと、めんどりが持っているのは、内面の生だけである。内面の生の表れとして見えているものを、私たちは「めんどり」と呼ぶ。めんどりの内面の生は、自分を理解しているように振る舞うことから成る。少しでも脅かされれば、めんどりは狂ったように叫び回る。それはすべて、内なる卵が壊れないようにするためだ。めんどりのなかで壊れる卵は、血に似ている。

　めんどりは地平線をまなざす。地平線から卵がやってくるかのように。卵をもたらす手段であることを除けば、めんどりは無邪気で、注意力がなく、近視である。めんどりと卵が矛盾するならば、めんどりはどのように自分を理解することができるだろうか？　卵は古代マケドニアで生誕したときから、依然として変わっていない。めんどりはつねに、最先端の悲劇である。意味もなく、つねに時流に乗っている。そして造形を模索し続けている。めんどりにもっともふさわしい形はいまだに発見されていない。私の隣人の男性は電話で話をしながら、鉛筆で何気なくめんどりを描く。でもめんどりにとってはどうしようもない。自分自身のためには働けないという定めのもとにある。しかし、自分よりも運命のほうが重要であるため、運命とは卵であるため、めんどりの個別の生が私たちの関心を引くことはない。

　めんどりは、自分のうちにある卵を認識しないが、自分の外にある卵も認識しない。卵を見るとき、めんどりは、不可能なものと対峙していると思う。心臓が高鳴るので、ひどく高鳴るので、卵を認識できないのだ。

不意に、私はキッチンで見た卵を、食べものとしか見ない。卵として認識することができず、私の心臓は高鳴る。私のなかで変身が起こっている。卵を視認することができなくなり始めている。ひとつひとつの卵を除けば、ひとつひとつの食べる卵を除けば、卵は存在しない。私はもう卵を信じることができない。私はしだいに信じる力を失い、死につつあり、さようなら、卵を見つめすぎたせいで卵に催眠をかけられている。

　めんどりは自分の命を犠牲にしようと思ってはいなかった。「幸せ」を望むことを選択しためんどりは。写本の色付き挿し絵を描くように、自分のうちに卵を描きながら生きる時間を過ごせば、自分が何かのために働いているだけということになると気づかなかっためんどり。自分自身を失うことができなかっためんどり。羽毛があるのは大切な肌を守るためだと思っためんどり。羽毛は、卵を長期間保持するためのものだと理解せずに。というのも、強い苦しみは卵を傷めてしまうから。快楽は天恵だと考えためんどり。それが、卵が形作られるあいだ、完全に自分の気を逸らせるためのものだということに気づかずに。「私」とは、電話で話すときに用いられる言葉のひとつにすぎず、よりふさわしい形の探求でしかないということを知らなかっためんどり。「私」は、自己を持つことを意味すると考えためんどり。間断なく「私」であり続けるめんどりたちは、卵を傷めてしまう。そういうめんどりたちは、内なる「私」が過剰なので、「卵」という単語を発音することができない。だがもしかすると、卵はそういう事態を必要としているのかもしれない。まったく気が逸れていなかったら、めんどりが自分のなかで形作られる偉大な命に意識を向けていたら、卵の生成を阻害してしまうかもしれない。

　私はめんどりについて話しはじめたが、しばらくめんどりの話をしていない。だがいまなお卵については話している。

だから私には卵が理解できない。わかるのは割れた卵のことだけ。私はそれをフライパンの上で割る。その間接的手段で私は、卵の存在に自分の身を捧げる。私個人の生に自分を押し込めることで、私は犠牲を捧げる。悦びと苦しみで、私は自分のひそかな運命を作り上げた。ただ自分の人生だけを持つということは、卵を見たことがある者にとっては、犠牲を捧げることである。修道院で、偉大な仕事の栄光に浴することもなく、床を掃き、衣類を洗濯する者たちのように、私は自分の悦びと苦しみを生きることを仕事にしている。私は生きる慎みを持たなければならない。

キッチンで、卵をもうひとつ手に取り、殻を割り、形を崩す。まさにこの瞬間から、卵は一度も存在しなかったことになる。絶対に不可欠なのは、私が注意していると同時に不注意であること。私は避けがたく、否定する者たちのひとりである。私は、かつて卵を見たが、それを守るために卵の存在を否定する秘密結社の一員である。私たちは壊すことを差し控え、そのことに自己をすり減らす者たちである。私たちは、変装して、それほど目覚ましくはない任務を負っているエージェントで、ときに互いを、自分と同じエージェントだと気づくこともある。まなざす様子で、手を差し出す様子で、私たちは互いに気づき、それを愛と呼ぶ。すると変装は必要なくなる。言葉は交わさないが、嘘もつかず、真実を言うこともないが、もう隠す必要はなくなっている。愛とは、少し深く関わることが許される時のことである。愛を望む者はほとんどいない。というのも、愛は、他のすべてのものに対する大いなる幻想を失うことだから。そして、他のすべての幻想を失うことに耐えられる者は、ほとんどいない。愛が自分の生を豊かにすると思って、愛に志願する者たちもいる。事実は逆だ。愛は、究極のところ、貧しさである。愛は、持たないことである。愛は、愛だと思われていたものの幻想が破れることでさえある。それは賞ではないのでうぬぼれとは関係がない。愛は賞ではなく、愛がなければ個人的な苦しみのせいで卵を腐らせてしまう人たちだけのために、譲り渡される条件である。だからといって愛は、特別な名誉ではない。愛はまさしく、出来の悪いエージェントたちに、おぼろげにでも予見することが許されていなければ、すべてをだめにしてしまう者たちに譲り渡されるものである。

　卵を創り出すために、すべてのエージェントにたくさんの特権が与えられている。妬むようなことではない。いくつかの条件は、他の者たちに与えられた条件より悪いが、それは単に卵にとっての理想の条件であるからだ。エージェントたちにとっての悦びを、彼らはうぬぼれることなく、受け取る。すべての悦びを、禁欲的に味わう。それは、卵を創り出すために捧げられた犠牲でさえある。多くの悦びのみに向かう本性さえ、私たちに与えられてきた。それによって、事は容易に進む。少なくとも、悦びを求める苦労が軽減される。

　みずからを殺《あや》めるエージェントもいる。受け取った指令が少なすぎると思い、心細く感じたために。自分がエージェントであることを公言してしまった者もいる。理解されないでいることに我慢できず、他人から尊敬されないことに耐えられなくなるのだ。そのエージェントはあるレストランから出たところで車に轢かれた。抹殺される必要さえなかったエージェントもいる。反抗心のうちに緩やかに自己をすり減らしていったのだ。その反抗は、何の説明もなく二、三の指令を受けたときから始まった。やはり抹殺された。別のエージェントは、「勇気をもって真実を言わなければならない」と考えて、まずその探求から手を付けた。そのエージェントについては、真実の名のもとに死んだと言われたが、実際には、自分の無知によって真実への接近が困難になっていたのである。勇気と見えたものは愚かさに他ならず、忠実さを望むのはおめでたいことで、忠実であることは綺麗事ではなく、他のすべてに対して不誠実であることだと、そのエージェントは理解していなかったのだ。それらの極端な死の事例は、残酷さによって引き起こされたものではない。言ってみれば、宇宙に関わる、なすべき仕事が存在するのであり、残念ながら、個々の事例は顧みられない。欲望に屈して個人を優先させる者たちのために、指令や、慈しみや、動機を問わない理解が、つまり私たちの人間としての生が、存在するのだ。

卵はフライパンの上で弾け、私は夢のなかで朝食の準備をする。何の現実感もないまま、私は叫び、複数のベッドで花開いた子どもたちは、椅子を引きずってきて食べる。朝を迎えた一日の仕事が始まり、叫んだり笑ったり食べたりする。卵白と卵黄。けんかのあいだに笑い声が混じる。一日は私たちの塩であり、私たちは一日の塩であり、生きることは十二分に耐えられるようになり、生きることに私たちは注意を向けたり逸らしたりし、生きることは笑いをもたらす。

生きることはまた、私の謎において、私に笑いをもたらす。私の謎とは、私が単なる手段であり、目的ではないということ。私には、自由のなかでももっともあくどい自由が与えられた。私は愚かではないので、それをうまく使う。率直に言えば、私は他の人びとに悪さもする。真の任務を隠蔽するために私には偽の仕事が与えられていた。というのも、私は偽の仕事をうまく使って、私の真の任務を作り出す。私がもらう日当は、卵ができるように私の生活を楽にするためのものだったけれど、そのお金を私は他の目的のために不正使用して、ブラーマ社［ブラジルの大手酒造メーカー］の株を買って裕福になっている。そういったことすべてを、なくてはならない生きる慎みと私は呼んでいる。私に与えられた時間もまた、ただ優雅な閑居において卵が生成されるために与えられたものだが、私はその時間を、ふさわしくない悦びや、ふさわしくない苦しみのために使って、卵のことは完全に忘れていた。これが私の愚かさだ。

　あるいは彼らは、まさしく私がそうなることを、卵の実現のために望んでいるのだろうか？　私は自由なのか、それとも統御されているのか？　というのも、私のすべての過ちが利用されてきたことに、私は気づきつつあるから。私の反抗とは、私が彼らにとっては何者でもなく、ただ役に立つ存在であることだ。彼らは、一瞬たりとも気を抜かずに私に注意を向けている。完全な愛の欠如をもってして。私はただ役に立つ存在である。彼らから受け取っているお金を、私は最近、お酒を飲むのに使っている。信頼を浪費していることになるのだろうか？　でも、裏切った振りを仕事にしている者が、そしてついには自分が裏切っていると信じるようになる者が、内心で何を感じているのかは、誰にもわからないのだ。日々忘れることを仕事にしている者。一見すると不名誉と思えるものを要求される者。私の鏡さえ、もう私の顔をひとつたりとも映し出しはしない。私がエージェントだから、まさに裏切りだからか。

　でも私は、自分のつまらない人生が大いなる時の歩みを妨げないと知っていることで、正しい眠りに就く。反対に、きわめてつまらない人間であること、正しい者として眠ることが、私に求められているようだ。彼らは、私が意識を持つと同時に意識を逸らしていることを望むが、その形は問わない。というのも、注意は間違ったところに向いているし、深刻なほど愚かなので、私は、自分を介して行われていることを妨げてしまいかねないから。私自身、厳密な意味での私自身には、妨げることくらいしかできないのだ。運命は私を超越するものだという考えが、たぶん自分はエージェントだということを、私に教える。少なくとも、彼らは私がそれを見抜くのを妨げはしなかった。私は、少しでも見抜いていないとうまく仕事ができないタイプなのだ。彼らは、見抜いて知ったことを私が忘れるように仕向けたが、運命は私を超越するという考えや、私が彼らの仕事の道具だという考えは、ぼんやりと残った。自分の力で自己を確立してみようとしたこともあったけれど、うまくいかなかった。いまでも手が震えている。あとわずかでも粘っていたら、回復し得ないほどに健康を損なっていたかもしれない。そのとき以来、その挫折の経験以来、私はこのような論理で考えている。私にはすでに多くが与えられた、彼らは、譲り渡せるものはすべて譲り渡した、と。そして、もっと優秀なエージェントたちもまた、知らないことのためにただ働いたのだ、と。私と同じように、ごくわずかな指令を受けただけで。私にはすでに多くが与えられた。それはたとえば、一度か二度、自分が持つ特権に胸を高鳴らせながら、少なくとも私は、自分が認識していないということは知っている！　昂る感情で胸を高鳴らせながら、少なくとも私は理解していない！　信頼する気持ちで胸を高鳴らせながら、少なくとも私は知らない。

　でも卵は？　彼らの言い逃れはこう。私が卵の話をしているあいだ、私は卵を忘れていた。「話されよ、話されよ」と彼らに指示された。そして卵は完全に、数多くの言葉に守られるようになる。話されよ、というのが指示のひとつで、私は疲れきっている。

卵に身を捧げたことで、私は卵を忘れた。私に必要な忘却。私の、自分を利するための忘却。卵は人を寄せつけないものだから。私の、所有欲がむき出しの愛情を前にしたら、卵は後ずさりして、二度と戻ってこないだろう。でも卵のことを忘れた場合。私が自分の人生だけのために生きるという犠牲を、卵のことを忘れるという犠牲を捧げた場合。卵が不可能である場合。その場合たぶん、卵は――自由で、繊細で、私へのことづても持たず――もう一度、ずっと開け放しておいたこの窓まで、宇宙からやってくるだろう。明け方、私たちの建物まで降りてくるだろう。静謐に、キッチンまで。そして私の蒼白さでそこを照らすだろう。

ある物体についての報告書

この物体は、人間にとっては理解がもっとも難しいものである。諦めてはならない。やがて明白になる。だがそれについて知ることはきわめて難しい。時間に関わるからである。

時間は実際には分割できないが、私たちはそれを分割しようとする。それはつねに不変である。だが私たちはそれを分割しなければならない。そのために怪物のようなものが創り出された。時計である。

いくつもの時計について語るつもりはない。語るのはある特定の時計についてだ。隠し立てはしない。言うべきことをすぐにも、文学めいた言い回しなしに言う。この報告書はその物体についての反文学である。

私が話す時計は電気じかけで、目覚ましの機能はない。ズヴェッツリアというブランドのものだが、この名は「目覚めなさい」という意味だ。まったく、何へと目覚めるというのだろう？　時間へ。時刻へ。瞬間へ。その時計は私のものではない。だがその静かな、地獄の魂は私に取り憑いた。

腕時計ではない。それゆえ、独立している。二センチメートルの大きさで、テーブルの上に自立する。私はその名前がズヴェッツリアであってほしいと思う。だが持ち主の女性はオラーシオという名前であってほしいと思っている。どうでもいいことだ。重要なのはそれが時間であるということだから。

その時計の機構は単純そのものである。人間のように複雑ではないが、人間よりも人間らしい。超人なのだろうか？　いや、どうやら火星からまっすぐにやってきたものであるらしい。火星から来たのなら、いつかそこに戻るのだろう。ぜんまいは必要ないということは言うまでもない。他にもそういう時計はあり、私の腕時計もそうだ。耐衝撃で、どれだけ濡れても大丈夫。そうした時計は、人間以上の存在だ。だが少なくとも、地球上で作られたものである。いっぽうでズヴェッリアは神に属するものである。この時計のあるべき姿を摑むために、神に近い人間たちの脳が用いられた。私はそれについて書いているが、見たことはない。〈出会い〉は訪れるだろう。ズヴェッリアは言う、起きなさい、そこの女の人、起きて、見るべきものをご覧なさい。見るためには目覚めることが大事だ。時間がないという夢を見るためには眠ることも大事だ。ズヴェッリアは、大文字の〈対象〉であり、〈物体〉である。ズヴェッリアに私は見えているのか？　もちろん見えている。私がもうひとつの対象であるかのように。ズヴェッリアは、火星から来る人びともいるということを認識している。

ズヴェッリアを知ってから、私にはさまざまな、現実よりも夢に似たことが起きている。ズヴェッリア、私を起こしてほしい、私は現実を見たい。だが現実というのは夢に似ている。私は幸せなので、憂鬱である。パラドクスではない。愛の行為のあと、憂鬱を感じることはないだろうか？　満たされたがための憂鬱。私は泣きたい。ズヴェッリアは泣かない。それ以前に、ズヴェッリアには事情というものがない。そのエネルギーには重さがあるのか？　眠りなさい、ズヴェッリア、少し眠りなさい、あなたがずっと夜更かししていることに私は耐えられない。あなたは存在するのをやめない。夢も見ない。あなたが「機能している」と言うのは間違っている。あなたは機能など持たず、ただ存在している。

あなたは痩せている。そしてあなたにはどんな出来事も起こらない。出来事を起こすのはあなた。私に出来事をもたらしてほしい、ズヴェッリア。私は語り得ないある出来事を必要としている。そして欲望を私に返してほしい。それは動物が生きるための動力だから。私はあなたを求めていない。見張られるのは好きではないから。あなたは、いつでも開いたひとつの目。いわば空間に放たれた目。あなたは私を嫌ってはいないけれど、愛しているわけでもない。私もそんなふうに、愛の感情を失いつつあるのだろうか？　私も物体だろうか？　私には愛する能力がほとんどないことはわかっている。私の愛する能力は踏み潰されすぎた。私に残されているのはごくわずかな希望だけ。その希望が強くなることが私には必要だ。というのも、あなたが思っているのとは異なり、重要なのは死だけだから。生とは、腐敗しやすいためにあなたには未知のもの——腐敗しながら生きることは重要だ。飾り気のない生を、本質を生きることは。

もし壊れたら、死んだと思われるだろうか？　いや、そうではなく、自分ではなくなるというだけのことだ。でもズヴェッリア、あなたにも弱点はある。持ち主の女性から聞いたところによると、あなたを湿気から守るために革のカバーが必要だという。また、秘密裏に聞いたところによると、あなたは止まったこともあるという。彼女はうろたえなかった。単純にがちゃがちゃ衝撃を与えると、あなたはもう二度と止まらなくなった。私はあなたを理解しているし、あなたを赦してもいる。あなたはヨーロッパから来たのだから、気候に慣れるためにはある程度の時間が必要だったのだ。そうではない？　つまり、ズヴェッリア、あなたにも死が訪れるということ？　あなたは止まり得る時間？

　電話越しにズヴェッリアのアラームを聞いたこともある。人間の内側でのことのよう。人間は内側から外側へと目覚める。あなたの電気じかけの神が、私たちの電気じかけの脳と意思を通じさせるかのように。その音は柔らかく、不快な甲高さはまったくない。ズヴェッリアは、鞍もなく、繋がれてもいない白馬のように歩む。

　ズヴェッリアを所有する男性を、その身にズヴェッリアが「生起した」男性を知っている。彼はある夜一緒に歩いていた十歳の息子にこう言われた。お父さん、気をつけて、そこにマクンバ［アフリカ起源の宗教儀式、またその儀式に使うロウソクなどの供物］がある。父親は後ずさりした――だが彼は、火のついたロウソクをまともに踏みつけて、火を消してしまった。何も起こらなかったようだったが、それもきわめてズヴェッリアらしいこと。男性は眠りに就いた。目覚めると、片方の足先が腫れて黒くなっていた。友人の医師たちを呼んだが、傷跡はないと言われた。足先は無傷で、ただ黒く腫れ上がり、肌がぱんぱんに膨れていた。医師たちは別の医師たちを呼んだ。そして九人の医師が、壊疽《えそ》だという結論に至った。足先を切断しなければならなかった。翌日に手術する時間が決められた。男性は眠った。

　そして恐ろしい夢を見た。白馬に襲われそうになって、彼は死に物狂いで逃げた。舞台はサンターナ公園［リオデジャネイロの中心部にある公園］。白馬は美しく、銀の装飾をつけていた。でも何もできなかった。馬は彼の足を押さえ、踏みつけた。男性は叫び声を上げながら目覚めた。医師たちは男性が緊張しているんだろうと思い、手術の直前にはそういうことがよくあると説明し、鎮静剤を出した。彼はまた眠った。目覚めてすぐに足を見た。驚いた。足先は白く、通常の大きさに戻っていた。九人の医師が来たが、理由はわからなかった。彼らは、白馬だけが対処できるズヴェッリアの謎を知らなかった。もう手術の必要はなかった。ただ、まだその衰弱した足では体を支えることができなかった。それは、銀の馬具をつけた馬の、消えたロウソクの、ズヴェッリアの痕跡だった。だがズヴェッリアは勝利を求め、そしてあることが起きた。その男性の妻が、健康そのものだったのに、夕食のテーブルで腸に激しい痛みを感じ始めた。夕食を中断して、ベッドに行って身を横たえた。夫は心配して様子を見に行った。蒼白で血の気がなかった。手首を触ってみると脈がなかった。額で真珠のような玉を結ぶ汗が唯一の生命の徴だった。医師を呼ぶと、おそらく強硬症だろうと言う。夫は納得しなかった。腹をまくって、単純なしぐさ――ズヴェッリアが止まったときに彼がやったしぐさ――を、彼自身にも説明できない動きをした。

妻は目を開けた。すっかり元通りになっている。生きていた。彼女に神の加護があらんことを。

それもズヴェッリアと関係のあること。どのようにかは私にはわからないけれど。だが確かにある。それで、小鳥、鳩、ハナグマの広場であるサンターナ公園の白馬は？　まっすぐ伸びた気高いたてがみを持ち、銀の飾りをつけた馬。ズヴェッリアとリズムを競うように走る。急ぐことなく。

私は身も心も健康そのものである。でもある晩、深い眠りに就いているときに大声でこんな寝言を言っていたという。私はズヴェッリアの子どもを産みたい！

　私はズヴェッリアを信じている。彼も私を信じている。私が嘘ばかりつくと思いながらも。確かに私は嘘をつく。地球上ではたくさんの嘘がつかれている。

　私はその後五年間、風邪を引かずに過ごした。それはズヴェッリアである。風邪を引いたときには三日間続いた。その後、空咳が残った。医師に抗生物質を処方してもらい、快復した。抗生物質はズヴェッリアである。

　これは報告書である。それが短篇や長篇の物語になることをズヴェッリアは認めない。認めるのは伝達だけ。私がこれを報告書と呼ぶこともかろうじて認めているだけ。謎にまつわる報告書と私は呼んでいる。超辛口のシャンパーニュのようにドライな報告書になるよう、私はできるかぎりのことをしている。でもときどき——お許し願いたい——濡れてしまう。ドライな、乾いたものは、純銀でできている。金は濡れている。ズヴェッリアに関して、ダイアモンドの話をしてもよいだろうか？

　いや、それはただそれであるだけ。実際にはズヴェッリアは内なる名前を持っていない。匿名性を保っている。というか神に名前はない。完全な匿名性を保っている。その真の名前を言い表わす言語は存在しない。

　ズヴェッリアは愚かだ。深い考えはなく、隠密に行動する。邪説ともいえるような、きわめて重大なことを言おう。神は愚かだ。神は理解もせず、考えもせず、ただ在るだけだから。人は愚かさのせいで自死する、というのは正しい。だが神は多くの過ちを犯す。自分が過ちを犯すと知っている。私たちは自身を見るだけで、自分たちが重大な過ちだということはわかる。

私たちが組織している社会を見るだけで、もっと言えば互いを見るだけで事足りる。だが神は、ある過ちだけは犯さない。死ぬという過ちだけは。

ズヴェッリアも死なない。すでに書いたように、私はまだズヴェッリアを目にしていない。見ればそれはおそらく濡れているだろう。彼に関することはすべて知っている。でも持ち主の女性は彼を私に見せたがらない。嫉妬するから。水が滴り落ちるほど濡れた嫉妬。というか、私たちの地球には、多くの感情で濡れてしまう危険がある。おんどりはズヴェッリアである。卵は純粋なズヴェッリアである。ただし、丸い、完全な、乾いた白い殻の卵形の卵だけ。そのなかに生命がある。濡れた生命。生の卵黄を食べることはズヴェッリアである。

ズヴェッリアが誰なのか知りたい？ それはサッカーの試合である。でもペレは違う。なぜ？ 説明できない。彼には匿名性がないからだろう。

争いはズヴェッリアである。私はたったいま、その時計の持ち主と言い争ってきた。ズヴェッリアを見せてくれないのなら、ズヴェッリアがどんな歯車なのか教えて、と私は言った。すると彼女は激怒し——それこそがズヴェッリアである——、いろいろ大変なんだからと言った——大変なことを抱えるのはズヴェッリアではない。それで私は彼女を宥め、なんとか収まった。明日は彼女に電話をしない。彼女を休ませてあげよう。

私は一度も見てもいない電子機器について書きすぎたようだ。それがあるべき形にも思える。運命なのだ。

眠くなってきた。許容されるだろうか？ 夢を見ることがズヴェッリアではないことは知っている。番号は許容される。六を除いては。ごくわずかの詩は許容される。いっぽうで長篇小説は論外だ。セヴェリーナという名の、子ども時代にじゅうぶんに食べられなかった家政婦を七日間雇ったことがあった。悲しかったかと私は訊ねた。幸せでもなかったし悲しくもなかったと彼女は言った。そういうものなのだ。彼女はズヴェッリアだった。でも私は違ったし、感情の欠如に自分は耐えられないだろう。

スウェーデンはズヴェッリアである。

でも私はもう寝る。夢は見ないだろうけれど。

水は、濡れているものだが、ズヴェッリアである。書くこともそうである。でも文体はそうではない。胸を持つこともそうである。男性器では過剰だ。善意はそうではない。でも非善意、自己贈与はそうである。善意は悪意の対極ではない。

私は水に濡れたものを書いているのだろうか？　そうだと思う。私の姓はそうである。甘すぎるファーストネームは愛のためのもの。秘密をまったく持たないこと——そして謎を抱えること——はズヴェッリアである。言葉を言いきらずに終えることはそうではない。もし誰かが私のこの曖昧で正確な報告書を理解するとしたら、その人はそうである。私はいくら私であっても、私ではないかのようだ。太陽はそうであるが、月はそうではない。私の顔はそうである。あなたの顔もおそらくそうである。ウイスキーはそうである。信じられないかもしれないが、コカ・コーラはそうであるいっぽう、ペプシコーラは一度もそうであったことがない。私は無償で宣伝をしているのだろうか？　これは間違っている、わかった、コカ・コーラ？

忠実さはそうである。愛の行為が内に含む絶望はそうである。

ひとつお話をしよう。言っておきたいのは、私にこの話をした人は、善意に満ち満ちていたにも拘わらず、ズヴェッリアだったということ。

私は死にそうなくらい疲れている。ズヴェッリアに——気をつけないと——殺される。

こんな話だ。

グアナバーラ［現在のリオデジャネイロ市に当たる地域にあった州］のコエーリョ・ネトと呼ばれる場所でそれは起こった。話に出てくる女性は、足に癒えない傷があったため不幸だった。彼女はよく働き、夫は郵便配達人だった。郵便配達人であることはズヴェッリアである。ふたりには子どもがたくさんいた。食べ物はほとんどなかった。でもその郵便配達人は、妻を幸せにしなければならないと思い詰めていた。幸せであることはズヴェッリアである。郵便配達人はその状況を打破した。不妊で苦しむ近所の女性を連れてきて妻に会わせた。子どもを持つことができない人だった。彼は妻に、自分は子どもを持つことができて幸せだと気づかせたのだ。彼女は幸せを感じた。食べ物があまりなくても。郵便配達人は妻を別の女性にも会わせた。その女性には子どもがいたが、夫が飲んだくれで妻と子に暴力を振るう。郵便配達人は飲んだくれでもなく、妻と子どもを殴ったりはしない。彼女は幸せを感じた。

毎晩ふたりは近所の不妊の女性と、夫に殴られる女性を可哀想だと思った。毎晩ふたりは幸せを感じた。幸せを感じることはズヴェッリアである。毎晩。

私はタイプライターで九ページめにたどり着きたい。九という数字はほぼ到達不可能なもの。十三という数字は神。タイプライターはそうである。それがズヴェッリアではなくなる危険は、ものを書く人の感情と少しでも混じり合うと訪れる。

私はメンソール入りで甘いタバコの〈コンスル〉で吐き気を感じた。〈カールトン〉はドライで固くざらついた風味で、吸う人と共犯関係を結ぶこともない。あらゆるものはそうであるかそうでないかなので、無償で〈カールトン〉の宣伝をすることに抵抗はない。でもコカ・コーラに関しては自分が許せない。

私はこの報告書を雑誌『セニョール』に送って、相応の原稿料をもらいたい。

あなたはそうであるのだから、うちで雇っている料理女が、料理が上手で一日じゅう歌っている彼女が、そうであるか否かを判断してほしい。

私は物質のエネルギー現象を説明して、本質に関わるこの報告書を書き終えたいと思う。でもどうすればいいのかわからない。ああ、服を着替えよう。

あなたとは永遠の別れになる、ズヴェッツリア。青々とした空はそうである。泡をまとった白い波は海を越える（私はもうズヴェッツリアに別れを告げたが、習い性でつい話し続けてしまう。どうか許してほしい）。海の香りは、男っぽさと女っぽさを混ぜ合わせ、空中に息子が生まれる。その子はそうである。

あの時計の持ち主の女性が今日私に言った。彼こそが彼女の持ち主なのだと。時計には黒い小さな穴がいくつかあって、言葉の不在のような柔らかい音、サテンの音を出す、と彼女は言った。内部の歯車は黄金。外側の歯車は銀で、ほとんど無色——宇宙空間の航空機、空飛ぶ金属のように。待つことはそうであるのかそうではないのか？　私はせっかちなのでわからない。その項目について、共感なく判断する能力が欠けている。待つのは好きではない。

カルテットは交響曲を遥かに超えるものである。フルートはそうである。クラブサンには恐ろしい要素がある。かさかさと脆い音が出る。別世界の魂のよう。

ズヴェッリア、いつになったらあなたは私を放っておいてくれるのか？　私をずっと追い回して、私の人生を永遠の不眠という明るみにしてしまうのか？　私はすでにあなたを憎んでいる。私は物語をひとつ書きたいと思う。短篇、長篇、あるいは短い伝達事項。文学における私の次の一歩はどのようなものになるのか？　私はもう書かないのではないかという気がしている。以前にもそういう気がしたが、それでも書き続けたことは間違いない。しかし一体何を書くべきなのか？　ズヴェッリアの数学に感染した私には、報告書を書くことしかできないのだろうか？

私はこの謎の報告書を書き終えようと思う。もう疲れてしまったのだ。出かける前にシャワーを浴びて、秘密の香水をつけようと思う。彼についてもうひとことだけ言っておく。田舎者で、少々粗野で、優しさを隠している。彼はそうである。

さようなら、ズヴェッリア。永遠のさようなら。あなたは私の一部を殺した。私は死んで、腐りつつある。死ぬことはそうである。

それでいま——もうさようなら。

尊厳を求めて

ジョルジ・B・シャヴィエル氏の夫人は自分がどうやってそこに入ったのかわからなかった。メインゲートからではなかった。夢心地のようにぼんやりと浮かぶのは、工事中の瓦礫に囲まれた狭い道のようなところを通ったということだった。彼女のためだけに作られた穴から横道にすべり落ちたかのように。実際、気づいたときにはすでに中にいた。

気づいたときには、奥深くにいることがわかった。彼女はマラカナン・スタジアムの地下通路を果てしなく歩き回っていた。それは閉じた部屋部屋に通じる狭い洞窟のようなところで、開いている部屋にもスタジアムに面した窓がひとつあるだけだった。空気が灼きつき、人のいないその時刻、スタジアムは、真冬の季節には珍しく極度の熱を帯びた陽差しを受けて、きらきらと輝いていた。

夫人は薄暗い回廊を進んでいった。その回廊は別の、もっと薄暗い回廊に通じていた。地下の天井は低く感じられた。

その回廊もまた別の回廊に通じ、それがさらに別のものに通じていた。

無人の回廊を曲がった。別の曲がり角に行き当たる。さらに別の回廊に至り、また別の曲がり角に行き当たる。

そんなふうに、成りゆきに任せて、別の回廊に通じる回廊へと入り続けた。開講のお話がある教室はどこ？　その部屋に行けば、約束した人たちに会えるはずだった。講演はもう始まっているかもしれない。聞き逃しちゃうかもしれない。「文化」に関わることは何も見逃すまいとしている彼女が。そんなふうにして内面の若さを保っていたので、七十歳近いということは誰にも見抜けなかった。

　でもいま、マラカナン・スタジアムの内側の暗い迷宮で迷子になり、夫人は老人らしく足を引きずっている。

　すると突然、ひとりの男性がどこからともなく現れたので、彼女は講演のことを訊ねた。彼は知らなかった。そこで男性は、やはり突然回廊の曲がり角から現れた別の男性に訊ねてくれた。

　ふたりめの男性は、スタジアムの真ん中、右側の観客席の近くで「ふたりのご婦人とひとりの紳士」を見たと教えてくれた。シャヴィエル夫人は、講演の前に落ち合う約束をしたのがその人たちだとは思わなかったし、自分が果てしなく歩き続けている動機さえ見失ってしまっていた。いずれにしてもその男性のあとに付いてスタジアムに向かうと、完全な無音と全開の光の空間で目が眩んだ。ボールもないしサッカーをやってもいない、裸の、露わなスタジアム。何より群衆がいない。絶対の不在から成る空虚に、ある種の群衆が存在していた。

　ふたりの婦人とひとりの紳士はどこかの回廊に姿を消したのだろうか？

　すると男性はやや過剰に意気込んで言った。「あなたのために何が何でもあの人たちを見つけてみせますよ。空中に消えるはずはありませんから」

実際、かなり遠くから、その人たちを見つけることができた。でも一秒後にはまた消えた。押し殺した笑い声でジョルジ・B・シャヴィエル氏の夫人をからかう子どもの遊びみたいだった。

それからその男性に付いて別の回廊に入っていった。男性もまたある曲がり角で姿を消した。夫人は、心の底ではどうでもいいと思っていた講演をすでに諦めていた。この錯綜する終わりのない迷路から抜け出せるのであれば。出口はないの？　そう思うと、自分が階と階のあいだで故障して止まったエレベーターのなかにいるような気がした。出口はないの？

その時ふと、電話越しに友人から伝えられた言葉を思い出した。「わりとマラカナン・スタジアムに近いところ」そう思い出すと、いつもぼんやりと話半分にしか聞かず、残りは沈没させてしまう自分の誤解だったと気づいた。シャヴィエル夫人は不注意な人間だった。じゃあ、約束の場所はマラカナンじゃなかったのね。その近くというだけで。それでもなお彼女のささやかな運命が、彼女をこの迷宮で迷子にさせるに至ったのだ。

そう、奮闘の再開はさらにひどかった。どうにかしてそこから抜け出したかったけれど、どこからどうやって出ればいいのかわからなかった。そしてふたたび回廊にあの、三人の人影を探していた男性が現れて、空中に消えるはずはないから必ず見つけてみせると約束してくれた。彼はそのとおりに言った。

「空中に消えるはずはありませんから」

夫人は言った。

「もう探していただかなくて大丈夫なんですよ。どうもありがとうございました。約束したのはマラカナンではなかったんです」

　男性は即座に立ち止まり、困惑して彼女を見つめた。

「じゃあ、あなたはここで何をなさっているんですか？」

　自分の人生はいつもこんなふうだと彼女は説明したかったけれど、「こんなふう」とか「自分の人生」が何を意味するのかさえわからず、何も答えられなかった。男性は疑いと用心深さが混じった様子で質問を繰りかえした。ここで何をしているのか？　何も、と夫人は心のなかでだけ答えた。疲れて倒れそうだった。でも何も答えず、狂人なんだと思わせておくことにした。何より、彼女は決して自分のことを説明しなかった。男性が自分を狂人だと思うことはわかっていた――実際そうではないだろうか？　彼女が恥ずかしさから「あれ」と呼ぶものを感じているのではなかったか？　彼女のいわゆる心の健康が、体の健康と同じくらい申し分ないことを、たとえ彼女が知っていたとしても。いまはもう体の健康も損なわれていて、迷宮を何年も歩き回ったように足を引きずっていた。十字架を背負って歩く彼女の道。厚い羊毛のニットを着ていたので、突然の盛夏のような暑さで汗だくになり、息苦しかった。冬の欠陥のような夏日。両足が痛んだ。古い十字架の重みで痛んでいた。マラカナンを抜け出すことはすでに諦めていて、心臓が衰弱して死にそうだった。

　いつものように、望みを諦めると、それらが実現することになる。突然ある考えが思い浮かんだ。「私って、狂ったおばあさん」そこにいない人たちのことを尋ね回ったりしていないで、あの人を探して出口を教えてもらうのがいいんじゃないかしら？　いま望んでいるのは、ただ抜け出すこと、誰にも会わないこと。

曲がり角で男性をやっと見つけた。疲れと、虚しい希望を抱くことへの恐れとで震え、掠れた声で、話しかけた。半信半疑の男性は聞くが早いか、確かに彼女は家に帰るのがよさそうだと同意した。そして慎重に言った。「考えがうまく働いていないみたいですね。きっとこの変な暑さのせいですよ」

そう言うと、男性は彼女を連れて最初の回廊に入った。角のところに大きなゲートがふたつ開いているのが見えた。これだけのこと？　こんなに簡単なの？

これだけのこと。

それで夫人は、何の結論も導き出さないまま、出口を見つけるのが不可能なのは彼女にとってだけだったんだと考えた。シャヴィエル夫人はただ少し驚くと同時に、慣れを感じてもいた。確かに人はそれぞれ、果てしなく歩むべき自分の道を持っている。それは運命を成している。自分がそれを信じているかどうか彼女にはわからなかったけれど。

タクシーが一台通りかかった。それを止めて、ますます老いて疲れてゆく声を抑制しながら言った。

「住所は忘れちゃったの。でもその場所はある通りにあって――何とかグスマンっていう通りで、確か、何とか大佐《コロネル》っていう通りと交差してるの」

運転手は子どもの相手をするように忍耐強く聞いていた。「じゃあ、落ち着きましょう。グスマンっていう名前が入っていて、コロネルで終わる名前の通りをゆっくり探しましょう」と、振り返って微笑みながら言い、やや不躾に思える、馴れ馴れしいウィンクをした。内臓まで揺れるほどがたがたと振動しながら出発した。

その時突然、探していた人たちが、大きな家の前の舗道にいるのを見つけた。だが彼女の目的は、たどり着くことであって、すでに完全に忘れていた講演を聴くことではなかったかのようだった。シャヴィエル夫人は目的を失っていた。何を目指してあれほど歩き回ったのかわからなくなっていた。力を使い果たして疲れていることに気づき、もう家に帰りたかった。講演は悪夢だった。それでぼんやりとしか知らない主催者側の女性のひとりに、おかしな暑さのせいで気分がすぐれないので、家に送ってくれる車がないかと尋ねた。運転手が来るまで一時間待たなければならなかった。それでシャヴィエル夫人は、廊下に用意してもらった椅子に、細い腰の上で背筋を伸ばして座った。閉じた部屋のなかで進行する文化の外で。どんな音も聞こえてこなかった。文化なんてもうどうでもよかった。彼女をやがて一時間後へと至らしめるだろう、六十秒の、そして六十分の迷宮のなかにいた。

　すると主催者側の女性が来て言った。車は入り口まで来ていたんですけど、運転手が遅くなるって言っていたもので、お加減がよくなさそうでしたので、最初に走ってきたタクシーを止めました。どうしてシャヴィエル夫人は、待ち時間の迷宮に身を置いたりせずに自分でタクシーを呼ぶということを思いつかなかったのだろう？　それでジョルジ・B・シャヴィエル氏の夫人はごく丁重に感謝した。夫人はいつも丁重で礼儀正しかった。タクシーに乗って言った。

「レブロンまでお願いします」

　頭は空っぽで、何も考えていないように感じられた。

　少し経つと、走りに走っているのにずっと同じ広場に戻ってくることに気づいた。どうして抜け出せないの？　また出口がないの？　運転手は、南部の道はよく知らないんです、いつもは北部を走っているので、と正直に言った。彼女は道順を伝えられなかった。歳の十字架はますます重くなり、またもや出口がないという事実が、マラカナンの回廊の黒魔術を蘇らせた。広場から逃れる術がないなんて！　それで運転手は別のタクシーに乗るように言い、隣にいたタクシーに合図をしてくれた。彼女は控えめに感謝した。知り合いに対しても仰々しく接するのが彼女の流儀だった。普通の丁寧さを超えるほどに。新しいタクシーに乗って恐る恐る言った。

「よろしかったら、レブロンまでお願いします」

　それで簡単に広場を抜け出して、新しい道に入っていった。

　自宅の扉を鍵で開けようとするとき、大声で泣きじゃくりたいと、心のなかで夢想した。でも彼女は、泣いたり不平を言ったりするようなタイプではなかった。家に入ると、電話には出たくないと家政婦に告げた。まっすぐ寝室に向かい、服を全部脱いで、水なしで錠剤を飲み込み、効くのを待った。

　そのあいだタバコを吸った。八月だということを、八月は不運の月だと言われていることを思い出した。でもいつか九月がやってきて出口になるだろう。それに九月は、なぜかはわからないけれど五月でもある。軽やかで透明な月。ぼんやりとそんなことを考えていると眠気が訪れて彼女は眠った。

　数時間後に目覚めると、かぼそく冷たい雨が降っているのに気づいた。ナイフの刃のような寒さがあった。裸でベッドの上にいて彼女は凍えていた。そして裸の老女というのはおもしろいと思った。ウールのスカーフを買おうと思っていたことを思い出した。時計を見ると、まだ店が開いている時間だった。タクシーに乗って言った。

「イパネマまでお願いします」

男性は言った。

「どこですか？　植物園《ジャルヂン・ボタニコ》？」

「イパネマです」と夫人はびっくりして繰りかえした。ばかげた聞き違いだった。イパネマとジャルヂン・ボタニコという言葉のどこが似ている？　でもまた「自分の人生はこんなふう」とぼんやり考えた。

素早く買い物を済ませると、暗くなった路上にいて、もうやるべきことはなかった。夫のジョルジ・B・シャヴィエルは前日にサンパウロへ行っていて、戻るのは翌日だった。

それで、家に帰って、眠るためにもう一錠服薬しようか別のことをしようかと迷ったあと、二つめの選択肢を取ることにした。なくした、両替についての通知をあらためて探す時間があると思ったからである。わずかに理解できたところによると、その通知はお金に関わるものだった。二日間、家じゅうを隈なく、キッチンさえも探し回ったけれど、見つからなかった。いま思いついた。ベッドの下じゃないかしら？　たぶん。それで床に膝をついた。でも両膝で体を支えるのに疲れて、両手もついた。

そして四つん這いになっていることに気づいた。

しばらくそのままで、たぶん考えに耽っていた。いや、たぶん違う。もしかするとシャヴィエル夫人は、人間でいることに疲れてしまったのかもしれない。四本脚の犬になっていた。尊厳のかけらもなく。かろうじて残っていた高貴さもなくした。四つん這いで、物思いに耽って。

でもベッドの下には埃しかなかった。

がくがくになった関節を必死に動かして立ち上がると、もう他にできることはなく、現実を見据えなければならなかった——現実を見るのにはいつも苦痛が伴った——なくしてしまった通知を探し続けるのは、永遠にマラカナンを抜け出せないのと同じだという現実を。

いつものように、探すのを諦めて、ハンカチを出そうと抽斗を開けると、そこに両替の通知があった。

そして夫人は、四つん這いの体勢で疲れ切っていたので、ベッドに座って意味もなく静かに泣き出した。アラビアの長話みたいだった。三十年間泣いたことはなかったけれど、いまは疲れすぎていた。それを泣くと呼べるなら。実際にはそうではなかった。何かではあった。ようやく洟をかんだ。そしてこう考えた。「運命」を曲げて、より大きな運命を手に入れよう。意志の力があれば何でも成し遂げられると、確信はまったくないまま考えた。運命に囚われていることが思い浮かんだのは、「あれ」について無意識に考え始めていたからだった。

しかし夫人はまた次のようにも考えた。運命を手に入れるには遅すぎる。自分は他人とどんな情報でも喜んで交換すると考えた。そのとき、交換する相手がいないことに思い当たった。彼女が誰であったとしても、彼女は彼女なのであり、他の無二の存在に変身することはできない。ひとりひとりが無二の存在である。ジョルジ・B・シャヴィエル氏の夫人もそうだった。

だが彼女の身に起こったのはまだ、「あれ」を感じることよりはましなことだった。あれは、出口のない長い回廊とともにやってきた。「あれ」は、慎みなく言えば、彼女の内臓が感じる痛ましい欲求であり、手の届かないテレビのアイドルのものになりたいという欲求だった。彼の出る番組はひとつも見逃したことはなかった。彼のことを考えるのがやめられないのだから、愛すべきロベルト・カルロス［一九六〇年代にロックの影響を受けたジョーヴェン・グアルダというジャンルから出発した歌手］の少女のような顔を考え、思い出すしかない。

埃まみれの手を洗いに行き、洗面台の鏡で自分の顔を見た。そしてシャヴィエル夫人は考えた。「もし私が本当に、本当に望むなら、彼は一晩だけ私のものになる」意志の力を、ぼんやりと信じていた。捩れ、締めつけられた欲望のなか、ふたたび訳がわからなくなった。

でも、もしかしたら。もしロベルト・カルロスのことを諦めたら、彼と彼女のあいだに何か起こるかもしれない。シャヴィエル夫人はそのことについて少し考えた。そしてずる賢く、ロベルト・カルロスを諦める振りをした。だが、諦める魔法は、不正なトリックでは無意味で、本物であるときにしか効果がないことはよくわかっていた。現実は夫人に多くを求めていた。

鏡のなかの自分の顔が、抱いている感情のせいで獣めいていないか調べた。だがずっと前から顔には感情が出なくなっていた。というか彼女の顔は、よい教育以外のものを表に出したことはなかった。いまや七十歳になろうとしている女性の仮面でしかない。軽く化粧した自分の顔が、ピエロのように見えてきた。夫人は、望んだわけでもなく無理に微笑んでみて、いい顔になるか試してみた。無駄だった。

彼女の肌は——鏡で見ると——干しイチジクのように乾いていた。でも内面は干上がっていなかった。反対だった。内面は湿った歯茎のようで、歯が抜けた歯茎のように柔らかかった。

そして、彼女の精神を高める考え、あるいは彼女を干上がらせる考えを探そうとした。でも彼女の精神が高みにあったことはなかった。そしてロベルト・カルロスのせいで夫人は物質の闇に包まれ、そこで彼女は深く匿名的になっていた。

　トイレに立っていると、めんどりであるのと同じくらい匿名的だった。逃げてゆく一瞬のさらにひとかけらの時間に、ほとんど無意識に、すべての人は匿名的であることを理解した。なぜなら誰も他人ではないのだし、他人は別の他人のことは知らないから。だから——だから人は匿名。いま、あの死に至る井戸の奥底に搦め捕られていて、体は進化しようとしている。底の見えない体、忌まわしい暗闇である体は、トカゲや鼠のような生きた本能を持っている。すべてが時期外れの、季節外れの果実だったのか？　どうして他の老女たちは、こういうことが終わりまで続くと教えてくれなかったのだろう？　淫らな目つきをした老いた男はよくいる。でも老いた女は違う。季節外れ。彼女はもう何者でもないのに、いまだに何者かであるように生命に満ちている。

　ジョルジ・B・シャヴィエル氏の夫人は何者でもなかった。

　ロベルト・カルロスの繊細な顔に対して、美しくロマンティックな感情を抱きたいと思った。でもできなかった。彼の繊細さはただ彼女を官能の暗い回廊へと導くだけだった。淫蕩な狂乱。低次元の食欲。彼女はロベルト・カルロスの口を食べてしまいたかった。少しもロマンティックではなく、愛において彼女は粗野だった。トイレで、洗面台の鏡を前にして。

　拭い去れない恥辱を留めたこの歳で。

　彼女の存在に尊厳を与え、導きとなるような崇高な考えがただひとつもなく。

　結んでいた髪をほどいてゆっくりと梳かし始めた。根元が白くなっているので染め直さないといけない。そして夫人は考えた。私の人生には本に書かれているような頂点はなかった。頂点はロベルト・カルロスだった。思いに耽り、自分は秘密裏に生きてきたように秘密裏に死ぬのだという考えに至った。でもあらゆる死は秘密裏のものだということはわかってもいた。

未来の死の底で、柔らかい巻き髪の、ロベルト・カルロスの狂おしいほど愛おしい顔を、鏡のなかに見ているのを想像した。そこにいて、冬の只中の夏日のような、季節外れの欲望に憑かれていた。マラカナンの入り組んだ回廊に囚われていた。老女たちが抱く、致死の秘密に囚われていた。ただ彼女は七十歳になりかけたことに慣れていず、実践も経験も不足していた。

それで声に出して、ひとりきりで言った。

「ロベルチーニョ・カルロス」

さらに言い足した。私の愛しい人。恥ずべき告白を、臆面も罪悪感もなく初めてするように、自分の声を奇妙に感じながら聞いた。ロベルチーニョは彼女の愛を受け入れないかもしれない、彼女自身が知っているようにこの愛はひどい感傷と、甘ったるい官能と貪欲に満ちたものだから。ロベルト・カルロスはあんなに清らかで無垢なのに。

薄く塗った彼女の唇にはまだキスできるものだろうか？　老女にキスするのは不快だろうか？　鏡に近づいて無表情に自分の唇を調べてみた。そして無表情のまま、ロベルト・カルロスのいちばん有名な歌の一節を小さな声で口ずさんだ。「この冬のさなかにぼくを温めてほしい、他のすべては冥府に落ちればいい」

そのとき突然ジョルジ・B・シャヴィエル氏の夫人は内臓を吐き出すかのように洗面台に覆いかぶさり、すべてを粉々にする沈黙とともに人生を途絶させた。どこかに！　出口の！　扉が！　あるはず！

『ソフィアの災難』の翻訳に寄せて
——感性で読むリスペクトル文学

武田千香

クラリッセ・リスペクトルは、二十世紀のブラジル文学を代表する作家の一人として必ず名の挙がる作家だ。とくに女性作家としてはまず彼女が引き合いに出される。そのとき多くの人が、まるで枕詞のように「難しい」という形容詞を添えるのだが、今回、翻訳に携わって感じたことは、たしかに頭で理解しようとすると難しく思えるが、リスペクトルの文学は、むしろ感性で読むほうがふさわしいのではないかということだった。リスペクトルの言葉を導《しるべ》に、自然体で素直に身と心を感性にゆだね、テクストのリズムに身体を預けると、私たちはいつしか人間の深奥に分け入っていく。この翻訳を通して私がリスペクトル文学にアプローチするひとつの可能性として考えたことを紹介したい。

一・リスペクトルの文学

身体を参照枠に

リスペクトルの短篇には、身体を参照枠にした描写が多くみられる。男に去られた女の虚ろな状態が「頭と胸に」ある「広大な空虚」（「勝利」）として表現されたり、少女が愛した先生が「内臓で笑」っていたりと（「ソフィアの災難」）、人間の心理や状況を説明するのに、身体の部位や感覚を表わす語を用いる箇所がところどころ見受けられる。主人公が吐き気や悪心を感じる場面も多く、匂い、味、肌触り、音、光景といった身体的感覚の描写が駆使される場面も目につく。たとえば「愛」の、市電が急発進し、主人公アーナのバッグがずれ落ち、買った物がこぼれた場面を見てみよう。レース編みのバッグは、編んでいたときにはなかった「ざらざら」感を帯び、世界は「耳慣れぬ音楽」のように再開し、「空気は埃っぽ」く、「生温く、いっそう神秘的な風が顔にまとわりついていた」。市電を降りて、植物園に入り、アーナが感覚を研ぎ澄ませると、周囲には「穏やかな物音」が流れ、「木の匂い」が漂い、「木々の実は黒く、蜜のように甘かった」。「空想であると同時に——それは歯で食べられる世界」だったとある（「愛」）。まさに視覚、聴覚、触覚、味覚、嗅覚の五感の競演だ。そして「感じる」という動詞も比較的よく使われる。

　リスペクトルの文学が迫るのは、人間の根源、人間の生、そして心の闇だ。人間は、「カーペットが無数の糸で織り成されているように（…）交錯」し、「たくさんの物語」から成っている（「ソフィアの災難」）。その一本一本を手繰り寄せては辿り、「私の中の世界」（「カーニヴァルの残りもの」）の奥へ、奥へと進み入る。そうやって人間の心が少しずつ暴かれていく。とりわけリスペクトルの文学の俎上に載るのが女の心のミステリーだ。大人になりきれず子どもとぶつかり合う少女、惹かれているからこそ余計に、それとは裏腹の態度をとってしまう少女、自立を夢見ながらも、独り立ちできず男にぶら下がってしまう女。日々、食うために苦闘する人もいる世の中で、人生ごっこをする女、捨てられたらなにも独りではできない女。他方で、ワンマンな男を見限り、颯爽と出ていく女、子や孫の世代へと、移りゆく時の変遷に意地と矜持で応酬する女、孤独な女、老いた母を冷ややかに、しかし愛おしくみつめる女……。少女から娘へ、娘から大人へ、大人から熟女へ、そして老境へ。女のさまざまなフェーズの心境が生々しくえぐられ、ときには見透かされた気分にもなり、身につまされる思いをすることすらある。

エピファニーア——野生の心、原生への回帰

リスペクトルの短篇には、つつがなく日常を送る登場人物たちが、さりげない出来事をきっかけに、それまでの自分や人生に疑問を抱き、価値観や世界観を一変させてしまう瞬間が出てくる。そうした場面を設定するリスペクトルの手法には「エピファニーア」という語があてがわれる。元来、エピファニーア（英語ではエピファニー）とは、ベトレヘムで誕生したイエス・キリストの許を東方の三博士が訪問し、キリストが神の子として公に現われた「公現祭」を意味するが、次第に神学や文学や哲学などで、ある事柄の本質や実体について突然の直感やひらめきを獲得することにも用いられるようになった。

典型的なエピファニーアの例は、「愛」のアーナが盲人を見かけた場面だろう。買い物帰りの市電から窓の外を眺めると、ガムを噛む盲目の男の姿が目に入った。そこへ市電が急発進をして、その衝撃でバッグがずれ落ち、割れた卵から滴る黄身を見てアーナは息苦しさに襲われる。気がついたときには、降りるはずだった停留所を乗り過ごしていて、慌てて降りたところ

は植物園にほど近く、しばらく植物園に佇み周囲の自然に埋没する。やがて日が暮れ、慌てて帰宅し、安泰な家庭に戻ったものの、もはやアーナは以前のアーナではなくなっていた。

そこには文明によって美しく整えられた世界と、生命の源泉たる原生の世界の対比がある。野生の世界では、残虐が平然と繰り広げられ、「規則」は不在で「人生を実にうまく鎮め」るための「相当の気配り」も「穏便な理解」も機能しない。それまでアーナが安住していた、ドアノブもランプもぴかぴかに磨かれ、「服は明らかに着られる目的で作られ」、何事も目的に適って整然と事が運ばれる秩序の世界とは対照的で、人間社会のルールも規範も制度もない。まさに脱秩序の世界である。「植物園の道徳は別物」なのだ。そうした境地を知ってしまったアーナには、「これまで送ってきた健全な暮らしが、道徳的に狂った生き方のように思え」てくる（「愛」）。アーナは〝原生の女〟になっていたのだ。

その経験は、文明が作り上げた秩序で成り立つ世界から野生の境地へのいわばワープのようなものだったのだろう。家族であれ、愛であれ、はたまた「人間」であれ、なんだって造り物であることに気づかされる。そこは、人間社会の道徳や規範からは逸脱した、文明以前の人間を含む生き物が棲む世界だ。本来人間はみな野生的な凶暴性を孕んでいるが、通常それは社会の掟によって中和され飼い慣らされてしまっている。野生性は圧《お》しとどめられてはいても、人間の心の奥底でじっと潜んでいる。アーナはそれに出合ってしまったのだ。

普段は幾重にも厚く覆っている社会性が何らかの拍子に剝ぎとられ、本来の原生の自分が露呈する。そうした野生性がはじける瞬間、埋没していた人間の原点との出合い、それがエピファニーアなのではないか。主人公たちは、文明と野生の境界に立ったとき、悪心や大きな戸惑いやパニックに襲われる。エピファニーアは、とりわけ短篇集『家族の絆』に多くみられる手法だが、類似の体験は、「家族の絆」の母と娘のタクシーの中での身体同士の接触以外にも、「神を赦す」のねずみの死骸の発見、「美女と野獣、または大きすぎる傷」の乞食との出会いなど、ほかにもいくつかある。

言葉との格闘と再生

さて、そうした野生の世界は言語以前の境地だ。茫漠と広がる境地を、時間を単位として分割するために時計が造り出され（「ある物体についての報告書」）、存在する物に命名するために言葉が造られたのだとすれば、言葉も一種の制度であり、人造された秩序の一部である。リスペクトルは、それに先立つ沈黙の言い得ぬものを掘り当てることをめざす。『G・Hの受難』には次のような記述がある。少し長くなるが引用したい。

> ああ、しかし無言に達するためには、どんなにか多くの声の努力が要ることか？　わたしの声はわたしが現実を捜し求める方法なのだ。現実は、わたしの言葉以前に、考えられない思考として存在しているが、必然的にわたしは思考が考えていることを知らなければという想いに駆り立てられもし、今もそうなのだ。現実はそれを捜し求める声に先立つが、土地が木に先立つように、世界が人間に先立つように、海が海の眺めに先立つように生は愛に先立ち、体の物質は体に先立ち、今度は代って言葉はいつか静寂の獲得に先立っているだろう。

わたしは命名するにつれて手に入れる——そしてこれはひとつの言語を持つことの素晴らしさなのだ。しかしわたしは命名できないにつれてさらに多くのものを手に入れる。現実は原料で、言語はわたしがそれを捜し求めにいく方法だ——そして見つけない方法なのだ。しかし、捜し求めて見つからなかったことにより、自分の知らなかったものが生まれ、それを一瞬のうちにわたしは認識する。言葉はわたしの人間的努力だ。運命によりわたしは捜し求めに行かなければならず、運命により手ぶらで戻る。しかし——言い表わすことのできないものを持って戻る。その言い表わすことのできないものは、わたしの言葉の失敗を通じてしかわたしには与えられないだろう。打ち建てることに失敗した時しかわたしはそれが為し遂げられなかったものを手に入れられない。

（『G・Hの受難　家族の絆』高橋都彦＋ナヲエ・タケイ・ダ・シルバ訳、集英社）

ときにリスペクトルの文学が「難しい」という言葉で表現されてしまうのは、この必然的結果なのだろう。言語の制度化以前の言い得ぬものを、制度化されてしまった言語を手段として、なんとか言い表わそうとする。自分とは何か、人間とは何か、人間の感情はどこから来ているのか、人間の奥の奥にある正体はどんなものなのか、私たちの心の実体とはどんなものなのか、その核に迫ろうと、ああでもない、こうでもないと、その核と思われるところに向かって、いろいろな角度から攻め入る。手を変え、品を変えして踏み入ろうとするが、けっきょくはその周りでぐるぐると回るだけ、ときにそうした感覚すら抱くのがリスペクトルの文体だ。

　リスペクトルの書く行為は、言語を脱構築し再生させる儀式とも言えるだろう。既成の言語ではなく、芸術性を求めるわけでもなく、秩序以前の世界から届く微細な信号をとらえて紡ぎなおす新感覚の言語、だから常識的な言語で構成される知識や理屈で理解する対象ではないのだ。

『流れる水』には、次のような一文がある。

> だから、書くことは、餌としての言葉を持つ者の手段だ。言葉ではないものを釣る言葉。その言葉ならざるものが——行間が——餌に噛み付くとき、何かが書かれる。行間が釣れたら、安心して言葉を捨て去ることができる。だが、この喩えが正しいのはここまで。言葉ならざるものは、餌に噛み付くとき、それを体内に取り込む。だから、救いになるのは、上の空で書くこと。
>
> (LISPECTOR 1990a: 25)

言葉は両刃の剣で、人間を形作る自由を持つ一方で、表現の限界を作る幽閉でもある(OLIVEIRA 1990: 6)。だから私たちもリスペクトルの文学を読むときは、気をつけないといけない。理解しようとしたとたん、言葉を馴化してしまう。「上の空」——自然体でいること、その姿勢が求められる。テクストから聴こえてくる声に素直に耳を傾け、その波長を感性で捉え、身をゆだねる。リスペクトル自身の次の言葉を読むと、たとえ理解に至らなくてもよいのだと安心させられる。これは自身の文学が「晦渋」だと言われることについて訊かれたときに、残した言葉だ。

「私は自分を理解しています。だから私に対して私は晦渋的ではありません。ただ、私の短篇の中には自分もよくわからないものもあります……。「卵とめんどり」がそうで、それは私にとってもミステリーです」

（Moser 351）

リスペクトルは幼少のころから文学作品を書いていたが、当時すでに行動や出来事を語るのが苦手だったようだ。レシーフェにいたころには、地元の新聞『ペルナンブコ日報』の読者の作品の投稿欄に何度も応募したというが、一度も掲載に至らなかった。その理由は自分でもわかっていたといい、それは多くの子どもたちが書いた「昔々あるところに」から始まるものでなかったからだと述べているという。

動物や虫や植物たち

文明以前を探るとき、自ずから出てくるのが動物や植物や虫だ。ネズミ、オオカミ、犬、猫、馬、蛇、めんどり、ゴキブリ……。中でもゴキブリはその代表だ。本書でゴキブリは「第五の物語」と「ソフィアの災難」、そして「P語」に出てくるが、リスペクトルの文学においてゴキブリはきわめて重要な存在だ。その代表が『G・Hの受難』のゴキブリで、それは、主役並みの存在感を放つ。

G・Hは、リオの高級マンションに住む女性で、辞めたメイドの部屋を片づけるために、家の奥へ向かう。暗い廊下を通って入った部屋は、意外にもきれいに片づけられていたが、洋服タンスの中に一匹のゴキブリをみつける。マンションを隅々まで消毒したにも拘わらず。この小説でゴキブリは、「最初の恐竜が出現する以前」の太古の昔から存在する、「食糧あるいは水がなくても一カ月以上も耐えられる」生き物だと書かれている。女性は、「化石になった魚と同じくらい古いゴキブリ」と対峙するうちに、そこに「わたしの最も奥深い生の正体」を見出し、「『わたしの存在』が人間の根源よりもずっと前のものから」来ていることを感じ、「動かなくなったゴキブリにあるのと同じ生」が自分の中で次第に開いてくるのを感じる。女性は葛藤する。なぜなら「規則と法則、それらを忘れないことが必要だった」から。「規範と法則がなければ、秩序もありえないことを忘れないことが必要だ。それらを忘れず、自分を守るためにそれらを守ることが必要だった」のだ。彼女は、「狂気ではなく真実に向かっていく者の不安」と戦いながらも「最も本質的な神の生」である「生の核心」に向かい、「無に到達」する（『G・Hの受難　家族の絆』）。ここで描かれているゴキブリは、リスペクトルの文学における虫や動物を考えるうえで大きなヒントになるだろう。

ただめんどりについては、どうしてもそこに〈女〉の宿命の仮託を見ないわけにはいかない。産む性としての女、母性と誕生の神秘、家の中の囚われの身、ここにはリスペクトルの歩んだ人生が密接に関わっている。

二、リスペクトルの生涯

ここで、リスペクトルの生涯のうち、生い立ちと海外経験を中心に紹介しておこう。

ディアスポラと両親の死

クラリッセ・リスペクトルは一九二〇年一二月一〇日、ウクライナのチェチェルニクで、ロシア革命後の内戦を機に発生したポグロムからの避難中に、ユダヤ教の家庭の三人姉妹の三番目として生まれた。その後、現モルドバのキシナウからハンブルクへと移動し、一九二二年一月にロシアのパスポートを取得し、すでに親戚が移住していたブラジルのマセイオ（北東部アラゴアス州）に到着した。一家はこのとき、名前をブラジルのものに変更している。父 Pinkhas（Pinkouss という表記もある—以下同）はペドロに、母 Mania はマリエッタに、長女 Leah（Leia）はエリーザになった。次女の姉タニアだけはそのままだったが、クラリッセも、元は Chaya（Haia）という名前だった。

二五年、一家は父親が行なっていた古着の行商のより大きな可能性を求めてレシーフェに引っ越し、三三年までの九年間をユダヤ人街で暮らす。感受性の高い幼少期を過ごしたこの町は、リスペクトルにとっては思い出深い場所となり、「秘密の幸福」、「カーニヴァルの残りもの」などいくつかの作品の舞台にもなっている。文学に目覚めたのもこの頃だ。幼いときから読書好きで、日本語では読書家を「本の虫」と言うが、まさにその表現から連想したくなるように、少女クラリッセは、ほんとうは本は木または虫か動物で、自然に生まれ（生え）てくるものだと思っていたという。実際には作者がいると知って、ならば自分もそれになりたいと思ったのだそうだ。

三〇年、リスペクトルが九歳のとき、母親が死去する。母親は、リスペクトルが物心ついたころから病を患い、身体も次第に麻痺をしていた。なんでもこの病気を自分の出生と関わるものとしてリスペクトルは受け止めていたともいい、このことが暗い影を落とし、産む存在としての女についても深く考えるきっかけとなった可能性はある。この片鱗は「カーニヴァルの残りもの」や「めんどり」に覗える。

母親の死後、娘たちのよりよい縁談を求める父親の意向もあり、三五年にリオデジャネイロに移り住む。リスペクトルは、三七年〜三八年の予備校での準備を経て、三九年にブラジル大学（現リオデジャネイロ連邦大学）法学部に入学するが、法学よりも文学に関心を抱き、小説を書きはじめる。四〇年に初めて作品が雑誌『パン』に掲載され、本書に所収した「勝利」がそれだ。ほかにもいくつか「脱走」を含む短篇をこの時期に執筆している。

この年、リスペクトルは父親も失う。簡単な胆嚢の手術だったはずが、おそらくは医療ミスだったのだろう、術後に死去し、姉タニアは「父は殺された」という表現を使ったという。こうして若い姉妹は、早くに両親を亡くし、異邦の地で力を合わせて生きていくことを余儀なくされた。もともと一家は経済的に豊かではなく、リスペクトル自身幼少時代について「とても貧しかった、移民の子どもだったから」（GOTLIB: 69）と語っている。

ジャーナリスト・結婚

一九四〇年前後のブラジルは、ジェトゥリオ・ヴァルガスが独裁的な新国家体制を敷き、メディアも政府の強い統制を受けていた。四〇年、リスペクトルは、在学中に政府系の報道局（Agência Nacional）に職を得て、ジャーナリズムの道に入り、雑誌のルポルタージュやインタビューの担当に配置された。当時新聞社などで働く女性のジャーナリストは珍しく、ほかにはセシリア・メイレレスとハケウ・ジ・ケイロスくらいしかいなかった（いずれもそれぞれ詩人と小説家でもある）。ちなみに最初の給料ではキャサリン・マンスフィールドの『幸福』を買い、「この本は私だ」というくらいに共鳴したという。

リスペクトルは学生時代に大きな失恋を経験している。相手は同僚で作家のルシオ・カルドーゾで、恋が実らなかったのはカルドーゾがゲイだったためだった。カルドーゾとは深い友情を築き、リスペクトルにとっては、文学においても私生活においても、生涯大きな存在であり続けた。リスペクトルの作品には初期の頃から結婚制度に対する懐疑が見られるが、それはこの失恋経験に根差しているとも言われる。在学中の四二年に書かれた最初の長篇小説『野生の心の近くに』にはそれがとくに表れている。

四三年、リスペクトルはブラジルに帰化し、すでに外交官試験に合格していた同級生のマウリー・グルジェウ・ヴァレンチと学生結婚をする。同年、夫婦で揃って大学を出て、その後すぐ四四年の年頭に転勤になった夫についてパラ州のベレンに赴く。『野生の心の近くに』はその直前に刊行にこぎつけている。この小説はおおむね高く評価され、翌四四年のグラッサ・アラーニャ賞を受賞した。「ヴァージニア・ウルフとジェイムズ・ジョイスの流れを汲む」（IMS 2004: 15–16）とするものもあったが、それについてクラリッセは、本の題名はカルドーゾの影響を受けて命名したもので、自分はそのいずれの作品も読んでいないとベレンで姉タニアに宛てた手紙で書いている。

在外生活と郷愁

　さて、ここから十六年にわたり夫の転勤に伴う居留生活が始まる。まずは四四年にベレンで六か月、途中リオでの一時的な滞在を経て、すぐにイタリアのナポリへ移り、そこで二年足らず過ごした後、やはりリオでの束の間の滞在を挟んで四六年にスイスのベルンに赴く。そこに三年滞在し、四九年にいったんブラジルに帰国するものの、五〇年にはイギリスのトーキーに移る。半年後の五一年には一時帰国して一年半ほど故国で過ごせたが、すぐに五二年、今度はアメリカ合衆国に渡り、そこで五九年までの七年を過ごす。この間、四八年にベルンで長男ペドロを、五三年に次男パウロを出産している。

　どうやらこの長い在外生活は、この間に書かれた大量の手紙からうかがえるところによれば、相当に適応への苦労があったようで、リスペクトルにとってかなりつらい経験となったようだ。まずは自らのキャリアを失ったことで深い喪失感に襲われ、また家族と離れ離れになったことも大きな打撃だった。姉たちやカルドーゾへの手紙で、リスペクトルは寂しさを訴えている。

「残念なことに、私はベルンのような静かな生活を好きになるための忍耐力がない。ここは農場。（…）ベルンにあるのは静寂——もちろん道は静かだし、なにかすべての家が空っぽのよう。なんだか乳牛になって、午後のあいだずっと夜が来るまで草を食んでいたい気分」

（Berelli: 111）

「ブラジルを出てナポリへ向かって以来、ベレンに行って以来、私の暮らしはこの無味乾燥な場所に適応するための日々の努力。無味乾燥なのはあなたたちがいないから」

(Borelli: 118)

ベルンばかりではなく、ほかの国にも馴染めなかったようで、トーキーについては「ここは典型的な小さな町で、ベルンの匂いがする。短期間でなければ、退屈極まりないだろう。みんなどこか醜くて、ひどい帽子をかぶって、ショーウィンドウのファッションもひどい」(IMS: 20)と姉タニアに書き送り、ワシントンについても、ベルンよりはましと言いつつ、「ここはバグンサ(混乱)が足りない。私はこのような一定の混乱がない町は理解できない」と友人の作家フェルナンド・サビーノに手紙で書き送っている(Moser: 256)。

とくにブラジルへの郷愁は大きかった。ブラジルは生地ではなかったが、ブラジル人としての意識は強く、母語もポルトガル語だった。クロニカ(エッセイ)集『世界の発見』には、次のような記述がある。

> 私は帰化したブラジル人、数か月の問題でブラジル生まれのブラジル人になった可能性もある。私はポルトガル語を、私の内面の生と私の内奥の思考に仕立て、それを愛の言葉のために使った。文字を覚えるとすぐに小さな短篇を書きはじめ、もちろんそれらはポルトガル語で書いた。
>
> (Lispector 2020: 411)

リスペクトルには外国語の訛りが指摘され、その理由として、よく両親が移民だったことや外国生活が長かったことが挙げられるが、それはいわゆる舌足らずのせいだったとも言われる。両親の言葉であったロシア語やイディッシュ語は話さず、とくにイディッシュ語にリスペクトルが言及したことは一度もなかった。フランス語と英語は堪能だった。

言語のみならずリスペクトルにとって母国はブラジルだった。その後、六二年にポーランドを訪れた際、当時のソビエト連邦から生地訪問の招待を受けたが、そこは生後すぐに母親の胸に抱かれて出た場所で、二度と足を踏み入れるつもりはないと断わっている。

もう一つリスペクトルにとって苦痛だったのが、厳格で堅苦しい外交官の妻としての暮らしだったようだ。五六年にワシントンから姉に宛てた手紙では次のようにこぼしている。

> こちらは、悪夢に思えるほどうんざりする大使館のパーティばかりだけど元気にやっています。十一月十三日には大使夫妻とボストンにいくのだけど（…）二日間の間に八十ほどの宴があって、今から片頭痛が起こりそう。
> (Borelli: 144)

そしてこの三年後の五九年、クラリッセは夫と離別し、二人の息子を連れてリオに戻ってしまう。以降、二人の子どもを育てながら、作家生活に専念するが、後の回想でも外交官の妻としての体験は苦痛しか呼び起こさなかったのか、七〇年代に姉に宛てた手紙では次のように書いているという。

> 私の元夫は外交官だった。彼はいま駐ウルグアイ・ブラジル大使。そのときは違ったけ

れど、同じ外交という任務にあたっていた。その環境はあまり心地よくはなかった……。すべてが形式主義で……。でも私は自分の役割を果たした……。いまより融通が利いたから。自分の義務だと思うことは、やっていた……。
(Gotlib: 312)

たしかにクラリッセは、若いときには自分は最高の外交官の妻になると意気込み、実際に立派に自分の責任を果たし、周囲からも好感を抱かれていたようだ。だが、その傍らで、本書にも収められた「愛」や「家族の絆」や「めんどり」など『家族の絆』の短篇が生まれたことを考えると、この時代の体験がどのような形で、どれだけリスペクトルの文学の世界に反映されたのだろうと想像が膨らむ。

　文学作品の記述を作家の実体験と混同することは禁物だと承知しつつも、リスペクトルの場合、「書くこと＝生きること」で、リスペクトルの文学と人生が融合する瞬間を感じることが少なくない。訳しているときも、ときどき主語がわからなくなることがあった。人物描写だと思っていると、いつの間にか主語が「私」になっていることがあるのだ。たとえば「脱走」の最後で、「彼女」の行動を描写する、「おお」から始まる段落では主語が突然すべて「私」になっているのだ。いつの間にか自由間接話法が深まり、書き手は完全に登場人物になり替わって語り始める。この傾向は主人公が女性のときに多いように感じる。リスペクトルの短篇の根底には、彼女の生きざまが明らかにうごめいている。

三、リスペクトルの文学作品

最後にリスペクトルの文学の概要を紹介しておきたい。

リスペクトルは、海外生活をしていた一九五九年までには『野生の心の近くに（*Perto do coração selvagem*）』（四三）、『シャンデリア（*O lustre*）』（四六）、『包囲された町（*A ciadde sitiada*）』（四九）の三冊の長篇小説と一冊の短篇集『いくつかの短篇（*Alguns contos*）』（五二）を出版している。

夫と別居後、リオに落ち着いてからは生計を立てるために創作以外に新聞や雑誌のコラムに執筆したほか、女優のエッセイの連載のゴーストライターを務めたこともあった。六〇年には『いくつかの短篇』に収録された六篇（本書に収録した「家族の絆」、「愛」、「めんどり」、はここに含まれている）に七篇を加えた短篇集『家族の絆（*Laços de Família*）』が出版され、翌年にジャブチ賞を受賞し、完全に文壇へ復帰を果たした。そして『暗闇の林檎（*A maçã no escuro*）』（六一）、『G・Hの受難（*A paixão segundo G. H.*）』（六四）、『異国の軍隊（*A legião estrangeira*）』（六四）の出版でリスペクトルは世代を代表する作家の地位を不動のものとする。

この後の長篇小説には『ある学びまたは快楽の本（*Uma aprendizagem ou o livro dos prazeres*）』（六九）、『流れる水（*Água viva*）』（七三）、『星の時（*A hora da estrela*）』（七七）、短篇小説には、『秘密の幸福（*Felicidade clandestina*）』（七一）、『バラに倣いて（*Imitação da rosa*）』（七三）、『身体の十字架の道（*A via crucis do corpo*）』（七四）、『夜はどこにいたの（*Onde estiveste de noite?*）』（七四）、エッセイ集には『輝きの光景（*Visão do esplendor*）』（七五）がある。またリスペクトルは、もともとは息子のペドロにせが

まれて書いた『考えるうさぎの謎（*O mistério do coelho pensante*）』（六七）と『魚を殺した女（*A mulher que matou os peixes*）』（六八）のほか、『ラウラの心の中の暮らし（*A vida íntima de Laura*）』（七四）を幼児向けに出版している。

『G・Hの受難』で作家生活も軌道に乗ったかに思えた矢先の六六年、人生に大きな打撃となる不幸な事件が身を襲う。寝煙草から火災を起こし、三日間生死をさまようほどの火傷を負ってしまったのだ。とりわけ右手の火傷はひどく、姉の医者への懇願によりなんとか切断を逃れはしたものの、以降、書くのが困難になった。これにより、以前からすでに不安定だった精神がさらにダメージを被った。また長男ペドロも精神的な病を患い、ともに心理療法を受け、私生活は決して幸せなものではなかったようだ。そして七七年、六月の『星の時』の発表の四か月後に卵巣がんがみつかり、すぐに手術したのもむなしく、十二月九日に帰らぬ人となった。五七歳を迎える誕生日の前日だった。

死後は、リスペクトルの書き残した断片がオウガ・ボレーリによって集められ、長篇小説『生の息吹――鼓動（*Um sopro de vida – Pulsações*）』（七八）として出版されたほか、六七～七三年に新聞『ブラジル新聞』に連載した記事が、息子のパウロによって『世界の発見（*A descoberta do mundo*）』（八四）として編纂された。また四冊目の幼児向けの本『ほとんど本当に（*Quase de verdade*）』、エッセイ・短篇集『忘れないために（*Para não esquecer*）』（七八）も刊行された。七九年には、初期に新聞・雑誌に掲載した短篇と、死の直前に書いた二篇を合わせた短篇集『美女と野獣（*A bela e a fera*）』が出た。本書に収録した「美女と野獣、または大きすぎる傷」と「一日少なく」はその二篇である。さらに八七年には児童向けに『星はどのように生まれたか――ブラジルの十二の伝説（*Como nasceram as estrelas*）』が発刊されている。

リスペクトルの文学は、合計すれば、長篇小説九篇、児童文学作品五篇、クロニカ集三冊のほか、短篇集がある。短篇集は、作品の組み換えや再収録が行われたため、その数は必ずしも一定していないが、たいがいは『いくつかの短篇』（五二）、『家族の絆』（六〇）、『異国の軍隊』（六四）、『秘密の幸福』（七一）、『バラに倣いて』（七三）、『身体の十字架の道』（七四）、『夜はどこにいたの』（七四）、『美女と野獣』（七九）の八冊が挙げられる。このうち『いくつかの短篇』に収められた「家族の絆」、「愛」、「めんどり」など六篇は『家族の絆』にも再収録されたため重複しており、また『バラに倣いて』はアンソロジーである。

本書は、アメリカ合衆国で編纂されたリスペクトルの *The Complete Stories*（Edited by Benjamin Moser & translated by Katrina Dodson）のブラジル版 *Todos os contos*（Rio de Janeiro：Rocco, 2016）を底本とし、そこに収録されている作品の中から、リスペクトルの文学の作風や思想がつかめるように二九篇を選んだ。その際には、リスペクトルの再収録による重複のない六冊の短篇集から必ず作品の一つは含まれるようにし、とりわけ評価の高い『家族の絆』、『秘密の幸福』、『異国の軍隊』からは多めに選んだ。また選者の独断と偏見による偏りを防止するために、リスペクトル文学に精通する作家や文学者がインターネット等で行なっている推薦も参考にした。本書の所収作品と収録短篇集は以下のとおりである。

- 『家族の絆』……「愛」、「めんどり」、「お誕生日おめでとう」、「家族の絆」
- 『異国の軍隊』……「ソフィアの災難」、「パンを分かち合う」、「卵とめんどり」、「切なる望み」、「近視の進行」、「第五の物語」、「誠実な友情」、「異国の軍隊」

- 『秘密の幸福』……「秘密の幸福」、「カーニヴァルの残りもの」、「神を赦す」、「家政婦の女の子」、「子どもを描き留める」、「あふれる愛の物語」
- 『身体の十字架の道』……「彼は私を呑んだ」、「P語」、「今のところ」、「マウアー広場」
- 『夜はどこにいたの』……「尊厳を求めて」、「ある物体についての報告書」、「ウルカの海の死者」
- 『美女と野獣』……「美女と野獣、または大きすぎる傷」、「一日少なく」、「脱走」

なお「勝利」は最初の発表作品であり、どの短篇集にも収録されたことがなく、*The Complete Stories* で初めて書籍に収録された。

先述したとおり、リスペクトルは言葉をきわめて繊細な感覚で紡ぎ、独特な文体を生み出した。このためその文学作品にはときおり、ポルトガル語として奇異にうつる文や表現が現れることがある。自作の翻訳の際リスペクトルは、そうした文体でも、奇異な文は奇異なまま、カンマ一つの有無や位置に至るまで忠実に訳すことを求めたという（リスペクトルの文学は、ピリオドで文が終わらず、カンマで文が続くことが多い）。ただ今回の翻訳では、必ずしもリスペクトルのその思いに全面的に応えることはできなかった。もちろんポルトガル語と日本語の構造が根本的に異なっているため、そもそもそれが不可能だというのはある。だが、もうひとつ本書の編集方針として、リスペクトルの作品を幅広い読者へ届けることを優先して、日本語として読みやすい言葉遣いを心がけたからだ。その分、できるだけ多くの日本の読者がこの本を手に取り、リスペクトルの文学の世界に誘われることを願っている。

リスペクトルの短篇は、これまで短篇集『家族の絆』の翻訳が『G・Hの受難　家族の絆』に収録されて出版されたほか、いくつか世界の複数の作家による短篇アンソロジーに収められたものがある。本書では翻訳の過程で、『G・Hの受難　家族の絆』と『SUDDEN FICTION 2 超短編小説・世界篇』（ロバート・シャパード／ジェームズ・トーマス編、柴田元幸訳、文春文庫）に収録されている「五番目の物語」を参照した。

まずは本書の共訳に声をかけてくださった福嶋伸洋氏、翻訳の機会をくださり、多くの助言と励ましとともに、リスペクトルへの深い愛情のこもる編集をしてくださった竹花進氏に深くお礼を申し上げ、そして、私の遅延のせいでご迷惑をかけてしまったことをお詫び申し上げたい。また原文に関する疑問の解決に協力してくださったエリゼウ・ピシテリ氏をはじめとして、この翻訳に力を貸してくださったすべての方にも謝意を表する。

二〇二四年一月

【主な参考文献】

本稿の執筆にあたり参照した主要な参考文献は以下のとおりである。なおリスペクトルの生涯については、主として AMARAL 2017、INSTITUTO MOREIRA SALLES 2004、GOTLIB 1995、MOSER 2017を参考にした。なお引用箇所にのみ出典を添えた。

AMARAL, Emília 2017. *Para amar Clarice: como descobrir e apreciar os aspectos mais inovadores de sua obra.* São Paulo: Faro Editorial.

BASTO, Márcia Meira 2018. Ecos de Clarice. Recife: Fundação Joaquim Nabuco, Editora Massangana.

BORELLI, Olga 1981. *Esboço para um possível relato.* Rio de Janeiro: Editora Nova Fronteira.

GOTLIB, Nádia Battella 1991. "Apresentação – No território da Paixão: A Vida em Mim", in LISPECTOR, Clarice 1991. *A paixão segundo G. H.*. Rio de Janeiro: Francisco Alves.

GOTLIB, Nádia Battella 1995. *Clarice – Uma vida que se conta.* São Paulo: Editora Ática.

INSTITUTO MOREIRA SALLES – IMS 2004. *Cadernos de Literatura Brasileira – Clarice Liepector.* São Paulo: IMS.

LISPECTOR, Clarice 1990a. *Água Viva.* Rio de Janeiro: Francisco Alves.

LISPECTOR, Clarice 1990b. *Perto do coração selvagem.* Rio de Janeiro: Francisco Alves.

LISPECTOR, Clarice 1991. *A paixão segundo G. H.*, Rio de Janeiro: Francisco Alves.

LISPECTOR, Clarice 2016（complilador Moser Benjamin）. *Todos os contos.* Rio de Janeiro: Rocco.

LISPECTOR, Clarice 2020a. *A descoberta do mundo.* Rio de Janeiro: Rocco.

LISPECTOR, Clarice 2020b. *Todas as cartas.* Rio de Janeiro: Rocco.

MOSER, Benjamin 2017. *Clarice, uma biografia.* Tradução: José Geraldo Couto São Paulo: Companhia das Letras.

OLIVEIRA, Rosiska Darcy de 1990. "Apresentação: Perto de Clarice", in LISPECTOR, Clarice 1990. *Perto do coração selvagem.* Rio de Janeiro: Francisco Alves.

クラリッセ・リスペクトール『G・Hの受難　家族の絆』（高橋都彦＋ナヲエ・タケイ・ダ・シルバ訳、ラテンアメリカの文学12）、集英社、一九八四年。

■本書所収作品について

本書は、クラリッセ・リスペクトルの Todos os contos (Rio de Janeiro: Rocco, 2016) より、29篇を選び編集しました。以下に、本書所収作品についての情報を記します。その際、原題を“　”で示し、収録短篇集書名をイタリックで、本書の翻訳担当者名を［　］で示しました。

「脱走」…… “A fuga”, *Primeiras Histórias*［武田訳］

「異国の軍隊」…… “A legião estrangeira”, *A Legião Estrangeira*［福嶋訳］

「一日少なく」…… “Um dia a menos”, *Últimas Histórias*［福嶋訳］

「家族の絆」…… “Os laços de família”, *Laços de Família*［武田訳］

「秘密の幸福」…… “Felicidade clandestina”, *Felicidade Clandestina*［福嶋訳］

「勝利」…… “O triunfo”, *Primeiras Histórias*［福嶋訳］

「ウルカの海の死者」…… “O morto no mar da Urca”, *Onde Estivestes de Noite*［福嶋訳］

「第五の物語」…… “A quinta história”, *A Legião Estrangeira*［福嶋訳］

「愛」…… “Amor”, *Laços de Família*［武田訳］

「切なる望み」…… “Tentação”, *A Legião Estrangeira*［福嶋訳］

「彼は私を呑んだ」…… “Ele me bebeu”, *A Via Crucis do Corpo*［武田訳］

「神を赦す」…… “Perdoando Deus”, *Felicidade Clandestina*［福嶋訳］

「あふれる愛の物語」…… “Uma história de tanto amor”, *Felicidade Clandestina*［武田訳］

「ソフィアの災難」…… “Os desastres de Sofia”, *A Legião Estrangeira*［福嶋訳］

「P 語」…… “A língua do ‘p’”, *A Via Crucis do Corpo*［武田訳］

「カーニヴァルの残りもの」…… “Restos do Carnaval”, *Felicidade Clandestina*［福嶋訳］

「家政婦の女の子」…… “A criada”, *Felicidade Clandestina*［福嶋訳］

「めんどり」…… “Uma galinha”, *Laços de Família*［武田訳］

「お誕生日おめでとう」…… “ Feliz aniversário”, *Laços de Família*［武田訳］

「マウアー広場」…… “Praça Mauá”, *A Via Crucis do Corpo*［福嶋訳］

「近視の進行」…… “Evolução de uma miopia”, *A Legião Estrangeira*［武田訳］

「誠実な友情」…… “Uma amizade sincera”, *A Legião Estrangeira*［武田訳］

「パンを分かち合う」…… “A repartição dos pães”, *A Legião Estrangeira*［福嶋訳］

「美女と野獣、または大きすぎる傷」…… “A bela e a fera ou A ferida grande demais”, *Últimas Histórias*［武田訳］

「今のところ」…… “Por enquanto”, *A Via Crucis do Corpo*［福嶋訳］

「子どもを書き留める」…… “Menino a bico de pena”, *Felicidade Clandestina*［福嶋訳］

「卵とめんどり」…… “O ovo e a galinha”, *A Legião Estrangeira*［福嶋訳］

「ある物体についての報告書」…… “O relatório da coisa”, *Onde Estivestes de Noite*［福嶋訳］

「尊厳を求めて」…… “A procura de uma dignidade”, *Onde Estivestes de Noite*［福嶋訳］

なお、収録短篇集の刊行年は下記の通りです。

Primeiras Histórias（*）

Laços de Família (1960)

A Legião Estrangeira (1964)

Felicidade Clandestina (1971)

Onde Estivestes de Noite (1974)

A Via Crucis do Corpo (1974)

Últimas Histórias（**）

*………「初期作品」

** ……「最晩年の作品」

■著訳者略歴

クラリッセ・リスペクトル(Clarice Lispector)

1920年、ウクライナ生まれ。生後間もなくブラジルへ移住。1944年にデビュー作となる『Perto do Coração Selvagem(野生の心の近くに)』でグラッサ・アラーニャ賞を受賞。夫の転勤に伴いイタリア、スイス、イギリス、アメリカ等で16年間の居留生活ののち、1959年にリオデジャネイロに戻る。1977年死去。邦訳のある著書に『G・Hの受難/家族の絆』(高橋都彦+ナヲエ・タケイ・ダ・シルバ訳、1984年、集英社)、『星の時』(福嶋伸洋訳、2021年、河出書房新社、第8回日本翻訳大賞受賞)など。他の著書に『A Maçã no Escuro(暗闇の林檎)』、『Água Viva(流れる水)』など。2015年にアメリカで編纂された『The Complete Stories』をきっかけに、ふたたび世界的な注目を集めている。

武田千香(たけだ・ちか)

東京外国語大学教授。ブラジル文学・文化研究。2017年から水声社より刊行が開始された〈ブラジル現代文学コレクション〉の編集をつとめている。主な訳書にジョルジェ・アマード『果てなき大地』、シコ・ブアルキ『ブダペスト』、パウロ・コエーリョ『ポルトベーロの魔女』、マシャード・ジ・アシス『ブラス・クーバスの死後の回想』『ドン・カズムッホ』など。

福嶋伸洋(ふくしま・のぶひろ)

1978年、新潟県生まれ。共立女子大学文芸学部教授。訳書に、マリオ・ヂ・アンドラーヂ『マクナイーマ』、ヴィニシウス・ヂ・モライス『オルフェウ・ダ・コンセイサォン』、クラリッセ・リスペクトル『星の時』(第8回日本翻訳大賞受賞)など。著書に、『魔法使いの国の掟』、『リオデジャネイロに降る雪』など。

ソフィアの災難《さいなん》

2024年6月20日　初版印刷
2024年6月30日　初版発行

著　者　クラリッセ・リスペクトル
編訳者　福嶋伸洋・武田千香
装　幀　山家由希
発行者　小野寺優
発行所　株式会社河出書房新社
〒162-8544
東京都新宿区東五軒町2-13
電話　03-3404-1201（営業）
03-3404-8611（編集）
https://www.kawade.co.jp/
組　版　株式会社創都
印　刷　株式会社亨有堂印刷所
製　本　大口製本印刷株式会社

Printed in Japan
ISBN978-4-309-20904-3

星　の　時

クラリッセ・リスペクトル

福嶋伸洋 訳

＊

地方からリオのスラム街にやってきた、コーラとホットドッグが好きなタイピストは、自分が不幸であることを知らなかった——。「ブラジルのヴァージニア・ウルフ」による、ある女への大いなる祈りの物語。第８回日本翻訳大賞受賞。

すべての、白いものたちの

ハン・ガン

斎藤真理子 訳

＊

おくるみ、産着、雪、骨、灰、白く笑う、米と飯……。朝鮮半島とワルシャワの街をつなぐ65の物語が捧げる、はかなくも偉大な命への祈り。アジア初のブッカー国際賞作家による奇蹟の傑作。

血を分けた子ども

オクテイヴィア・E・バトラー

藤井光 訳

＊

ジャネル・モネイやN・K・ジェミシンらが崇拝するブラックフェミニズムの伝説的SF作家による、ヒューゴー賞、ネビュラ賞、ローカス賞の三冠に輝いた表題作を含む唯一の作品集。